19世紀アメリカ作家たちとエコノミー

——国家・家庭・親密な圏域

真田 満・倉橋洋子
小田敦子・伊藤淑子 編著

Nineteenth-Century American Writers and Their Economy:

Nation, Domesticity and Intimate Sphere

彩流社

◉凡例

・引用文献等の書式は基本的に *MLA Handbook Eighth Edition* に準ずるが、慣例に従う場合もある。
・出典中の略語にはタイトルの頭文字を使用している場合がある。
・引用文などを省略した場合は（前略）（中略）（後略）で示した。
・原文に省略がある場合は、……（三点リーダーふたつ）で示した。
・引用文中の筆者による補足は［　］内に示した。

目次　19世紀アメリカ作家たちとエコノミー——国家・家庭・親密な圏域

まえがき

　十九世紀アメリカ型資本主義社会下に置かれた作家たちの経済問題、彼らが生活を営む家における家政の問題、および家族や親戚縁者、友人たちとの親密な関係における金銭問題、これらの事柄に焦点を当てた本論集の出発点は、二〇一九年五月二十六日に日本ナサニエル・ホーソーン協会第三十七回全国大会にて行なわれた「"Economy, However, Is My Mottoe"――アンテベラム作家たちの台所事情」と題されたシンポジウムに遡《さかのぼ》る。「エコノミーが私のモットーです」とは、一八四九年十月、ロンドンに出発しようとするハーマン・メルヴィルが、妻の父に宛てた手紙の一節である。義理の父親を安心させたであろうこの一文は、同時に、作家や詩人にとって、常に悩ましい問題のひとつが経済であることを示している。市場での商品性と芸術性のバランスだけが問題ではない。作家たちは借金をすることもあったし、遺産や出版で得たお金の配分の問題も抱えていた。そのときの感情が、彼らのテキストに影響を与えていないはずはない。また、金銭という経済問題を抜きにしては語りえない家計に加え、友人などの親密な間柄の問題だけでなく、家庭生活における時間の配分《エコノミー》の問題もまた、作家たちの作品創造に影響を与える要因として論じることができる。メルヴィルは創作の時間を家庭の時間に合わせることの悩みを訴えているのだ。このシンポジウムは、アメリカ資本主義経済に翻弄《ほんろう》される作家や家族といったテーマを、家庭、親族、友人などの親密な関係の圏内《けんない》へ掘り下げながら、ホーソーン、ラルフ・ウォルドー・エマソンといった南北戦争前《アンテベラム》の時期の男性作家だけでなく、女性作家マーガレット・フラーに加え、メルヴィルが批判した十八世紀のベンジャミン・フランクリンも含めて経済というパースペクティヴから読み解きほぐし、作家像の新たな分析の可能性を探る試みであった。本来は「アンテベラム作家たちの経済事情」が自然なタイトルであろうが、最終的に台所事情となったのは、南北戦争前の日本にはまだ、経済という訳語が確立していなかったという理由からである。

エコノミーという語は多義的である。試みに『ランダムハウス英和大辞典』を引いてみよう。説明は以下のふたつの定義から始まる。一、(金銭、時間などの)節約、倹約、節約の行為、二、(社会、国家などの)経済、経済活動[状態、機構]、収入、稼ぎ高。これらは、エコノミーという語に関し、私たちが日常の会話などでよく使う定義である。大辞典では続けて、三、(組織における)有機的統一、(自然界などの)理法、体系、秩序、(有機的な)組織体、四、(動き、言葉などの)効率的な使用、無駄のないこと、簡潔、五、economy class という説明が続き、六番目に神学上の定義が紹介される。このように見渡してみると、economy という語には、才覚を発揮して無駄のないよう工夫して行なう、コントロールすること、という印象が強いことに気づかされる。もちろん、日々節約を迫られることのない恵まれた階層の人たちは異なった印象をもつであろうが、一般的には効率のために知恵を絞って無駄を剪除《せんじょ》することや、個人が大きな力の下に置かれること、またそれに参加すること、といった感触をもつ語がエコノミーではないだろうか。形容詞の定義においても、一、経済的な、費用節約のための、二、徳用な、徳用サイズの、省エネの、三、エコノミークラスの、といった定義が紹介されている。

名詞の項の最後には、廃語となった定義がある。七、(廃)家政、家の切り盛り、である。家庭という私的空間における家政の能力、効率的で家計的にも無駄遣いのない家の切り盛りは、時には他人からの賞賛の対象になるとはいえ、その私的な現場は他人にたやすく見せるものでないといえよう。本書は、アメリカ作家たちの隠されがちなこの部分に焦点を当てるものである。家族や血縁だけでなく、友人などの親密な間柄の人たちとともに運営される圏域に光を当て、エコノミーという切り口で彼らのテキストや人間関係を解きほぐす試みである。

本書所収の諸論文で紹介されているように、エコノミーの語源をたどると、古代ギリシアにおけるオイコス、オイコノミアに行き着く。佐々木雄大によれば、この主題を扱った現時点で最も古い書物は、クセノフォンの『家政論』であるという。このソクラテスの弟子が述べるところによれば、自身の家財をしっかり管理できる人物がよい家政家である。オイコノミアの目的は家が豊かになることであるため、「主人は自らの所有物を有益に使用しなければならない」のであり、「家の道具は、無秩序に置かれるのではなく、『秩序に従って配置される』必要がある」。興味深いことは、クセノフォンが「家の主人を船の船長（中略）に準えている」ことだ（一一）。古代ギリシアの頃より長い間、効率のよい有益な移動手段は船であったといえる。

古代ギリシアやローマでは「家政」は私的領域に隠しておくものであり、市民――もちろん家長である男たち――が公的な場で討議するトピックではなかった。私的領域とは、公的領域で市民として十全に理性的に活動するために、衣食住や生殖を含む心身の必要性を満たす場に過ぎなかったのである（仲正 四）。ハンナ・アレントは『人間の条件』（一九五八）において、古代ギリシアやローマ人の生活について次のように述べている。「公的領域と私的領域、ポリスの領域と家族の領域（中略）これらそれぞれ二つのものの間の決定的な区別は、古代の政治思想がすべて自明の公理としていた区別である」（四九―五〇）。公的領域の活動では「単に必要なもの、あるいは有益なものは、一切厳格に除かれ」ていた（四六）。「ギリシア人は、『自分自身の』（idion）私生活の中で送る生活（中略）は、本性上『愚かしい idiotic』と考えていたし、ローマ人は、私生活は公的なもの《レス・プブリカ》の仕事から一時的に逃れる避難場所を提供するにすぎないと考えていた」（五九―六〇）のである。家庭や家政の場という親密な関係の圏域における衣食住のやり繰りは、才能を発揮して効率的に行なったとしても積極的に公に見せるものでない、という慣習的な考えが現代に残っていることは指摘するまでもない。

アレントに依拠しながらオイコノミアについて続けよう。ローマ帝国末期頃よりこの公的領域と私的領域の境界線は曖昧《あいまい》になる。ヨーロッパで十八―十九世紀に国民国家が成立し始めると、古代ギリシアのポリスでは公理であった公と私の区別が消える。国民のエコノミーが国家の問題となるのだ。アレントが説明するように、西洋人が「人間の集合体や政治的共同体というのは、結局のところ、巨大な民族大の家政によって日々の問題を解決するある種の家族にすぎないと考えている」ためである。「このような事態の変化に即応する科学的思考は（中略）『国民経済《ナショナル・エコノミー》』あるいは『社会経済《ソーシャル・エコノミー》』Volkswirtschaftであって、それらはいずれも一種の『集団的家計《コレクティブ・ハウスキーピング》』を意味している」ため、「家族の集団が経済的に組織されて、一つの超人間的家族の模写となっているものこそ、私たちが『社会』と呼んでいるものであり、その政治的な組織形態が『国民』と呼ばれているのである」（五〇）。私たちは国民として、国家運営の基礎である法律を遵守《じゅんしゅ》して、資本主義であれ他の主義であれ、国家経済の下、金銭を介した生活を送る。辞書でeconomyという語の定義を確認する際に、エコノミーに従う、エコノミーをコントロールする、というニュアンスを感じ取る理由がこれだといえる。公的存在である政治家として船長のごとく国の操舵《そうだ》を行なうと同時に、家庭という私的空間において、時間だけでなく家財も有用に使う術《すべ》を公に説いたフランクリンが、十八世紀の模範的人物として歴史に名を残したことは必然であったのだ。

古代ギリシアのオイコスやオイコノミアに源をもつ単語「エコノミー」は、近代と呼ばれる時代に入ってヨーロッパ諸国、特に英国が世界の海を制し、奴隷貿易や植民地運営などの活動範囲を広げたように、語としてその意味する範囲や定義を拡大していく。そのような歴史の中で、エコノミーという語の変遷と経済思想の発展の関係を、自由主義《リベラリズム》という側面から見てみたい。田中拓道によれば、「その中核的な思想が成立したのは、17〜18世紀の西ヨーロッパにおいてであった」（八）。その思想のひとつが、ピューリタン革命と名誉革命を経験したジョン・ロックの思想である。ロックによれば人間は、「生命、自由、財産」という「自然権」を神から生まれながらにして与えられている。とはいえ、他人の財産を奪ったり、「他人を強制的に働かせて財を蓄えようとしたりする人」が現われるだろう。そのため人は「互いに契約を結んで共同の権力を設立する。こうして生まれたのが国家である。国家の役割は、人びとが最初に行った契約、現在の言葉で言えば『憲法』によって制約され、自然権を守ることに限定される」ことになった。国民国家の発展を支える経済政策が確立していく契機となった改革運動の担い手、「強大化する君主権力や中世以来の特権を保持しようとする貴族階級」に反旗を翻した勢力は、「新たに勃興してきた商人階級」が中心であった（八―九）。人々を解放する思想として掲げられたこの自由主義は、しかしその後、「商工業が本格的に発展していく19世紀以降、それは急速に発展する商工業の担い手（ブルジョワジー）の利益を代弁する経済思想へと変質」する（一一）。

ここで財産の運用というエコノミー（オイコノミア）の一面ではなく、獲得する側面に注目しよう。佐々木によれば、アリストテレスは財産を得る二つの術について述べている。「ひとつは生活に必要な物資を蓄積するという自然の本性に適った獲得術であり、家政術のひとつである」。もうひとつの自然の本性に反する獲得術とは、「高取引を通じて貨幣から貨幣を生み出す技術、『貨殖術』である。貨殖術が自然本性に反するのは、生活に必要な財産を得るという獲得術本来の目的に反するからであり、殖財を目的とするため、無際限に富を追求するからである」（一四）。南北戦争前にも、南北戦争後《ポストベラム》にも、作家たちを苦しめた経済問題の根幹は、これらふたつの財産の獲得術の後者である。限りなく富を増大させる社会は作家を悩ませる。本来、作家の芸術活動と貨殖術は必然的な結びつきをもっていないはずである。

経済思想という面から見るならば、十八世紀から十九世紀への移行は、時代の大きな転換だと言ってよい。経済学者たちは「市場への国家の介入を批判」するようになり、それが「19世紀の政治を特徴づけることになった」。その結果、「西ヨーロッパ各国の政府はいわゆる自由放任（レッセ・フェール）に近い政策」をとることとなる。「政府はできるだけ市場に介入すべきでないとされ、貧しい人への再配分は行われ」なかった（田中一三）。このような歴史の説明は、南北戦争前と南北戦争後の文学や作家から経済問題を論じる意義を確認させてくれるものであろう。そしてもう一点、アメリカン・ルネサンス時代の文学の読者は、この歴史的事実からメルヴィルの『レッドバーン』（一八四九）を思い浮かべるに違いない。リヴァプールに滞在する語り手が、「あるとき、この場所［ランスロッツ・ヘイ］を通り過ぎるとき、大地から聞こえてくるかのような弱々しいすすり泣き」を聞く場面である。「女性が青い両腕を組み、ふたつのしなびた物のような子供がそれぞれ、その蒼白な胸の両側にもたれかかっている」様《さま》が報告される(180)。食べるものがないため飢えて死ぬしかないルンペンプロレタリアートについて述べられる『レッドバーン』には、語り手が、リヴァプールへ向かう商船でアダム・スミスの『国富論』を読もうとしても読み進めることができず投げ出してしまう場面がある。「とうとう私は本を片手に眠ってしまった。こんなにもぐっすり眠ったことはない。これ以降、自分の上着で『国富論』を包み、枕替わりに使った。『国富論』の枕は寝るにはうってつけだった」(87)。国家が富むために船長のように舵取りをする当時の経済学、および政治と、一介の船乗りでしかないような人民の間の埋めがたい懸隔《けんかく》を表わす皮肉のようである。

本書で扱われる作家たちは、「近代において個人を解放する改革思想として出発した自由主義」が、「19世紀以降、商工業ブルジョワジーの利益を代弁する思想へと変質し、もっぱら経済的な自由を擁護するもの」となった時代を生きた芸術家たちである(田中 一四)。どの論文においても、資本主義経済の下、大きく時代が移り変わってゆく中で金銭問題と向かい合う作家たちが描かれる。本書所収の数編の論文で一八三七年の恐慌が指摘される。歴史的に見れば、最初の経済恐慌は一八一九年である。南北戦争前の時期に限っても、その後ほぼ周期的に二九年、三七年、四五年、五七年と続いている。このように本格的な資本主義体制がもたらす経済的な大不況に立ち向かい、なんとか生活を、家の経済をやり繰りしながら主体的に執筆を続け生きていく彼らのエコノミーを論じた本書は三部構成となっている。南北戦争前の時期と南北戦争後の時期に分けて論文が配置されていることに加え、前者はさらに経済編と家庭経営編に細分化される。第Ⅰ部「南北戦争前/経済編」の巻頭である小田論文「エマソン経済圏としてのコンコード」は、エマソン経済圏という耳慣れない語が新鮮に響く論文である。このオリジナルな語が論文中で表わすものは、エレン・タッカー・エマソンの遺産を基にラルフ・ウォルドー・エマソンがコンコードで実現させた近隣社会であり、論文はその歴史と意義を扱っている。倉橋論文「ホーソーンの「不滅の名声の夢」追求と経済的困窮との闘い——ホレイショ・ブリッジの友情と援助」は、理想の文学と金銭問題との間で奮闘するホーソーンを扱う。経済的困窮を覚悟した上で創作活動を続けた彼の前半生が、当時の出版状況を織り込みながら紹介される。晩年に向けて作家としてどのように「不滅の名声の夢」と向き合うのか、続編を期待させる論文である。池末論文「成功者への道——ポーの「実業家」にみるウォール・ストリート風のビジネス手法」は短編「実業家」を主に分析対象としている。ウォール街とアメリカ経済に触れながら、規律という原則に忠実な実業家の本質が詐欺師、虚業家のそれと同質であることが分析される。伊藤論文「マーガレット・フラーのイタリアにおける経済的困難と「真実」探究——「レイラ」からイタリアの革命へ」は、フラーがイタリアから発した金銭的窮状を訴える手紙で始まる。共和制の思想に基づいて統一されようとするローマに理想の実現の希望を見出したフラーであったが、それは叶わなかった。この経験が、イタリアにおけるフラーの金銭的窮状と重ねて論じられる。高橋論文「『ウォールデン』における冬の経済——ソローと暮らしのエコノミー」が冬に注目するのは、この季節が暮らしのエコノミーを顕在化させるからだ。ソローは十九世紀になってニューイングランドに浸透した市場経済と分業化を嘆き、「生きることのエコノミー」の実践を訴える。私たちには「自己を解放し、詩的、精神的な」（一〇二）充足が求められる。野口論文「北部出身の元奴隷ソジャーナ・トゥルース——自らを広告する黒人女性」は、文盲ゆえに他人が彼女の人生をrepresentすることを示す。そのように彼女は白人社会という経済システムに入り、セルフメイドウーマンとして差別と闘った。彼女の広告戦略には、家庭＝共同体というドメスティックなエコノミーの主題が貫かれている。

　第Ⅱ部「南北戦争前／家庭経営編」に移る。生田論文「経済の呪い——ホーソーンの『七破風の屋敷』における親密圏の形成」は、ヘプジバー・ピンチョンに注目し、「資本主義経済への抵抗から受容へと急転」（一五五）する物語に作者の経済観を読み取る。モールの呪いを経済の呪いとして位置づけ、「巨大な経済システムとしての世界の周縁に位置」（一四二）する登場人物たちが感情を通して幸福で親密な関係を結ぶ、ドメスティックな圏域のエコノミーが分析される。真田論文「メルヴィルの家計／家庭の問題とフランクリン批判」は、家庭生活の時間と創作の時間の配分に失敗したメルヴィルのベンジャミン・フランクリン批判を分析する。フランクリンは政治経済学と家政学に代表されるふたつの事柄を器用に操るセルフメイドマンであったが、それはメルヴィルの理想の文学の対局にあるものだ。西谷論文「「煙突」の構造——メルヴィルにみる家計と創作のディレンマ」は、「私と私の煙突」を経済事情という視点から読み解く、著者による精読の魅力が詰まった論文である。メルヴィルの作品には多様な解釈を可能にする「謎」が多く、経済的でない。そのような芸術観を死守しようとするメルヴィルが金銭問題と絡めて論じられる。城戸論文「家政学の誕生と家庭性神話の再考――チャイルド、ビーチャー、ストウ」が扱うエコノミーは、家庭と国家（内）という定義を含み持つドメスティックなそれである。南北戦争前の時期において、家庭の正しい運営や管理を学ぶことが国家や社会の発展に結びつく、というイデオロギーと接続される様が詳述される。

これら十編の論文が示していることは、倹約や勤勉など、家政における成功が社会での成功を導くと素朴に主張したフランクリンの時代からわずかしか経ていないというのに、南北戦争前はなんと遠くに来てしまったのか、ということである。

第Ⅲ部「南北戦争後」は三編で構成される。里内論文「我が風狂の兄――トウェインが描いたオーリオン・クレメンズ」は、サミュエル・L・クレメンズ（マーク・トウェイン）と兄のオーリオンの関係を、金銭という視点を中心において分析する。金銭や金融を小道具として有効に用いながら、トウェインは兄への思いを、金銭に翻弄される人物を登場させ『それはどっちだったか』で描いたのである。中村論文「親密圏のジェイムズとボサンケット――タイプライターのエコノミーと書くことへの欲望」はメディア論である。男性の圏域であった作家の世界にタイプライターが導入されるようになった。ジェイムズはそのような時代を生きた人物ゆえに、彼の親密な人間関係を分析することで、タイプライターとジェンダー境界の侵犯を浮かび上がらせようとする論文である。本書を締め括る竹井論文「小説執筆という労働――ヘンリー・ジェイムズ「ブルックスミス」と一貫性の呪縛」では、ジェイムズが金銭問題に敏感だったことを背景に、彼の作品「ブルックスミス」が、小説を家に譬《たと》えるジェイムズの小説論と重ねて分析される。社交界に出入りすることで、必ずしも一貫しない人々の挿話をエコノミカルに整理して小説とすることで、ジェイムズは生計を立てていたのだ。

十九世紀から二十世紀初めを特徴づける市場経済の浸透、それを支える自由主義という経済思想が支配的となった時代に経済問題と苦闘した作家と文学を扱うこの論集が企画されたのは先述のシンポジウム後であり、おおまかな枠組みが決定したのは、二〇一九年の十月であった。

その後半年が経ち、日本はコロナ禍に見舞われた。日本経済そのものが、医療資源の逼迫《ひっぱく》を理由に繰り返される緊急事態宣言のもとで大きく変質した。不要不急の外出を自粛するよう要請される中で家で過ごす時間が長くなり、新たに必要とされる商品を扱い営業成績を伸ばす業種もあれば、その反対の事態に直面する企業もあった。生き残るために業態転換を強いられる企業が続出した。大学にも非接触型のオンライン授業が導入されたことは言うまでもない。新聞やインターネット記事によると、リモートワークが生産性の向上を生んでいないケースもあり、かえってストレスを増大させることもあるようだ。伝統的な生活・労働様式からＤＸ（デジタル・トランスフォーメーション）へと変化があまりに急激だったために、心身の不調を訴える人がいる。ひと言でいえば、本書の準備中に、全世界のエコノミーのシステムが一変したのである。二〇一九年五月に行なわれたホーソーン協会のシンポジウムは、もちろん、このような時代を予想していたわけではないが、偶然にも、エコノミーが大きな問題として私たちの生活の中で顕在化している時代に、この論集を江湖《こうこ》に問うことになったのは皮肉である。

ポストコロナ、アフターコロナの新たなエコノミーの幕開けを前にし、エコノミーの質が大きく変化していた十九世紀に生まれた作家と作品を扱う本書が、わずかでも読者の役に立てれば幸いである。

真田 満

◉引用文献

Melville, Herman. *Redburn: His First Voyage*. Edited by Harrison Hayford et al., Northwestern UP / Newberry Library, 1969.

アレント、ハンナ『人間の条件』志水速雄訳、筑摩書房、一九九四年。

佐々木雄大「〈エコノミー〉の概念史概説――自己と世界の配置のために」『ニュクス』創刊号、堀之内出版、二〇一五年、一〇―三五頁。

田中拓道『リベラルとは何か――17世紀の自由主義から現代日本まで』中央公論新社、二〇二〇年。

仲正昌樹「共同体と『心』」、仲正昌樹編『叢書・アレテイア４　差異化する正義』御茶の水書房、二〇〇四年、三―一四頁。

第Ⅰ部　南北戦争前／経済編

エマソン経済圏としてのコンコード

小田 敦子

はじめに

コンコードはマサチューセッツ湾植民地建設後、一六三七年に内陸部では最初に建設された植民地で、ラルフ・ウォルドー・エマソン（一八〇三—一八八二）の祖先、ピーター・バルクリー牧師が建設に関わり初代の牧師となった。エマソンの祖父ウィリアム・エマソンは、ナサニエル・ホーソーンによって有名になった牧師館を建てた人で、独立戦争時には従軍牧師として参加するなど、エマソンの祖先はコンコードの歴史に深く関わってきた。祖母が再婚したエズラ・リプリー牧師の所有となった牧師館に、一八三四年、エマソンは母と一緒に引っ越し、『自然』（一八三六）の原稿をそこで書き始めた。一八三五年には最初の妻の遺産でコンコードに家を買い、再婚後の終《つい》の棲家《すみか》とした。厳格なピューリタンであった初代バルクリーの神権政治とは異なる形で、しかし、エマソンもまたコンコードを精神的な生活が可能になる場として「経営」することを試みた。

ボストン第一教会の牧師であった父親ウィリアムは、ユニテリアンというよりはピューリタン的な気質であったが、豊かな商人たちの洗練された市民文化に馴染み、その発展に関わって、先端的な知識の普及を図る雑誌『マンスリー・

アンソロジー』や、図書館 (Boston Athenaeum) を創設した (Allen 34)。その父親を八歳のときに亡くしたエマソンは親戚や学長の援助を受け苦学してハーバード大学を卒業し、以後、家族を支え、知的障害のある二番目の弟、バルクリーの世話をしてもらう費用を工面する必要もあって、兄ウィリアムの女学校を手伝うなど、ずっと働いていた。一九二八年の日記では金銭的余裕があればできる「今よりよい生活」を想像している。

私は長い時間馬に乗り、ローンボーリングをし、仕事に熱意と労働を注げるので研究への意欲が生まれるだろう。私が富に求めるいちばんの利点は、富が与える作法や会話の独立性だろう。私はそれを切望するが、めったに達成できず、ある仲間といるときには、まったくできない。(*JMN* 3: 136)

支援してくれる周囲に気を遣い、遠慮がちな若いエマソンが垣間見える。『自然』の「規律」の章では「財産とその兄弟システムである借金と信用貸し」が若い精神を蝕《むしば》む執拗な描写に「それ以上ない戒め」の体験が語られている (*Essays and Poems* 26–27)。一八三〇年代半ばに二人の前途有望な弟が相次いで亡くなった後は、弁護士となってニューヨークに住む兄と相談しつつ、エマソンが家族や叔母等親戚の面倒をみた。エマソンには抽象的な空想家というイメージが強いが、体験に学んだ優れてヤンキー的実務処理能力があり、家庭を切り盛りするという意味でのエコノミーに精通していた。エマソンは日記も膨大だが、帳簿もきちんと残しており、アメリカ最初の「パブリック・インテレクチュアル」となったエマソンの印税は十五年ごとに倍増し、一八五〇年代にはマサチューセッツ州の当時の人口およそ百万のうち、二千人の富裕層の一人に数えられた (Buell 34)。

エマソンは精神が自由に活動できる環境を望んでいた。田舎町コンコードにないものは知的な刺激だと考え、「賢明で愛すべき人たち」(qtd. in Baker 190) を集めた「よい近隣の形成」(*JMN* 8: 172) を計画する。一番下の弟チャールズは優秀で、知的刺激の源、誰よりもよい話し相手であったが、一八三六年に急死。知的コミュニティの形成は喫緊《きっきん》の課題であった。まず、一八三五年には教育者で文筆家でもあるエリザベス・ピーボディの紹介で「筋金入りの精神主義者」ブロンソン・オルコットに会っている。オルコットは牧師時代以来のエマソンに興味をもっていた。一八三六年夏にはやはりピーボディの紹介でマーガレット・フラーと友人になる。コンコードに生まれ住む十四歳年下のヘンリー・ソローに会うのはその翌年で、エマソン一家に住み込み家族の一員のようになるソローには、エマソンは弟のように期待するものがあっただろう。オルコットやフラーがコンコードに住むことをエマソンは望み、ホーソーンもソローとともに「小さな町コンコードの名誉」である人として言及されている(*JMN* 8: 385)。エマソンはホーソーンとの親しい関係を望んだが、結局最も親しい友人たちとして挙げたのは、オルコットとソロー、チャールズの婚約者であったエリザベス・ホア、フラーと彼女の紹介によるキャロライン・スタージス・タッパンとサム・ウォード、ピーボディの紹介したジョーンズ・ヴェリイ、ウォードが紹介した有名な牧師の甥で同姓同名の詩人、ウィリアム・エラリー・チャニング（以下、エラリー・チャニング）であった(Baker 325)。

『自然』が発表される一八三六年以降、エマソンの聖地として、老若男女多くの「巡礼」がコンコードを訪れたことは、ホーソーンの「旧牧師館」（一八四六）が活き活きと描いている(*Mosses* 10: 30)。この記述にはエマソンへの揶揄《やゆ》以上に、理解と共感の深まりがみえる。もちろん、ホーソーンはエマソンの世界に入ってきたことに終始居心地の悪い思いをしていたであろうが、マサチューセッツ州最西部の丘陵地、バークシャー住まいで海が恋しくなったホーソーンが(Turner 234)、コンコードに自分の家を買ったのも、コンコード川の魅力が第一であったとしても、やはりエマソンやソローの知的な雰囲気を自分の居場所と感じていたからではなかったか。家庭経営からコンコードでの近隣社会の形成へと「ホーム」の範囲を広げていくエマソンには、アダム・スミスの言う「自然の秩序」（生越 七八）という意味での「エコノミー」の支配圏を造るという理想があり、それは理想郷の実現をめざす農業共同体、ブルック・ファームを経験したホーソーンにとっても悪いものではなかっただろう。エマソンは自身で資金提供をし「エマソン経済圏」と言うべきものを実現した。一八四〇年代にコンコードに住んだオルコット、ソロー、ホーソーン、エラリー・チャニングのうち最初の二人を中心に、エマソン経済圏の形成が文学者エマソンにとっての社会改革運動、ジェファソン的な農業を主体とした独立自営思想の現代版であり、文学活動でもあったことを考えてみたい。

一　エレン・タッカー・エマソンの遺産

牧師という先祖からの職業を継いだエマソンはつつましいスタートを切るが、エマソン経済圏の基礎を作ったのは最初の妻エレン・タッカー・エマソンであった。一八二七年十二月、ニューハンプシャー州コンコードで、裕福な商人の遺産相続人十六歳のエレンと知り会ったときは、二人とも同じように病気がちであったものの、一年後には婚約する。同時期、上の弟エドワードは、やはり家族の病、肺病から譫妄《せんもう》状態に陥るなど、エマソンの周囲では病が日常であった。当時エマソンは一回の説教で十ドルを得ていたが、一八二九年三月にボストン第二教会の副牧師の職につき、年収千二百ドルが約束され、九月には牧師に昇進、驚くべき年収千八百ドルを得ることになり、はじめて財政的な安定を確保する(Schreiner 16, 18)。そして九月三十日に、エレンの肺結核を二人とも知りつつ結婚して、一年半後の一八三一年二月にエレンは亡くなる。その翌年、一八三二年にエマソンは牧師の職を辞するという大きな決断をした。

遺産が入る可能性を知っていたので、牧師を辞めることができたとは考えられる。しかし、相続の可能性を知ったエマソンが兄に宛てた一八三一年五月二四日付の手紙は遺産に頼る事情を語ってはいるが、遺産贈与が確定していたわけではない。

バルクリーは少し良くなったけれども、まだチャールズタウン［世話を任せていた農家のある村］にいます。彼にかかる費用のことを尋ねましたね。週に三ドルと新しい服や新しい靴です。もしエドワードが仕事を見つけて自分で賄《まかな》えれば、私は無理なくB［バルクリー］の費用を出せると思います。特に、今後、遺産の問題が解決すればいつ

> でも、エレンは夫に恵みを与え続けてくれるように思うので。しかし、今この時点では、私は滞納金に身を滅ぼしつつあります。エレンの慈悲の行ないは地上で終わるのでなく、これからもエドワードやB［バルクリー］やチャールズを助け続けてくれることを信じ、それを喜びます。(*L* 1: 323)

一八三四年に遺産の半分、一万千六百ドルを手にするが、その多くは証券や債券で配当を年に千二百ドル受け取ることになった。残りの半分は結局一八三七年に受け取る予定となり、大不況の年で支払い遅延など幾ばくかの影響を受けた。エマソンは一八三五年に三千五百ドルの家を買い再婚する。三九年に長女が生まれた時に妻リディアンが「エレン・タッカー・エマソン」と名付けることを提案するのも、エレンの遺産の存在感を語っている。

遺産相続問題はコンコードの村のゴシップにもなった。エマソン自身も遺産相続という「永続的な収入によって彼が偶然手にした自由」の影響について考えていたことを、ラルフ・ラスクは伝記で、一八四〇年頃の講演収入以上に株の配当金に頼るエマソンの財政状況とからめて指摘している (Rusk 251)。エマソンの講演料は当初は支払われるまで (Clark 422)、一回につき二十〜三十ドルであったが、自身で企画することで収入増を図った (Rusk 239)。そして一回につき五十ドル前後の収入となった講演は、出版物よりは有利な収入源であるが、それでも遺産からの収入の方がはるかに大きかった。同時期の出版物からの収入については、『自然』が二百ドル、「アメリカの学者」(一八三七) の冊子が六十ドル、「神学部講演」(一八三八) の冊子が九十ドル、『エッセイ集第一集』(一八四一) が四百ドル、『エッセイ集第二集』(一八四四) が九百六十ドルというから (Myerson 137)、講演者としての成功はエマソンを大いに助けている。遺産がなければ、私たちの知っているエマソンはいなかったとはよく言われるが、「偶然手にした自由」は決定的なものではないというエマソン本人の結論にも、それまで家計をやり繰りしてきた実績から見て一理はある。

ロバート・D・リチャードソンによる伝記は知的な成長を追い、その序文は一八三二年三月二十九日にエマソンがエレンの墓を暴いたことから始まる。エレンの死がエマソンの思想に大きな影響を与えたことを象徴するもので、堀内正規『エマソン――自己から世界へ』（二〇一七）もエレンの死がエマソンの自己という観念に決定的な意味を持つことを論じ説得力がある。経済面では、遺産相続がエマソンの思想の開花を支えた偶然は否定できないが、それ以上に、エレンの遺産が金銭的にエマソンに恵みをもたらし続けたことと並行して、彼の自然をめぐる思想を生かし続けた点に注目したい。エマソンは生涯にわたって散歩が好きで、その目撃談をホーソーンが『アメリカン・ノートブックス』（一九七二年に百周年記念版全集収録）に残している。

話の最中、私たちは上方の高い土手に、足音を聞いた。その侵入者はまだ木の間に隠れていたが、マーガレットに呼び掛けた。彼女の姿がちらと見えたのだ。それから、緑の木陰から姿を現わした。見よ、エマソン氏だ。牧師職であるにもかかわらず、安息日に森をぶらつくしかないのだ。彼は楽しい時を過ごしたようにみえた。というのは、今日は森にたくさん詩神がいて、風には囁《ささや》きが聞こえたと彼は言っていたから。（*AN* 8: 343）

揶揄的に日曜神秘家のように描かれているが、牧師であったことに言及するホーソーンはそれがもつ意味の重要性を認識している。エレンの死後、エマソンは毎日彼女の墓まで往復していたが (Richardson 3)、長距離の散歩は健康のためでもあっただろうが、自分自身で、他の人には見られない奇妙な気質として「ぶらぶら歩き (strolling) への強い性癖」を自覚している。

ぶらぶら歩きへの強い性癖は、私の気質の奇妙な特徴だ。曇った七月の午後、私は故意に本を閉じ、馴染みの服と帽子で、こっそりコケモモの茂みへと歩いて行き、絶対誰にも見つからない小さな牛の通り道に大満足で溶け込む。この場所を得ると、樺の木の背後で名声から遠く離れて、何時間もブルーベリーや他にも森のつまらないものを摘んで自分を慰める。これほど何時間も楽しめる所はめったにない。冬にはそれを思い出し、春にはそれを期待する

のだ。(一八二八年七月) (*JMN* 3: 136–37)

これは先に触れた「富に求めるいちばんの利点」の引用に続く部分で、エマソンが対比する街と自然との背景に、経済状況からくる社会生活のストレスを自然のなかで発散していたことが想像できるが、それはまたもっと積極的な価値を自然のなかに見出す体験につながっていく。エレンも散歩や乗馬を楽しむアウトドア派だったようで、エマソンの自然の美を織り込んだ抒情的な説教に魅せられたという (Allen 140)。エレンがエマソンの自然との結びつきを強める一因であったことが考えられる。

エレンが亡くなった年の夏、エマソンはヴァーモント州の山や湖に放浪の旅に出たが、その自然が「神のアルファベット」になり、そこにエレンを発見することはまだできないと書いた (*JMN* 3: 257–58)。婚約中にもエマソンはエレンに詩を書き送っていたが、一八四七年の『詩集』には直接エレンに関わる詩が続けて七編並べられ、そのうちの一つに妻を亡くしたアラブ人をペルソナとする詩がある。そこでは自然を亡くなった妻の「先触れ」とみなし、自然の「詩神」として妻を見出している。

塚の上に、一人のアラブ人が横になり、
甘美な悔悟《かいご》を歌い、
彼の護符に語った、
夏の鳥が
彼の悲しみを聞いた、
そして彼が深いため息をついたとき、
ツバメは同情して地面をさっとかすめた。(*Essays and Poems* 1126)

タイトルの「ハーマイオニ」はギリシア神話のヘレナの娘の名で、ハーバード版の注ではキャロライン・スタージスの愛称として言及されるが、本稿の文脈で読むと、シェイクスピアの『冬物語』（一六一一）の亡くなったはずが生きていたハーマイオニと考えられる。エマソンは自然のなかでエレンと過ごした時間が、自然の中で見出されることを、エレンの存在は棺の遺体ではなく、自然のなかに生きていることを、それを詩神であると考えるようになったのではないか。この詩はセンチメンタルだが、深いため息をつく人間がいて、低空飛行するつばめがいるところなど、「同情して」と言っているが、感情的な意味ではなく、自然の波動の循環、いわば自分とは関係のない、他の存在を意識することで慰められる、自然の中に存在するもの同士を俯瞰《ふかん》する意識を表現している。亡くなった妻の存在を風や川といった自然のなかに見出すことは、神秘主義と括《くく》られるが、春になると死者のことが思い出されるというような意識の動きは多くの人が経験するだろう。自然の周期の大きな動き、「報償(compensation)」の流動のなかに存在する者同士の共感のなかに、美や愛といった精神性を求めたのではないか。エマソンがものと精神との対応を、科学者でキリスト教神秘主義者スウェーデンボルグの『動物界の理法』（一七四四―四五）やスタール夫人「『ドイツ論』（一八一三）で著名なフランスのロマン主義批評家」から学び、イスラム教のなかでも異端とされる神秘的なスーフィズムの詩に関心を持ったことは確かだが、エマソン自身は自分を神秘家ではなく、スウェーデンボルグを更新した博物学者だと認識していた(Packer 41)。

　エマソンの詩に特に顕著だが、人間も岩や木も同じ元素で作られているという「同種間に働く愛情(kindness)」に基づく、具体的な自然への愛が繰り返し語られる。教会を離れ、ヨーロッパ旅行中にパリの植物園で爬虫類の標本を見て神秘的な共感を覚え、博物学者になると決心することが端的に示すように(*JMN* 4: 199–200)、進化をはじめとする当時の最先端の自然科学の言葉で自然を見、表現する方向を強めていくことに注目したい。ホーソーンの安息日の記述に戻れば、自然の重要性をエマソンに気づかせたのは、自然を基に生死を結ぶ新しい精神性、宗教を考える可能性を教えたエレンであったと言えるのではないか。森と水に恵まれたコンコードの自然はエマソンの思考を鼓舞する絶好の場所だ。

F・O・マシーセンがオルコットの日記から引用した言葉も、エマソンの自然への特別な関心に触れている。

コンコードの森は私にとっては私の蔵書以上の、あるいは、エマソンと比べてさえ、それ以上のものだった。森はエマソンにとっては、私にとって以上のもので、ソローにとっては、さらに私たちのどちらにとってより以上のものだ。彼らの書く頁から森と空を取ってみよ。彼ら、E［エマソン］とT［ソロー］は、彼らの描く絵から色褪《あ》せ、落ちてしまう。(qtd. in Matthiessen 157)

エマソンの隣人のなかでも、とりわけ、オルコットとソローは、世間の基準からするとのらくら者の変人であるが、森を歩き回るエマソンの特異な性癖を理解できる、彼に近いタイプの人で、エマソンがそのような友人を必要としたのも「自然」に関わる「精神性」を考えるためであった。こんな変わった人たちを生かすというのがエレンの遺産に支えられたエマソン経済圏の目的であり底力だ。自然を基盤とした経済圏の形成は、晩年のエッセイ集のタイトルにもなる「社会と孤独」（一八七〇）というエマソンの理想とする生活が表現されていく過程でもある。

二　エマソンの家と農園、隣近所

再婚後のエマソンは一八三八年に庭を買い足すことに始まり、ソローが小屋を建てたウォールデン湖畔《こはん》をはじめコンコードに、後には近郊の村に次々土地を取得し、農園は十エーカー（約一万二千二百四十坪）になる。最初はゲーテの影響で、植物学にも関心のあったエマソン自身が庭と畠《はたけ》の世話をしていたが、すぐに追いつかなくなり人を雇って農園主のような立場になり、ソローも手伝うようになった。しかし、分散した土地は効率的でなく、コンコード種の葡萄《ぶどう》で大成功していた農園主に比べるとつつましい、昔ながらのリンゴ、クランベリー、豚、牛、馬を扱う農園主であったが

(**Rusk 361**)、エマソンの農業経営は定職のないオルコットや、ソロー、エラリー・チャニングに雑役を与え、ホーソーンからリンゴを買い取るなど、周囲にも利益を提供できるほどには本格的なものだった。傍目には有閑《ゆうかん》階級的な暮らしぶりだが、『処世論』（一八六〇）の「富」の章でのエマソンのアフォリズムは「土地がないのは悪い、あるのはもっと悪い」(***Essays and Poems* 1005**)、土地所有者は土地に呪われていると、管理の手間をこぼしている。また、一八四四年の日記には、王国を拒否するソローが町でただ一人の有閑階級だ、悪魔もソローを賄賂《わいろ》で買収して土地を持たせることはできないと敬愛を込めて評している(***JMN* 9: 103**)。それに比べるとエマソンはジェファソン流農本主義的貴族主義の継承者であるだけでなく、エレンの遺産の管理が必要とした金融市場にも目を配るヤンキーである。もっとも、エマソンの娘が鉄道王ジョン・マレー・フォーブスの息子と結婚したときには、実業家の娘婿はエマソン家の経済状況を大きくに改善させたという(**Allen 630**)。

メルヴィルのモットーと同様、エマソンも初期の講演「家庭」（一八三八）で「エコノミー（家庭経営）」に対処できてこそ、大人だと語っている。

> もし彼が「家庭の法」を学んでいなければ、何とかして彼自身と他の者たちの生活維持と経済の厳しい戒めのために働く方法と、これらと人の完全ではない愛や、友情、人間性が求めることとを和解させる方法を学んでいなければ、彼はまだ一人前の男ではない。そしてまた、そのことを通して自然のすべての壮麗と神性へと開けた道を見つけるまでは、その秘密を見てはいない。(***EL* 3: 33**)

講演を締め括る最後の段落で「家庭の法」と呼ばれているのは、家庭に限らず宇宙を支配している両極性の間に働く「報償」という法のことだ。この講演の最初では、家を、「人間の精神を培《つちか》う場」(***EL* 3: 24**)と定義する。さらに、家族で暮らすのが家なのではなく、「自分自身の気質が普遍的な法と秩序と同じだと感じられる所ならどこでも、安らげる家になる」(*EL* 3: 28–29) と、精神を普遍的な力に近づくよう高めていく所が家なのだと展開する。

> いわゆる自然の情愛、父、母、兄弟、姉妹、妻、子という関係は、単に機会であって、それ以上のものではない。すべての人は心底は善良で賢明だ。私たちはそれを最も近くにいる人々からしか、知ることはない。私の兄が日本で生きて死んだとしよう——すべてのやり取りは禁じられている——彼の徳も愛情も性質も私にはまったくわからない——私は彼に一粒の涙も流すことはないだろう。(*EL* 3: 32)

「人の善良で賢明なこと」は親密圏で学ぶものであると、エマソンは人が実際に近くにいることを重んじる。それがよい近隣を必要とする理由でもある。「自己涵養《かんよう》」はユニテリアンのウィリアム・エラリー・チャニング牧師によって広まった教えでもありわかりやすいが、「人の完全ではない愛」、自己涵養の到達点としての「自然の壮麗と神性」を理解していたのはオルコットとソローだけだとエマソン自身も認識していた。一八四一年の日記で、エマソンは自身の世界観を揺るがすような人には会えていないこと、そしてソローの考えは見た目には新しいがエマソン自身の考えと同じであると述べ、ソローに語った話だが、と以下のように続ける。

> この相互性、つまり報償の法を十分にわかっているように私には思える人を三人だけ知っている——彼自身とオルコット、私自身だと。そして、私たちがみな隣人だというのは思いがけないこと。というのは、この広い土地、または広い地球で、この三人のゴータムの住人ほど深く、独自にその法を得た人を他に知らないから。(*JMN* 8: 96)

「自然の壮麗と神性」の法である、「報償」がエマソン経済圏を支える。しかし、自分たちを『マザー・グース』にも謡《うた》われる「愚民の村ゴータムの住人」と呼ぶように、自分たちの限界、孤立を認めている。エマソンは社会的な活動、責任も果たしているが、ドン・キホーテ的な計画を自己の本領として、村の「三バカ」を自認しつつ、自分たちの自然観を、そしてそれを共有する精神を貴重なものと考えている。

オルコットとソローが隣人として暮らしていけるよう、経済的にはエマソンが援助していた。エマソンはエリザベス・ピーボディによるオルコットのテンプル・スクールの記録を読み、子どもの内発性を引き出す教育方針に共感し、オルコットの読みにくい原稿の修正を提案し、学校への援助を続けた(Rusk 232)。オルコットが学校経営に行き詰まった一八四〇年、エマソンは農夫ホズマーから年五十二ドルで借りた家を提供し、コンコードへ招く。二年後には失意のオルコットを励ますべく、彼の理念を実践するイギリスのオルコット・ハウス訪問を提案し、四百ドルほどの費用のほとんどを出している。残りの一割は、商人のお金は受け取らないというオルコットの主義を尊重して、商人でない友人が出した。帰国後、オルコットは連れ帰ったイギリス人のうちの一人の資金で、農業を基盤とする菜食主義の共同体「フルーツランズ」を始めるが、冬を越すことはできず瓦解《がかい》。ここでもエマソンはオルコット支援の費用を集め、イギリス人には就職の世話をしている。翌一八四五年にオルコット夫人の親戚がヒルサイド（後にホーソーンが千五百ドルで購入し、ウェイサイドと改名）を購入するのを手伝ったであろうし、自身もヒルサイドと道を挟んだ土地八エーカーを五百ドルで購入し、オルコットに使わせている。その上、エマソンの相続人である妻リディアンの死後は、オルコットの相続人が土地を相続するように遺言も作っている(Rusk 306–07)［この土地も結局ホーソーンが五百ドルで買った(Schereiner 168)］。エマソンは常にオルコット一家の経済状態に心を配り、娘のルイザ・メイが一家を支えるようになった時も、彼女が頼りにしたのもエマソンであった(Clark 424)。

ソローについては、リプリー牧師に頼まれてハーバード大学での奨学金のために推薦状を書いたが(Schreiner 55)、親しくなるのは卒業の翌年一八三七年以降であった。ソローはリプリー牧師の現金収入六百ドルに迫る高給五百ドルの中等学校の教職を二週間で辞めた後、メイン州まで職探しに行く費用百ドルをエマソンに借りている(Schreiner 57, 70)。講演旅行で留守の多いエマソン宅での同居を、妻の意見に従って断ったオルコットに代わり、ソローが一八四一年から二十一か月間、引き受ける。一八四三年には半年弱エマソンの兄の子どもの家庭教師としてニューヨークのスタテン島で暮らすが、不調に終わり、エマソンが準備した講演会を口実にコンコードに戻り、ウォールデンの土地で二年二か月の暮らしが始まる。一八四七年十月にはエマソン宅に戻り、家長がイギリス講演から戻るまで代わりに家族の世話をする。最初のエマソン家滞在について、一八四三年、フィラデルフィアにいたエマソンへの手紙で以下のように振り返っている。

> ほぼ二年間、私はあなたの年金受給者でした。（中略）それは太陽あるいは夏のように無料の贈り物でした、時々私はそれを意地悪く受け取ってあなたを苦しめましたが。私は、少なくとも、「手」が象徴したであろう些細《ささい》な仕事をすることさえできなかった。私の天性のせいで、多くのそれ以上のより高い仕事には失敗しました。しかし、こう言ってあなたを困らせるのではなく、一度は天と同じくらいあなたに感謝するのです。(Baker 243)

エマソンが同じ「ゴータムの住人」と感じていたように、ソローもエマソンの傍で基本的には自然のままに暮らせたことを語っている。エマソンが『ダイアル』誌の編集長であったときには、その手伝いもし、ソロー自身の作品を発表する場も与えられている。エマソンはソローだけでなく、フラーをはじめ周囲の若者たちの出版交渉も引き受け、『ダイアル』刊行費用の赤字分も支払うなど援助を惜しまない (Rusk 298)。ウォールデンの土地もソローに贈るつもりであった (Rusk 307)。

エマソン自身が援助を受けて育ったこともあり、今は自分が与える番だと思っていたのだろう。ソローは一八五〇年代の日記で珍しくエマソンに言及し、エマソンはいつも「パトロン」であり、「好意を受けるより与えることを喜んだ」と不満げに書いている (qtd. in Clark 328)。仏教由来の言葉「檀那《だんな》」の壇のサンスクリット語源ダーナは、ラテン語では「ドーヌム」、贈り物になるが、エマソンはまさに檀那であった。自然は恵み深い「与える者 (giver)」であり、また反面、与えたものを奪い去る「報償」の原理を司る神のような存在だと考え、ソローが好意を受け取るだけであることを不満に思うように、エマソンの答も、ドナーであることの方がよい。自然のように「自身を恃《たの》む」、ドナーとして生きる者であることをエマソン経済圏は理想とする。

三　自然を指標とする経済

自立した生き方を支える職業として、エマソンが農業を捉えていたことは、講演記録「人は改革者」（一八四一）によく表われている。農業など自然の法則を考える必要のある仕事は「自己涵養」の方法になると言う。

人は自己涵養のために農場か機械仕事を持つべきだ。（中略）手の仕事は外の世界の研究になる。富の利点はそれを手に入れた人と共にある、相続者にではない。私が鋤《すき》をもって庭に出て、苗床を掘り返すと、大いに高揚感と健康を感じるので、この間ずっと、私が自分の手ですべきことを他人にやらせていたのは、自分の富を騙しとらせていたのだと気づく。(*Essays and Poems* 140)

農業を人間の力の十全な発揮という観点から擁護し、ブルック・ファームはじめ社会改革運動が農業主体のコミュニティになることにも理解を示している。「アメリカの学者」導入部の「五本指」の古い寓話は、アダム・スミスが勧める分業による効率化の比喩に更新されて、「畑にいる『人』ではなく農夫」となった人は、スミス自身が予言し、マルクスが明言した労働から疎外されていく人間の状況を例証する。エマソンは分業による豊かな生活を求める動きに対して反対する革命が起きるとは思わないが、と述べつつ、ソローと同様、「贅沢と便利さの喪失」(*Essays and Poems* 139)を伴う変化を受容し、簡素な生活を擁護する。

倹約（エコノミー）は人間の高い務めであり、神聖な誓いである、目的が偉大なとき、つまり、倹約が簡素な趣味の思慮深さであるとき、自由と愛と献身のためにそれが行使されるときには。家庭に見る倹約の多くは、卑しい起源で、見えないところに置かれるのがよい。（中略）しかし、煎《い》りトウモロコシやひと部屋の家も、私があらゆる騒ぎを免れ、静穏に精神が語ることに素直でいられるためには（中略）神々や英雄にふさわしい倹約である。(*Essays and Poems* 144–45)

世に広く行なわれている倹約を、エマソンは誰にでもできる英雄的行為にしようとする。それが英雄的行為であるのは、前述の「自然の壮麗と神性」の法に従うことだからである。「簡素な趣味の思慮深さ」の「思慮深さ」(Prudence) は『エッセイ集第一集』に収録のエッセイの題名でもあるが、スミスの用語と同様、まずは自己管理上の「注意深さ」の意味で使われており、倹約のつましさが含意されている。同エッセイからの引用でも、社会は神のように完全な人ではなく、*men of parts*（才人だが「部分人間」）によって管理されている。

この人たちは天賦《てんぷ》の才を、贅沢を洗練するために使う。廃止するためにではない。天才はいつでも禁欲主義者である。敬虔であり愛である。食欲はより優れた魂を持つ人には病気を示す。彼らは病に抵抗する儀式や限界に美を見出す。(*Essays and Poems* 362)

エマソンの「天才」は自然の神性を共有し、キリスト教の「聖霊 (Spirit)」に対応するような、しかし、自然に由来する霊的精神を代表する（小田 五三―五五）。「天才」が持つ注意深さにはより高度な次元があり、それは自然の求める思慮深さであり、エコノミーが含意する倹約だけでなく、自然の秩序を代表するものである。

農業が具体的に教える自然を科学的に見ることの重要性は、農産物の収穫が象徴する自然の理法、個人を超えた力を知ることにあり、エマソンにとってはそれが宗教や精神性を考えることと直結する。エッセイの傑作、「経験」(一八四四)では可愛い盛りの五歳の長男を失ったことに触れて、その文脈の中で短さが際立つ一文で、動植物学の用語を使い「早く落ちる性質だった(It was caducous.)」と書いた(*Essays and Poems* 473)。エレンを自然の中に位置づけようとしたように、息子の死も自然の法の中で納得しようと苦闘している。ソローとオルコットという二人の隣人をエマソンは自然に基づく宗教を展開するために必要としていた。

エマソンがヨーロッパ旅行で意気投合したイギリスの批評家トマス・カーライルは、産業革命を経て商工業都市化していく時代の特徴を「機械装置の時代」と呼び、利益を効率的に産むためにさまざまなレヴェルで活動が組織化され、直接に手でなされることがなくなった時代を批判した(Carlyle 64)。それはエマソンがブルック・ファームへの参加を断った理由「私の現在の牢獄から、少し大きな牢獄に移りたくない。牢獄をすべて壊したい」(*JMN* 7: 408)にも通じる、結局は自由を抑圧する組織への不信と同じものである。

> 私はまだ私自身の家を征服していない。それは私を悩ませ、後悔させる。この鶏籠の包囲を解いて、挫折してバビロンの征服へ行進するふりをするのか。そうすることは、私にあてがわれた問題を解くことを避け、密集する群衆のなかに私の無能を隠すことのように思われる。(*JMN* 7: 408)

コンコードに築こうとした隣近所はそのような組織とは別のものとして構想された。牧師館が借家に出されたとき、エマソンはブルック・ファームに参加していた神学徒のチャールズ・ニューカムに宛てた引っ越しを勧める手紙で、「コミュニティではなく隣近所を信じる」(*L* 3: 51)と二つを区別している。賢明で愛すべき精神をもつ隣人たちから成る隣近所を作ることは、エマソン流の改革運動であった。

四　社会と孤独

「社会と孤独」はエマソン晩年のエッセイ集のタイトルであるが、エマソン経済圏が実現してきた、社会と孤独が同義である世界をよく表わしている。ソローは有能な家政の手伝いであるだけでなく、コンコードの自然を知悉《ちしつ》しており、理想的な散歩の友としてエマソンの社交と孤独の確保に大きな役割を果たした。もう一人エマソンが面倒を見ていたエラリー・チャニングはソローに次ぐ散歩の友で、フラーがチャニングを「お化け」(*JMN* 8: 289) と批判するのに対して、エマソンは放浪癖を理由に擁護した。

しかし彼は善い放浪者で、散歩の仕方を知っている。この国ではジプシーの才能は計り知れない価値があるが、ごく稀にしかない。女性にあれば、どんなに魅力的か。MF［マーガレット・フラー］には微塵もない。（中略）これは相対的な才能で、誰にも、疑いなく、ジプシー気質は存在する。私はホーソーンに昨日話した。若者は誰でもある時、ラブレーのように、神にも悪魔にも挑戦する独自な実験をしたいと思うのだと。(*JMN* 8: 289)

エマソン経済圏の魅力は不動産や社交界の価値ではなく、家の外の自然の素晴らしさ、散歩の楽しさにある。やがてホーソーンをも魅了することになるコンコード川のボート遊び、水鏡が増強する自然の美をエマソンも「川の神」ソローと共に楽しみ、移りゆく自然の営み自体に「自然の愛と宗教」(*JMN* 7: 454) を、その絶対的な力を確信している。

気をつけろ、友よ！　私は西の夕日を頭上と足元に見ながら言った。彼は顔を私に向け、夕日の方へと漕いでいた。気をつけろ――自分のしていることがわかってないぞ、木のオールを魔法の液体に浸すとは。赤と紫と黄色で描かれた絵があなたの下と背後で輝いているというのに。間もなくこの栄光は消えた。星がやって来て、「はい、いますよ」と言って、密かな言葉にできない光を投げかけ始め、すべての会話を止めてしまった。(*JMN* 7: 454)

隣人としてソローを高く評価するエマソンは、ソローと同様に森に具体的な「生命」を見ている。水鏡に映り三六〇度の夕焼けに一体化した高揚感は、「私は透明な眼球になる」(*Essays and Poems* 10) に等しい自然との一体感であるのに対し、星の投げかける厳《おごそ》かな光は、宇宙の孤独を感じさせる。しかし、それは恐ろしいものではなく、むしろ、星にも同じ孤独を意識するような、自然との一体感の反面であるような孤独であろう。そこにエマソンは「自然の愛と宗教」の可能性を見ている。ソローとの社交による陽気な会話が、「沈黙」が示唆する孤独の世界を現出させるように、ソサエティとソリチュードは同題のエッセイが言うように、「人を欺く名前」(*Essays and Poems* 1049) であり、内実は同じものである。

エレンや愛する家族の死を経ていっそう鍛えられた、自然の中にある生命への信頼は、美や愛が互いを圧倒するように入り混じった沈黙あるいは孤独として感じられるものであり、エッセイ「社会と孤独」の結びの言葉で言い換えれば、自然を通しての「共感」(1049)、霊的なソサエティでもある。エレンの死が明確に意識させたソサエティがソリチュードでもあるという状態を保持しようとしたのがエマソン経済圏であった。

◉本研究はＪＳＰＳ科研費 JP18K00413 の助成を受けたものである。

◉引用文献

Allen, Gay Wilson. *Waldo Emerson: A Biography*. Viking, 1981.

Baker, Carlos. *Emerson Among the Eccentrics*. Penguin Books, 1996.

Buell, Lawrence. *Emerson*. Belknap P of Harvard UP, 2003.

Carlyle, Thomas. “Signs of the Times.” *Thomas Carlyle: Selected Writings*, edited by Alan Shelston, Penguin Books, 1986, pp. 61–85.

Clark, Thomas Arkle. *Ralph Waldo Emerson: Biography and Selections from His Writings Written Especially for School Reading*. C. M. Parker Publisher, 1900.

Emerson, Ralph Waldo. *The Early Lectures of Ralph Waldo Emerson*. Edited by Stephen Whicher et al., Belknap P of Harvard UP, 1959–72. 3 vols.

——. *Emerson: Essays and Poems*. Edited by Joel Porte, Harold Bloom and Paul Kane, Library of America, 1983.

——. *The Journals and Miscellaneous Notebooks of Ralph Waldo Emerson*. Edited by William H. Gilman et al., Harvard UP, 1960–82. 16 vols.

——. *The Letters of Ralph Waldo Emerson*. Edited by Ralph L. Rusk, Columbia UP, 1939. 6 vols.

Hawthorne, Nathaniel. *The American Notebooks*. *The Centenary Edition of the Works of Nathaniel Hawthorne*, vol. 8, edited by Claude M. Simpson, Ohio State UP, 1972.

——. *Mosses from an Old Manse*. *The Centenary Edition of the Works of Nathaniel Hawthorne*, vol. 10, edited by William Charavat et al., Ohio State UP, 1974.

Matthiessen, F. O. *American Renaissance: Art and Expression in the Age of Emerson and Whitman*. Oxford UP, 1977.

Myerson, Joel. “Ralph Waldo Emerson’s Income from His Books.” *The Professions of Authorship*, edited by Richard Layman and Joel Myerson, U of South Carolina P, 1996, pp. 135–49.

Packer, B. L. *Emerson’s Fall: A New Interpretation of the Major Essays*. Continuum, 1982.

Richardson, Robert D. *Emerson: The Mind on Fire: A Biography*. U of California P, 1995.

Rusk, Ralph. *The Life of Ralph Waldo Emerson*. Columbia UP, 1949.

Schreiner, Samuel A. *The Concord Quartet*. John Wiley & Sons, 2006.

Turner, Arlin. *Nathaniel Hawthorne: A Biography*. Oxford UP, 1980.

エマソン、ラルフ・ウォルドー『転換期を読む26 エマソン詩選』小田敦子・武田雅子・野田明・藤田佳子訳、未來社、二〇一六年。

生越利昭『啓蒙と勤労——ジョン・ロックからアダム・スミスへ』昭和堂、二〇二〇年。

小田敦子「エマスンの『自然』における“Spirit”と“Genius”」*Philologia* 第四四巻、二〇一三年、四九—六一頁。

堀内正規『エマソン——自己から世界へ』南雲堂、二〇一七年。

ホーソーンの「不滅の名声の夢」追求と経済的困窮との闘い
——ホレイショ・ブリッジの友情と援助

倉橋 洋子

はじめに

ナサニエル・ホーソーン（一八〇四―六四）は若干十六歳で作家になる決意をしたが、「誰も詩人と帳簿係に同時にはなれない」と作家と他の職業を区別し（*Letters* 15: 132）、両立が不可能なことを姉のエリザベス・マニング・ホーソーン（一八〇二―八三）に語った。自費出版した最初の本『ファンショー』（一八二八）では研究者と「普通の職業」を区別し（*Fanshawe* 3: 443）、「美の芸術家」（一八四四）でも芸術家と鍛冶屋《かじ》を対比して描いている。ホーソーンの言う詩人、研究者、芸術家は古代奴隷制から形成された区別では精神労働に属し、帳簿係や鍛冶屋等の「普通の職業」は肉体労働に属する。「近代的条件のもとでは、あらゆる職業が一般社会にとって『有用であること』を証明しなければならなかった」（アレント 一四五―四六）。また、十九世紀半ばのアメリカの労働倫理を論じたダニエル・T・ロジャーズは、マックス・ウェーバーの労働倫理ではピューリタンの真面目さと娯楽の禁止が誇張されていると指摘しつつも（Rogers 8）、労働倫理の構成要素として宗教改革の間接的な遺産である「有用性の原理」と「怠惰に対する恐怖」および「成功の夢」と「創造的行為としての仕事への信念」を挙げている(12)。このような労働倫理が支配的な社会では、金銭に直結する有用性からほど遠い芸術家や作家等は、精神的および経済的に苦難を強いられた。

それにもかかわらず、『ファンショー』の主人公が金銭よりも研究者として「不滅の名声の夢 (dream of undying fame)」を追求するように (*Fanshawe* 3: 350)、ホーソーンも経済的困窮を覚悟の上で文学的名声の獲得をめざし、大学卒業前後から短編集の出版を試みた。しかし「原稿に潜む悪魔」(一八三五) で描かれた出版業界の厳しい現実に直面し、苦悩の日々を過ごしていた。ホーソーンの窮状を見かねたボウディン大学時代からの友人ホレイショ・ブリッジ (一八〇六―九三) が援助した結果、短編集『トワイス・トールド・テールズ』(一八三七) (以後『テールズ』) の出版が実現し、ホーソーンは作家として一歩を踏み出すことができた。しかし執筆と同時に生計のための税関勤務等を試みるも自ら辞し、あるいは解雇され、ホーソーンの経済的困窮との闘いは、『緋文字』(一八五〇) の成功により改善されたものの、一八五三年にリヴァプール領事に就任するまで続いた。

ホーソーンは亡くなる四か月前の一八六四年一月、文壇でいち早く地位を確立した同窓生のヘンリー・ワーズワース・ロングフェロー (一八〇七―八二) に「文学的名声を得るに値するものがあるかどうか、また最高傑作が古くなったのちに価値があるかどうか、私よりはるかによくご存知でしょう」と書き送った (*Letters* 18: 626)。

本稿では、ホーソーンの主として前半生における大望、文学的「不滅の名声の夢」追求と経済的困窮との闘いおよび出版業界の状況をつまびらかにする過程で、執筆と金銭、出版とブリッジとの友情等における葛藤と、その解消から作家ホーソーンの価値観や変化を読み取る。その上で死を意識した時にロングフェローに宛てた手紙の意義を考える。

一　作家志望と経済的困窮の覚悟

ホーソーンは三歳で船長であった父親を亡くした後、母方のマニング家に母親や姉妹とともに身を寄せた。祖父リチャード・マニングが一八一三年に亡くなり、駅馬車屋を兄弟で経営するようになった叔父のロバート・マニングがホーソーンと姉妹の保護者になった。大学入学準備のために下宿するも「薪《まき》のために親友に借金をしている」ほどの経済的困窮にもかかわらず (*Letters* 15: 167)、それを覚悟の上で作家になる夢を母親に語った。ホーソーンによれば「水たまりのように穏やかで静かに」生涯を終える牧師は「問題外」で、医師はえり好みが許されない「ホブソンの選択[1] ("Hobson's Choice")」であり、また弁護士は人数が多すぎて半数が「事実上の飢餓」状態にあった (15: 138–39)。精神労働のうち牧師、医師、弁護士は除外されていた。

ああ、仕事に就かなくても生活するのに十分裕福だといいのですが。私が作家になってペンで生計を立てることをどう思いますか。（中略）イギリス人の物書きの息子による最も誇るべき作品と同等に批評家に褒められた私の作品を見たら、お母さんはどれほど誇りに思うことでしょう。しかし作家はいつも哀れな人たちで、そのためにサタンは彼らを捕らえるかもしれません。(15: 139)

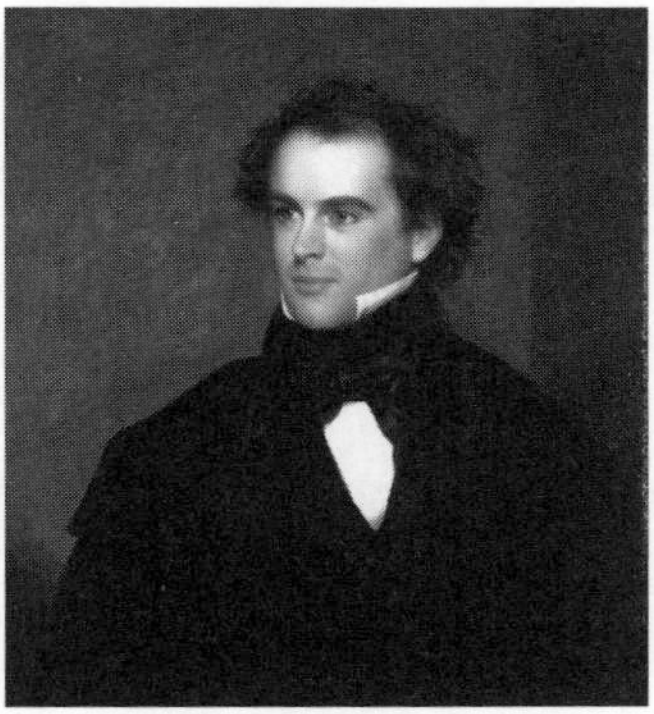
【図版1】チャールス・オズグッドによる、ナサニエル・ホーソーンの肖像画（1840）(Peabody Essex Museum 所蔵）

ホーソーンはイギリス人作家と肩を並べる作家になり、その結果名声を博すという気概溢れる大望を語り、母親に共感を求めた。作家志望の動機は「アリス・ドーンの訴え」（一八三五）の作家兼語り手の目標、作品が「世間に喜びを与え、長い年月耐えて読み継がれる」ことにあった ("Alice Doane's Appeal" 11: 269)。また当時のアメリカの出版状況にも志望の動機があった。国際的な著作権法が十九世紀末に成立するまでアメリカ人作家は芸術的保護も経済的保障もなく、ヨーロッパのいわゆる海賊版との競争を強いられていた (Rose 93)。さらに当時アメリカ人作家はイギリス文学を模範とし、読者もイギリス志向でアメリカの出版物は二対一の割合でイギリス人によるものが多かった(Fink 149)。それを証明するかのように一八二〇年発行の『エディンバラ・レヴュー』三十三号で、「世界中で誰がアメリカの本を読み、アメリカの劇を見に行き、アメリカの絵画や彫刻を見るだろうか」(Seybert 79)とアメリカ文化が酷評された。ところが『エディンバラ・レヴュー』の三十四号でワシントン・アーヴィング(一七八三―一八五九)の『スケッチ・ブック』(一八一九)が書評対象となり、アメリカ人の「最初の純粋な文学作品である」と評価された("*The Sketch Book*" 160)。このこともホーソーンの作家志望に影響を与えたと考えられる(*Letters* 15: 140n4)。

さらにホーソーンの大望の動機には社会や家庭環境にもあった。ホーソーンは労働倫理の「有用であること」を嫌っていたと指摘されているが(Rogers 114)、彼の大望は社会の求める労働倫理の「成功の夢」と「創造的行為としての仕事への信念」に則している。またホーソーンは姉と妹の中で唯一の男子として期待されて大学に進学し、その費用として一八二三年にマニング家の叔父ロバートとサミュエル、そして叔母の夫のジョン・ダイクが約百ドル支払った。他の伯父や伯母も援助したが、ロバートが主たる援助者で父親代わりであった(Woodson, Introduction 13)。ホーソーンには社会や家族の期待に応えて大望を果たすことが必須であった。

二 「不滅の名声の夢」への不安

匿名《とくめい》で出版された『ファンショー』にはホーソーンの不安が描かれている。主人公のファンショーは経済的に余裕のない学生であるが、「永遠の改善」を研究し、「世間とは無縁で、世間の思惑」に無関心であると自分自身を欺《あざむ》いてきたが、心の奥では「不滅の名声の夢」が支配的であった(*Fanshawe* 3: 350)。「世俗の幸せの可能性」をファンショーが意識し始めるのは(3: 353)、学長の友人の娘エレンへの愛に目覚めてからである。そのためにエレンに恋する利己的でプライドの高いエドワードと対決し、またエレンが相続する予定の遺産を狙う悪漢バトラーから彼女を救い出す。その結果、父親から財産の一部の譲渡を提案され、エレンからも「ファンショーと世間を繋ぐ絆」になりたいと求婚される(3: 458)。しかしファンショーは「エレンの性格を確実に読み取り、彼女は世間の普通の職業に幸福を見出せる男性を愛し、愛されることがいかにふさわしいか」を認識しており(3: 443 傍点筆者)、また自らを短命と思い、結婚と金銭よりも「不滅の名声の夢」を選択する。そしてファンショーは目的を果すことなく二十歳で亡くなり、エレンはエドワードと結婚する。この結末からホーソーンの大望と結婚への不安も読み取れる。(3)

『ファンショー』の出版に要した百ドルは母方の祖母の遺産から支払われたが(Wineapple 65)、ホーソーンは「原稿に潜む悪魔」の主人公オベロンのように、同書を回収して燃やしたと言われている。少なくともその本を所有していた親友のブリッジに燃やすよう依頼したことは事実である(Bridge, *Personal* 68)。『ファンショー』はホーソーンが愛読していたスコットランドの詩人で小説家のサー・ウォルター・スコット(一七七一—一八三二)の作風を取り入れたゴシック・ロマンスの範疇《はんちゅう》に入り、当時の読者のヨーロッパ志向に合致していたが、販売は振るわず、作家として「未熟(inexperience)」という批評もあった("*Fanshawe*: Five Notices" 46)。『ファンショー』の回収は将来の文学的名声の妨げとなる不評、ゴシップの回避であることは、ホーソーンの妻でさえ同書の作者を知らなかったことに示されている(Baym 28)。またこの事件は百ドルをものともしない若い頃のホーソーンの金銭感覚も如実に表わしている。

ゴシップに対するホーソーンの懸念は、投函した手紙を燃やすことにも及んだ。ブリッジを信頼して感情を吐露した若い頃の手紙をホーソーンは燃やすように晩年依頼している。ブリッジによれば、「原稿に潜む悪魔」のオベロンの署名も散見されるホーソーンの手紙は「人物や物事に関する表現があまりにも率直であった」(Bridge, *Personal* 49)。また姉のエリザベスによれば、ホーソーンは家族宛ての手紙も帰宅した時に燃やしていた(Elizabeth Hawthorne 143)。ホーソーンの若い頃の手紙が少ないのはゴシップ回避のためである。

ところで『ファンショー』における職業の区別は、一八三七年にすでに着想を得ていた「美の芸術家」でも芸術家と鍛冶屋の対比として描かれている。ピーターの時計屋を継承したオーウェンは、芸術美を極めた自然の生き物の機械仕掛けの製作に時間を費やすも世俗的なピーターには理解されない。ピーターの娘アニーはオーウェンの追求に理解を示していたが、彼の期待するような共感を示すことができず、結局鍛冶屋のロバートと結婚する。オーウェンが彼らの結婚祝いに五年かけて製作した機械仕掛けの蝶々は、世俗による美の敗北を象徴するかのように、祖父のピーターに似た表情を示す鍛冶屋とアニーの子どもに無残にも壊される。しかしオーウェンは世俗的な敗北をものともせず、芸術家として孤高を保持する。ここにホーソーンの大望への不安と覚悟も読み取れる。

三　出版業界への怒り

「ホーソーンの最初の意図は初期アメリカの歴史を素材とする作家として名を成し、歴史と関わりのある物語 (tales) を発表することであった」[4] (Doubleday 28)。しかし大学卒業後、マサチューセッツ州セイラムの印刷業者フェルディナンド・アンドルーズに原稿を送るも動きは遅々とし、「もっといいビジネスの機会」を待っているだけの状況に納得がいかず (Lathrop 135)、ホーソーンは原稿を返却してもらい、当てつけのように「半ば残酷に、半ば絶望して原稿を燃やした」(Bridge, *Personal* 68)。原稿を燃やしたことは「アリス・ドーンの訴え」の語り手や「原稿に潜む悪魔」のオベロンの怒りや絶望を彷彿《ほうふつ》させる。出版社を見つけたとしても「出版費用の半額を前払いし、本が売れようが売れまいが高率の独占利益に加え、残額を補償しなければならない。別の出版社は予約出版を助言している」とオベロンは訴える (11: 172)。また新人のアメリカ人作家の場合には、損害を負担しない限り、出版されないのである。「原稿に潜む悪魔」はパーク・ベンジャミンが編集する雑誌『ニューイングランド・マガジン』にアシュリー・A・ロイスのペンネームで掲載され、一八五二年まで著者が不明であった (Adkins 5)。ホーソーンは利益を優先する出版業界の実態やそれに対する怒りをオベロンに代弁させたが、ペンネームは感情の発露には好都合であった。

またブリッジによれば「力があると自負し、親しくなりたいと願う人々にホーソーンは一度ならず騙された」(Bridge,

Personal 69)。特に雑誌『トークン』の発行者のサミュエル・グッドリッチとベンジャミンに翻弄《ほんろう》された。『ファンショー』の匿名の著者をホーソーンと推測し、「特別な力」があると認めていたグッドリッチに(Goodrich 270)、ホーソーンは原稿を送り、一八二九年十二月に見解を尋ねた。すると翌年一月に「優しい少年」と「僕の叔父さんモリヌー」が気に入ったグッドリッチは、ボストンの出版社に影響力を駆使すれば、「出版社は成功の機会を与えるでしょう」と期待を持たせた (qtd. in Julian Hawthorne, *His Wife* 131–32)。またグッドリッチは「優しい少年」の『トークン』への掲載料として三十五ドルの支払いと、同誌発行後ならば短編集に収録して出版することも可能という条件を出した。他方『トークン』を非難した「アリス・ドーンの訴え」は世間に受容されないとも告げた。結局、グッドリッチの関心は自分の雑誌にあり、一八三二年に「優しい少年」を掲載しただけであった。

その後ホーソーンは「ひとかどの文学の才能に恵まれているという自覚はあった」ものの「作家としての成功の望み」をほとんど喪失し、自身を「不運な男だ」と嘆くことになった (Bridge, *Personal* 68)。他方、支払不能の出版社への寄稿を辞めようとすると雑誌掲載のために大量の原稿を要求され、「マエケナス (Mæcenas) とみなされるこの男が、知力を尽くした類を見ない優れた原稿を無一文の作家から取り上げた」とホーソーンは憤った (69)。皮肉を込めて、古代ローマの政治家で芸術家を支援した「マエケナス」と呼ばれた編集者名は定かではないが、一八三〇年代半ばに準備した「ストーリーテラー」を「細断したのはグッドリッチでなく、ベンジャミンである」と妻の姉で教育者のエリザベス・ピーボディ(一八〇四―九四)に後年告発した (*Letters* 18: 89)。文壇での地位を確立する以前のホーソーンは利益を優先する出版社に振り回され、絶望と怒りのどん底にいた。

四 『トワイス・トールド・テールズ』出版とブリッジの援助

世間に疎《うと》いホーソーンを援助したのは弁護士のブリッジであった。ブリッジはホーソーンの原稿を持っているグッドリッチと交渉を始め、その結果一八三六年に「良い装幀での千部の発行には四百五十ドル」かかるが、出版社は「損失に対する最後の頼みの綱として二百五十ドル補償されるなら出版する」との言質《げんち》を得た (qtd. in Bridge, *Personal* 79)。ホーソーンへの支払い条件は、千部以降も一部一ドルの小売り価格の十パーセントで不合理であった (80–81)。結局ブリッジが損失の二百五十ドルを補償して一八三七年三月『トワイス・トールド・テールズ』という題で、アメリカン・ステーショナーズから短編集が出版された。しかし収録された作品は、ホーソーンが最初に意図したように歴史を素材にしたものとは限らなかった。

ブリッジはグッドリッチとの交渉中に精神面でもホーソーンを支えようとした。手紙で「もっと明るい日がくるでしょう。六か月以内に……」と慰め、「まもなくアメリカの学者の中で高い地位が与えられるでしょう」と保証もした (Bridge, *Personal* 70–71)。しかし、ホーソーンにはブリッジが出版の損失補償をしたことは秘密であったために手紙の真意は伝わらず、心理状態は「自殺」を心配させるほどであった (*Personal* 72)。本の出版が不確実なホーソーンは蝶々を完成させたオーウェンの境地には至れなかった。補償が秘密にされた理由は、学生時代のホーソーンの際立った特徴である「借金や負い目への嫌悪」や「名誉を重んじる気高く繊細な気持ち」にある (*Personal* 57)。ブリッジはホーソーンのプライドを尊重したが、逆効果だった。

その後グッドリッチは自己の回想録でホーソーンの原稿を長年放置したことには触れず、版権の放棄を述べ (Goodrich 272–73)、『テールズ』出版への貢献を印象づけた。さらに本書は「順風満帆となり、著者は富と名声 (fame and fortune) に向かって前進した」と褒めたたえた (273)。しかし一八三七年から四〇年代半ばまで続いたアメリカの経済的恐慌のために販売は振るわず、ブリッジによれば同書の初版は約二か月で六百から七百部売れたが (qtd. in Julian Hawthorne, *His Wife* 162)、出版社は翌年に倒産した。結局本の出版が遅れた原因は作品の芸術性ではなく金銭にあった。

『テールズ』の書評にもブリッジは寄与した。ホーソーンは交流していなかったが、すでにハーバード大学で教授職に就いていたロングフェローに一八三七年に書評の執筆を期待して手紙を書いたのは、諸般の事情に鑑《かんが》みたブリッジの助言による。「これらの物語の最も目立つ特徴の一つは、愛国的(national)であることだ。著者は賢くもニューイングランドの伝統の中からテーマを選んだ。我々が王のもとで暮らしていた『古き良き植民地時代のくすんだ伝説』を。これは物語にふさわしい素材である」(Longfellow 62–63)、とロングフェローは作品の特徴を捉えて評価した。ホーソーンがアメリカの歴史等を題材としたことが報われた。一方、ブリッジは英米で「現存する是認《ぜにん》された力を持つ作家の中に地位を確立した」と述べた(Bridge, *Personal* 81)。エリザベス・ピーボディも書評で、ホーソーンを同時代の中で「最高に偉大な作家の地位を占める」と断定した(Peabody, "Review" 76)。ホーソーンが希求していた「不滅の名声の夢」は友人たちの援助により現実に近づいた。

ところでホーソーンがブリッジに告げた『テールズ』出版への功労としてグッドリッチに献辞する計画は、ホーソーンとブリッジの間にわだかまりを生んだ。一八三六年十一月、ブリッジはホーソーンに、グッドリッチが「代償を求めないでいつ君に何かしてくれましたか。（中略）彼を親切に持ちあげて最初の本の前途を損なってほしくない」と率直に告げた(qtd. in Julian Hawthorne, *His Wife* 143 強調原文)。エリザベス・ピーボディがホーソーンは「出版社との交渉の才能がないと思われる」と述べたが(Peabody, *Letters* 200)、ブリッジはグッドリッチが友人ではなく搾取《さくしゅ》する資本家と思っていた。たとえば『アメリカン・マガジン』の編集者としてホーソーンはグッドリッチに雇われ、一八三六年一月にボストンに引っ越すも約束の四十六ドルは支払われず、グッドリッチは「善良な類の人であるが、金のことに関してはむしろ良心的でない。何においても信頼できない」と見限ったことがある(*Letters* 15: 236)（もっともその四日後に支払われた）。結局ホーソーンは年間五百ドルの約束で雇われながら、同誌の倒産のために働いたのは三月号から六月号までで、得た収入は二十ドルだけだった(Gale 11)。それでもグッドリッチから『ピーター・パーレーの万国史』（一八三七）

【図版2】イーストマン・ジョンソンによる、ホレイショ・ブリッジの肖像画（1862頃）（The William Benton Museum of Art 所蔵）

の原稿依頼があると引き受け(*Letters* 15: 245)、姉のエリザベスと数か月かけて準備した。同書は百万部以上売れたものの報酬はわずか百ドルであった(Bridge, *Personal* 77)。この事実を知っていたブリッジは、ホーソーンを歯がゆく思ったのだ。ホーソーンとしては執筆で生計を立てるためにグッドリッチからの原稿依頼を期待して献辞に拘《こだわ》ったが、提案を取り下げた。

『テールズ』出版の数か月後、ブリッジは損失補償、「無許可の介入(unauthorized intervention)」を打ち明けた(Bridge, *Personal* 80)。ホーソーンは手紙を出した折にブリッジに「これまでも、今後も一番の友達」であると伝えた(*Letters* 15: 262)。しかし、ホーソーンがブリッジの損失補償を『テールズ』の序文で述べるべきであったと手紙で釈明したのは、『緋文字』出版の一年後であった。ホーソーンはブリッジに「君の友人のピーター［グッドリッチ］があのビジネスで立派とは言えない振る舞いをしたとしても、彼を引き合いに出さないで君のことを述べることができなかった」と書き送った(*Letters* 16: 406)。しかしグッドリッチへの配慮に不快感を覚えたためか、ブリッジは手紙の記録からこの段落を削除している(Bridge, *Personal* 124–26)。ホーソーンのグッドリッチへの献辞かブリッジへの友情かの葛藤が解消されるには、グッドリッチと疎遠になり、納得のいく出版社に出会い、執筆による生計のめどが立たねばならなかった。ティクナー・リード・アンド・フィールズが出版した『雪人形とその他のトワイス・トールド・テールズ』(一八五二)の序文で友人ブリッジへの感謝が手紙の形式で公にされたのが、その時期の到来だった。

五　『アフリカ巡航者の日誌』出版計画

一八四三年、ホーソーンは『アフリカ巡航者の日誌』(一八四五)(以後『巡航者の日誌』)出版にブリッジを参加させる計画を立てた。パトリック・ブランカッチョはホーソーンが同書出版に熱心な理由としてブリッジに対する恩義と出版で得られる収入を挙げている(Brancaccio 25)。恩義に関して『巡航者の日誌』出版後に、ソファイア・ホーソーン

（一八〇九―七一）も「夫はテールズに関する過去の好意にお返しをしました」とブリッジに端的に述べている(*Letters* 16: 108)。

経済的困窮はホーソーンにとって常のことであったが、当時は特に深刻だった。ホーソーンは生計のために一八三九年一月から年間千五百ドルの報酬でボストン税関に勤務し、執筆との両立を図った。ところが一日中石炭の計量という肉体労働に従事し、「一年かそこらで、呪われた税関を逃げる方法を見つけるかもしれない。というのも悲しい束縛だから」と翌年三月に婚約者だったソファイアに打ち明け(*Letters* 15: 422)、四一年初めに辞した。また同年四月にボストン郊外に開設された理想主義農場ブルック・ファームに参加するも十月には去った。そこでの自給自足の肉体労働は「税関での経験よりももっとペンとインクに対して悪感情を抱かせる」と感じたからだ(15: 545)。こうして執筆か、労働による収入かの葛藤においてホーソーンは執筆を選択した。執筆での生計を理想としていることは、J・モンロー社と青少年のための本の執筆と編集の契約を結ぶと、「大儲けすることを期待している」(15: 555)と一八四一年八月に妹のルイーザに告げていることからも明らかである。

しかし一八四二年に結婚後、家賃滞納のためにコンコードの牧師館を出され、翌年ブリッジに「ボストン税関から得ていた定収入」が懐かしいと困窮状態を打ち明けている(15: 681)。それでも「私たちは幸せだ。（中略）ことによったら金はトラブルをもたらすと妻はとにかく言い、わずかな金で満足するようにと勧めます」と耐えていた(15: 682)。これは姉のエリザベスの語るホーソーンの金銭感覚、「増減しないまずまずの収入」が好ましく、収入の増加は「自分の注意を奪いすぎる」を想起させるが(Elizabeth Hawthorne 146)、独身時代より厳しい状況にあった。

さらに一八四四年、長女ユーナ誕生後の家計の困窮は、ソファイアが四五年にブリッジにホーソーンの父親が受け取る政府からの報酬に関するブローカーの情報を究明依頼するほどであった(*Letters* 16: 79)。

お金はホーソーン氏にとってきわめて必要なものです。少なくとも毎日のパンを心配する重圧から解放するために、彼のためにお金を求めて海陸を巡り、必要な時にはミダス王の耳［ロバの耳］さえもつける覚悟をしています。彼が大変困窮している今、浮上したこの政府への要求は神の助けと考えざるをえません。(16: 79)

結局報酬は別人のものであることが判明し、ホーソーンは一八四五年五月から九月にかけてブリッジから二百五十ドルの借金をすることになった (16: 142n1)。

ブランカッチョによれば、ホーソーンは『巡航者の日誌』の売り上げ予測の根拠を当時の旅行文学の流行とブリッジの「リベリアからの手紙」が鼓舞する政治的関心に置いていた (Brancaccio 25)。ホーソーンは後年「人々が本を買う限り、仕事を続け、仕事の能力はその需要 (demand) で高まることがわかった」(*Letters* 16: 462) と明言し、作家と読者の関係を需要と供給の関係で捉え、読者の動向に注目していた。[5] 当時ブリッジは弁護士の傍ら兄弟で起業するも、天災で失敗したために主計官として海軍に入り、一八三八年から四一年まで地中海で、四三年からアフリカのリベリア沖で奴隷貿易を抑圧する艦船サラトガ号で軍務に就いていた。アフリカ植民地への世間の関心に着目したホーソーンは、アフリカでの経験を雑誌『デモクラティック・レヴュー』に掲載するように勧め、その後、本として出版することに変更した。ブリッジはホーソーンが編集して著作権と出版の利益を得る条件で同意した (Bridge, *Personal* 87–88)。ブリッジは自己犠牲を発揮したのである。

またホーソーンが『巡航者の日誌』出版に熱心な理由には、ブリッジが「文学の海に堂々と進水する」ことへの期待があった (*Letters* 15: 683)。その期待は、その後ブリッジが航海に関する次の作品の準備をせず、「名声」をかなぐり捨てていることに気づいていない (*Letters* 16: 406)、との嘆きに示されている。文学的名声や執筆にこだわってきたホーソーンならではの友情である。

六　ホーソーンのブリッジとの友情と葛藤

『巡航者の日誌』の執筆に関して、ホーソーンは読者を意識した職業作家として、ブリッジに折に触れて惜しげもなく助言した。たとえば一八四三年のニューハンプシャー沖の嵐さえも雑誌の記事にするよう(*Letters* 15: 681)、「リベリアからのブリッジの手紙」を添え(15: 683)、国民性、習慣、宗教、政府の影響力等の社会環境への熟考も指示した(15: 687)。さらにアフリカ種族のアメリカ船攻撃を執筆できることを幸運とし、また「本が実際的な人々(practical men)に合うようにアフリカの奴隷貿易について」多く語るよう伝えた(*Letters* 16: 26)。加えて嵐に関連して事実に固執し過ぎないで自由に「想像力(fancy)」を働かせること等の作家の術も伝授していた(15: 686)。

ところが『巡航者の日誌』は一八四五年六月に出版されたが、編集者ホーソーンの名前は掲載されたもののブリッジの名前はなく、「アメリカ海軍士官による(BY AN OFFICER OF THE U. S. NAVY)」とのみ記された。これにはブリッジが無名であることに加え、ホーソーンが四五年三月、エヴァート・オーガスタス・ダイキンク(『デモクラティック・レヴュー』と出版社ウィリー・アンド・プトナムの編集者として勤めた)にブリッジの文体を変え、時には考えを発展させ、「文章を時々情緒的に装飾しました」と明かしたことに一因があると考えられる(*Letters* 16: 82)。ブランカッチョはダイキンク宛ての別の手紙に根拠を求め、ホーソーンが「編集者というよりもゴーストライター」としての役割を認めたと指摘している(Brancaccio 24)。そこには「私の寄与したところは作品の大半に織り交ぜられたので」それがどこかを明白にできないが、「実質的な資料提供の功績は海軍の友人のものです」とある(16: 86)。ホーソーンの作家として評価を求める欲求と友情との葛藤が垣間見られる。もっとも一八五三年版の同書には著者ブリッジの名前が掲載された。

その後ブリッジはホーソーンの就職のために、一八四五年ホーソーン一家をニューハンプシャー州ポーツマスの海軍工廠《こうしょう》に招待し、民主党上院議員のフランクリン・ピアス（ボードウィン大学同窓生）夫妻やチャールズ・ゴードン・アサートン夫妻等に引き合わせた(Brancaccio 40)。これには『巡航者の日誌』の編集料が百二十五ドルと多くはなかったことがある。ホーソーンはアサートンから書状を受け取り、四六年四月にセイラム税関に任命された。ホーソーンとブリッジの立場はアフリカ植民地化には参加しないものの同情的関心を持った「奴隷解放の中庸《ちゅうよう》な友人」であったことも(Brancaccio 28)、保守的な政治家の援助を得た一因である。[6] 同年二月ホーソーンはブリッジに「まさかの時の友で、真の友であった」という感謝の念と借金返済を伝えていた(*Letters* 16: 141)。こうしてホーソーンはブリッジの計らいで生計のために異なる職業の両立に再挑戦したが、四九年ホイッグ党への政権交代により解雇された。その怒りは『緋文字』の「税関」に描かれている。

ところで、セイラム税関の報酬を受け取る前の一八四六年四月、かつて出版社に搾取されていると心配されたホーソーンは交渉術を発揮し、ダイキンクに『巡航者の日誌』の清算か前金の支払いを単刀直入に依頼している(16: 152)。さらに交渉術と友情を発揮したエピソードとしてブリッジの投資資金をホーソーンが調達したことがある。ピアスの第十四代大統領就任に伴いリヴァプール領事に任命されて英国に滞在中、ホーソーンはブリッジに三千ドルもの借金を申し込まれ、一八五四年三月出版者のウィリアム・D・ティクナーに出金を次のように依頼した。

> ブリッジと私の関係はたとえ戻ってこないことが明らかでも、有り金をすべて貸すような関係です。しかしこの投資のためのお金は他と同様に安全です。（中略）よって彼が申し出るどのような保証でも、あるいは保証がなくてもお願いします。(*Letters* 17: 191)

ティクナーはホーソーンの計らいでブリッジに投資資金を出した。出版社にはホーソーンのロマンスから十五パーセント、テールズや子どもの本から十パーセントの版権で作られたファンドがあったのだ(Woodson, Introduction 87)。ホーソーンはブリッジの借金申し込みを工面する一方、領事の収入からの出費の内容や生活費が一年以内で二倍になったことも彼に伝えていた (*Letters* 17: 203–04)。またティクナーにブリッジとピアスは借金を断れないと思うほどの友人であるが、「将来の借金の申し込みに関しては、彼らを差し向けますので、ビジネスの原理に従って扱ってください」と委ねている (17: 226)。恩のある友人を大切にしつつも、リスク回避をする交渉術を身につけたホーソーンの様子がうかがえる。なおブリッジは一八六一年と翌年に利子をつけて返済した。

おわりに

ホーソーンは孤独なファンショーやオーウェンとは異なり、家族と友人に援助されて自らの才能を信じて大望を達成した。息子のジュリアン（一八四六―一九三四）はブリッジが「卒業以来、最初からホーソーンの来たるべき文学的名声を信じていた人」であることや『緋文字』が文学界で輝きを放った時のブリッジの言質「そう言ったでしょう」を特記している (Julian Hawthorne, *His Circle* 19)。しかし、死期を意識したホーソーンが人生を振り返り、ロングフェローに文学的名声に値するものの存在を問い、作品の永続性への危惧《きぐ》を表明したのは、作品の不滅が「不滅の名声の夢」の実現であるからだ。晩年には経済的困窮から解放されたものの、労働倫理に呪縛され続けたホーソーンが浮き彫りにされる。

◉本稿の一節から三節は「ホーソーンとロングフェロー――共栄の関係性」『共生文化研究』第六号、二〇二一年、四七―六二頁の一章と二章を加筆修正したものである。

◉注

(1) ケンブリッジの貸馬屋のトマス・ホブソン（一五四四―一六三一）が、客に戸口に近い馬から貸したことから、与えられたものを取るか、取らないかのえり好みの許されない選択の意味になったと言われている。

(2) 十九世紀初頭のアメリカ文学と出版界については、拙論「エリザベス・ピーボディの出版界への進出」の五一―五三頁参照。

(3) トマス・ウッドソンは「作家の名声への伝統的な願望に対するホーソーンの矛盾した態度に関して、表明の仕方を一八三〇年代に築いた」と指摘し (Woodson, "Hawthorne" 77)、『テールズ』の出版が決まった時、ホーソーンが「この陰鬱でむさ苦しい部屋で名声は獲得された」と述べたことを指摘しつつも (78)、文壇での「名声」の意味に疑問の余地があると論じている。また「大望を抱く客」（一八三五）等の初期の作品は大望の失敗のイメージを与えると述べている (79)。

(4) 三つの短編集「故郷の七つのテールズ」、「プロヴィンシャル・テールズ」、「ストーリー・テラー」を発表する予定であった。

(5)「需要と供給」はサー・ジェイムズ・スチュアートが『政治経済学原理の研究』（一七六七）で使用した。

(6) 奴隷制に対して、『巡航者の日誌』の序において著者は、「自国や他国の奴隷制を知らないこともない北部人であるが、奴隷制反対論者でも、植民地化賛成論者でもない」と知識はあるものの立場は中立であると表明している (Bridge, *Journal* v–vi)。本文では「植民地の人はアメリカにおけるよりもここのほうがいいことに私は満足せざるをえない。彼らはより自立し、健康で、ずっと幸せ」であると書かれている (Bridge, *Journal* 43)。ホーソーンとブリッジは奴隷制に対して知識があり、無関心でないものの、奴隷制やリベリア植民地化に対して政治的には参加しない立場をとっていたと考えられる。

◉引用文献

Adkins, Nelson F. "The Early Projected Works of Nathaniel Hawthorne." *Nathaniel Hawthorne: Critical Assessments*, edited by Brian Harding, vol. 3, Helm Information, 199- , pp. 3–29. Originally published in *Papers of the Bibliographical Society of America*, vol. 39, no. 2, 1945, pp. 119–55.

Baym, Nina. *The Shape of Hawthorne's Career*. Cornell U, 1976.

Brancaccio, Patrick. "'The Black Man's Paradise': Hawthorne's Editing of the *Journal of an African Cruiser*." *The New England Quarterly*, vol. 53, no. 1, 1980, pp. 23–41. *JSTOR*.

Bridge, Horatio. *Journal of an African Cruiser: Comprising Sketches of the Canaries, the Cape de Verds, Liberia, Madeira, Sierra Leone, and Other Places of Interest on the West Coast of Africa*. Edited by Nathaniel Hawthorne, George P. Putnam and Co., 1853. *HathiTrust Digital Library*.

——. *Personal Recollections of Nathaniel Hawthorne*. Harper & Brothers Publishers, 1893. *HathiTrust Digital Library*.

Doubleday, Neal Frank. *Hawthorne's Early Tales, A Critical Study*. Duke UP, 1974.

"*Fanshawe*: Five Notices." *Nathaniel Hawthorne: Critical Assessments*, edited by Brian Harding, vol. 1, Helm Information, 199- , p. 46. Originally published in *Yankee and Boston Literary Gazette*, vol.1, no. 45, 1828, p. 358.

Fink, Steven. "Book Publishing." *American History through Literature, 1820–1870*, edited by Janet Gabler-Hover & Robert Sattelmeyer et al., vol.1, Charles Scribner & Sons, 2006.

Gale, Robert L. *A Nathaniel Hawthorne Encyclopedia*. Greenwood P, 1991.

Goodrich, Samuel G. *Recollections of a Lifetime, or Men and Things I Have Seen: In a Series of Familiar Letters to a Friend, Historical, Biographical, Anecdotical, and Descriptive*. Vol. 2, Miller, Orton and Mulligan, 1856. *HathiTrust Digital Library*.

Hawthorne, Elizabeth Manning. *A Life in Letters*. Edited by De Rocher, Cecile Anne. U of Alabama P, 2006.

Hawthorne, Julian. *Hawthorne and His Circle*. Harper and Brothers Publishers, 1903. HardPress Publishing.

——. *Nathaniel Hawthorne and His Wife: A Biography*. Vol. 1. James R. Osgood and Co., 1885. Kessinger Publishing.

Hawthorne, Nathaniel. "Alice Doane's Appeal." *The Centenary Edition of the Works of Nathaniel Hawthorne*, vol. 11, edited by William Charvat et al., Ohio State UP, 1974, pp. 266–80.

——. "The Devil in Manuscript." *The Centenary Edition of the Works of Nathaniel Hawthorne*, vol. 11, edited by William Charvat et al., Ohio State UP, 1974, pp. 170–78.

——. *Fanshawe*. *The Centenary Edition of the Works of Nathaniel Hawthorne*, vol. 3, edited by William Charvat et al., Ohio State UP, 1971, pp. 331–460.

——. *The Letters, 1813–1843*. *The Centenary Edition of the Works of Nathaniel Hawthorne*, vol. 15, edited by Thomas Woodson et al., Ohio State UP, 1984.

——. *The Letters, 1843–1853*. *The Centenary Edition of the Works of Nathaniel Hawthorne*, vol. 16, edited by Thomas Woodson et al., Ohio State UP, 1985.

——. *The Letters, 1853–1856*. *The Centenary Edition of the Works of Nathaniel Hawthorne*, vol. 17, edited by Thomas Woodson et al., Ohio State UP, 1987.

——. *The Letters, 1857–1864*. *The Centenary Edition of the Works of Nathaniel Hawthorne*, vol. 18, edited by Thomas Woodson et al., Ohio State UP, 1987.

Lathrop, George P. *A Study of Hawthorne*. James R. Osgood and Co., 1876. *Internet Archive*.

Longfellow, Henry Wadsworth. "Review of *Twice-Told Tales* by Nathaniel Hawthorne." *North American Review,* vol. 45, no. 96, 1837, pp. 59–73. *JSTOR*.

Peabody, Elizabeth Palmer. *Letters of Elizabeth Palmer Peabody: American Renaissance Woman*. Edited by Bruce A. Ronda, Wesleyan UP, 1984.

——. "Review." *Nathaniel Hawthorne: Critical Assessments*, edited by Brian Harding. vol.1. Helm Information, 199-. Originally published in *New Yorker*, vol. 5, no. 24, 1838, pp. 1–2.

Rodgers, Daniel T. *The Work Ethic in Industrial America 1850–1920*. U of Chicago P, 1979.

Rose, Anne C. *Voices of the Marketplace: American Thought and Culture, 1830–1860*. Rowman & Littlefield Publishers, 2004.

Seybert, Adam. "*Statistical Annals of the United States of America.*" *The Edinburgh Review, or Critical Journal*, vol. 33, no. 65, 1820, pp. 69–80. *HathiTrust Digital Library*.

"*The Sketch Book* by Geoffrey Crayon, Gent." *The Edinburgh Review, or Critical Journal*, vol. 34, no. 67, 1820, pp. 160–76. *HathiTrust Digital Library*.

Wineapple, Brenda. *Hawthorne: A Life*. Alfred A. Knopf, 2003.

Woodson, Thomas. "Hawthorne and the Author's Immortal Fame." *Nathaniel Hawthorne Review*, vol. 30, no. 1/2, Special Bicentennial Issue, 2004, pp. 56–91.

——. Introduction: Hawthorne's Letters, 1813–1853. *The Centenary Edition of the Works of Nathaniel Hawthorne*, vol. 15, Ohio State UP, 1984, pp. 3–89.

アレント、ハンナ『人間の条件』志水速雄訳、筑摩書房、一九九四年、二〇一八年。

倉橋洋子「エリザベス・ピーボディの出版界への進出——ホーソーンの初期作品の出版を中心に」『東海学園大学研究紀要』第二一号、二〇一六年、四九—六一頁。

成功者への道
——ポーの「実業家」にみるウォール・ストリート風のビジネス手法

池末 陽子

はじめに

メリーランド州ボルティモアのウェストミンスター埋葬地にエドガー・アラン・ポー（一八〇九—四九）の墓がある。表通りから見える立派な記念碑の傍を通り抜けて、奥まった庭にある慎ましやかな墓に、世界各国からこの地を訪れたファンや観光客が花を手向けると同時に、一ペニー硬貨を供えていく。貧しさの中で亡くなった国民的作家の魂を鎮《しず》めるためであろうか。

悲劇の詩人ポーという作家像の一因でもある「貧しさ」に、彼は人生の大半を翻弄された。多くの文人たちが彼の死を悼《いた》んだが、彼の貧困に触れていないものはほとんどない。遺稿管理人となった編集者ルーファス・グリズウォルド（一八一五—五七）は、「回顧録」でポーの晩年の貧困ぶりを「究極の貧困に喘《あえ》いだ四年間」(Griswold 32) と記した。一八四九年、雑誌『スタイラス』創刊の夢のための資金繰りに奔走《ほんそう》していたポーが急死したことで、義母である叔母マリア・クレムは途方に暮れることになる。不幸なことに、ポーは『ブロードウェイ・ジャーナル』で負った借金を返さ

【図版1】ウェストミンスター・ホールの一角に建つポーの墓(筆者撮影)

ないまま亡くなったのである。そして、『ポー全集』(一八五〇)が、生前ポーと良好な関係にはなかったグリズウォルドの手により出版されたとき、クレム夫人は「前書き」の一行目に「私の息子のこの全集は、私のために(for my benefit)出版されたものなのです」(Clemm i)と述べた。

そもそもグリズウォルドとポーの不和は、『グレアムズ・マガジン』に年収二千ドルでグリズウォルドが編集長として就任した一八四二年頃に遡《さかのぼ》る。当時、グリズウォルドの半額以下の年収八百ドルで名目上の編集者として雇われ、掲載作品稿料最低ランクだったポーは、グリズウォルドの着任後まもなく『グレアムズ・マガジン』を去った。ポーよりも若く有能で、『グレアムズ・マガジン』にとって雇用価値の高いグリズウォルドの存在が、ポーが職を辞した唯一の原因だったというわけではないだろうが、ジョン・ウォード・オストロムの分析によれば、稼げるようになってからのポーの人生において、貧困レベルより上だったのは、たった一度だけであり、それが『グレアムズ・マガジン』で働いていた時代だったということは何とも皮肉なことである(Ostrom, "Edgar A. Poe" 1–7)。

彼はヴァージニア大学時代に賭け事で少なからぬ借金を背負ったが、資力的に払えるはずの養父は厳しく、彼は退学を余儀なくされた。それにもかかわらず、その後もポーは養父に金の無心を続けた。義理とはいえ、大学にも行かせてくれた裕福な商売人である養父への甘えもあっただろう。しかし、ポーをかわいがった養母フランシスの死後、伯父から莫大な額を相続した養父は新しい若妻と赤ん坊だけに自らの財産を相続させる旨の書類を作成し、ポーを放り出した。その後、ポーはなんとか複数の雑誌での職を得たが、給料や稿料が低いと訴えたところで、雇い主たちは彼の言い分に耳を貸さず、飲酒癖をはじめとする他のさまざまな理由をあげ、彼を解雇した。その理由の中には給料の前借りも含まれた。

だが、これらの経済的な負の経験のおかげで、ポーが経済的困窮状況にある人物をある意味自虐的に、そして等身大に描くことができたということもまた事実であろう。評価はさほど高くないが、一八三五年六月号の『サザン・リテラリー・メッセンジャー』に、借金取りから逃れようと「高飛び」を計画した男の話が掲載されている。中編小説「ハンス・プファアルの無類の冒険」（一八三五）である。この作品の主人公プファアルは、元々は「信用（credit）」のある鞴《ふいご》業者であったが（"Pfaall" 391）、借金苦という現実から逃避するために、金貸しを殺害して地球外へ逃亡した挙げ句、真偽不明の「月」の情報を交換条件として恩赦《おんしゃ》を申し出る。しかし、プファアルの話は信用できないのみならず、作品自体がほら話であるという結末《オチ》が用意されている。実はこの話は、「債務」と道徳《モラル》の関係性をよく表わしている話でもある。デヴィッド・グレーバーは、「借りた金を返すのは純粋に道徳《モラル》の問題」であると指摘する（Graeber 8）。すなわち、負債と通貨制度が人類史に登場して以来、経済活動は契約——債権債務関係という数値と法律を基盤とする規律——を手段としてきたわけだが、そこに社会的信用という人格評価にかかわる判断基準がひと役買ってきたのである。実生活の悪評や噂話《ゴシップ》と創作上の虚構が入り混じった禁忌《きんき》感を基にして、作家イメージが創り上げられてきたポーであっても、許容されうる禁忌《タブー》の中に債務不履行《ふりこう》は含まれない。「債務」に纏《まつ》わる無秩序ぶりが道徳《モラル》違反であることを誰も否定し得ないからである。そう考えると、雑誌ビジネスへの参入を夢見て奔走しながらも、たび重なる経済困窮の事実や噂で生前のポーが被った痛手は小さくはなかったのかもしれない。

また、確かに債務者は信用できないかもしれないが、一方で自称経済的な「成功者」の自分語りが信用ならないことも否定しがたいところがある。一八四〇年二月、ポーは『バートンズ・ジェントルマン・マガジン』に「成功者（a made man）」（"Business Man" 491）の話を掲載する。短編小説「実業家ピーター・ペンデュラム」（"Peter Pendulum, The Business Man"）である。そして本作品は五年後に、『ブロードウェイ・ジャーナル』一八四五年八月二日号に「実業家」（"Business Man"）という短いタイトルの作品として再掲された。主人公の名前は「ペンデュラム（振り子）」から「プロフィット（利益）」へと改名されており、主人公は命名どおり「利益」をあげることに奮闘する。どうすれば儲かるのか、何をすれば世俗で成功できるのか。現在想定される「ビジネスマン」の姿とポーの描いた実業家のイメージがかなり異なるのは確かであり（巽　九六）、プロフィットは従来解釈されてきたとおり、「詐欺師」の系列に連なる「虚業家」（山本　二八九）なのだろう。しかし、「利益第一主義」の本質は今も昔も大差ないのではないだろうか。世相を読み、扇情的《センセーショナル》な作品を世に送り出そうと企み、そして「文筆業」で「貧困」から抜け出そうとしていたポーであれば、「ビジネス」そのものに大いに関心を持っていたに違いない。本稿では、ウォール・ストリートを起点とする十九世紀アメリカの経済発展を概観しながら、短編小説「実業家」を中心に、十九世紀中庸《ちゅうよう》のアメリカにおける虚業と実業あるいは道徳《モラル》と成功について勘考してみたいと思う。

一　起業のルールを知る――規律と秩序

ポーの短編小説「実業家」は「規律（Method）こそがビジネスの本質（soul）である」という一文を題辞に掲げ、さらに冒頭で「結局のところ、規律こそが肝要なのだ」と念を押す（"Business Man" 481）。実際この「規律」は主人公ピーター・プロフィットの商業精神の顕現であるのみならず、彼の身体と物理的に一体化し、具現化されている。

彼は自分が「優秀な実業家」（482）になれたのは額《ひたい》の瘤《こぶ》のせいだと説明する。幼いころアイルランド人の年老いた乳母が彼の両足の踵《かかと》を握って、ベッドの柱に彼の頭をひどく叩きつけたため、ずっと消えない大きな瘤ができてしまう[1]。その時の乳母の言葉は「やかましいチビの穀《ごく》つぶしめ（spalpeen）」だった（482）。そもそも"spalpeen"とは十八世紀末から使われた言葉で「季節労働者」、特にアイルランドの「貧しい」移動型農業従事者のことを意味する。すなわち、彼は人生のかなり早い段階で、貧乏であってはいけないこと、それは少なからぬ痛みを伴うものであることを、身をもって知るのである。そして瘤は彼の身体において「秩序（order）」を示す器官となり、彼は「仕組み（system）」と「規則（regularity）」に目覚める（482）。さらに彼は天才から実業家は生まれないと断言する。なぜなら彼らの作法は「物事の合目的性」と合わないからであり、プロフィットに言わせると天才とは「ありふれた方法から何かを得ようとする」、「頑固者」なのである(482–83)。かくして彼は、自分は天才ではなく「きちんとした(regular)実業家である」と称するのである(483)。

この目の上の「瘤」は厄介なもので、プロフィットは四六時中「秩序」が気になって仕方ない。いわば傍らの日めくり暦以上に己を律する性質がある。予定表の実用性を示唆したのはベンジャミン・フランクリンだが、プロフィットは「正確性」と「几帳面さ」が要となる取引日記(Day-book)や会計元帳(Day-book)を大事にする(483)。まさに「ペンデュラム(振り子)」という以前の名前のとおり、「赤き死の仮面劇」(一八四四)の黒檀《こくたん》製の時計や「鐘楼《しょうろう》の悪魔」(一八三九)の時計のように「規則正しく」仕事をこなし、商売に関わるすべてを記録する。貧しい父親が押し付けてくる「金物問屋」や、年老いた母親が腰を落ち着けるように勧める「食料雑貨店」は「恥ずかしくない(respectable)」職業であり、食べては行けるかもしれないが、いわゆる「成功者」になれる可能性は低いのは確かである。そんな仕事は「馬鹿げている(fiddlestick)」ので、「見苦しくない(*decent*)」方法で身を立てたいと彼は考える(483–84)。彼にとっては巷《ちまた》の人々が考えもつかない商売あるいは手法で儲けることこそが重要なのである。

「実業家」が再登場した同じく一八四五年の『ブロードウェイ・ジャーナル』十一月号には、「秩序」をテーマにした別の作品「鐘楼の悪魔」が再掲されている。時計と秩序をこよなく愛する自閉的な町に異国風の一人の男が現われる。このアイルランド人と思《おぼ》しき男は体の九倍もあるフィドルを抱えて時計台を占拠し、リズムや調子の外れた音楽を鳴らし始め、町の秩序は崩壊していくという、まさに馬鹿げた話《フィドルスティック》である。この作品が最初に掲載されたのは一八三九年、「実業家」初出の前年である。つまりポーは、四〇年代前後からの数年間、「秩序」が壊れつつある世の中を風刺して、規律と制度の必要性を説く二篇の滑稽譚《こっけいたん》を繰り返し掲載し続けていたことになる。両作品の前提となっている秩序崩壊の外的要因は、「鐘楼の悪魔」では十九世紀中庸のアイルランド移民問題であり、「実業家」ではアンドリュー・ジャクソン政権下における銀行の破綻《はたん》である。

折しも一八三六年のアメリカ第二銀行の破綻を皮切りに各州は経済的苦境に立たされ、八つの州とフロリダ準州は多大な負債を抱えることになった。そしてやむなく利子支払拒否に至ると、アメリカは「詐欺師の国(a nation of swindlers)」(Geisst 37)とまで言われるようになる。ポーが「実業家」で描出したような詐欺師風の人物が闊歩《かっぽ》し、詐欺会社／詐欺自治体が存在するようでは国益は損なわれる一方だったのである。各州が債務不履行問題で混乱している最中の一八四一年には、アメリカ初の信用格付け会社がニューヨークに誕生する。そして一八四〇年代半ばまでにアメリカは経済的秩序の回復に努め、一八四八年のゴールドラッシュまでは市場に乱高下はなく、アメリカ経済は確実に成長していった。しかし、市場経済を基盤として事業が成長し、産業そのものが合理化していく過程において、自立した「職人」は苦境へと追いやられてしまう。鞴職人プファアルはその典型例である。マイケル・T・ギルモアが指摘するように、雇用は賃金契約へと様変わりし、人間関係は債権債務関係に縛られたものとなり、「持ちつ持たれつの慣習は規則(regularity)、規律(discipline)の重視」(Gilmore 134)へと移行していった。ポーは「四獣一体」(一八三六)をはじめさまざまな作品でジャクソニアン・デモクラシーを揶揄《やゆ》してきたが、「実業家」もその流れを汲む。経済的苦境にあった一国民ポーがこの状況に関心を寄せなかったはずはない。

さらにギルモアは、ハーマン・メルヴィルが描いた「書記バートルビー――ウォール・ストリートの物語」(一八五三)の語り手を、十九世紀半ばには廃《すた》れかけていた「家内制生産」を基盤とする体制に属する人物、すなわち、「さほどがめつくないその昔のものの見方を依然として保っている」男(134)であると指摘するが、その逆に位置するのがピーター・プロフィットであろう。当時資本の側に見られた「あこぎで勘定高い風潮」を当然のこととして受け入れ、金を生む市場という「仕組み《システム》」とその手法としての「規律《メソッド》」に目覚め、そして改名後の名前のとおり、「利益《プロフィット》」をあげる「実業家」が誕生するのである。

ぼろきれが紙を作る

紙がお金を作る
お金が銀行を作る
銀行が債務を作る
債務が貧困を作る
貧困がぼろきれを作る

(Senchyne 545)

この作者不明の詩は、「紙作り」と「金作り」という二つのまったく異なる製造工程が、「紙幣 (note)」を媒介《ばいかい》にして、実利的に循環する仕組みとして成立していることを端的に示している。プロフィットが、私に「富 (fortune)」を築かせたのは、「お金 (money) ではなく、規律 (method) なのだ」と力説した (“Business Man” 481) ことから推測されるように、十九世紀前半の文化が、「宝」としての「お金」から「資本」としての「お金」への価値観の移行によって形成されつつあった時代の空気を、ポーは見事に捉えている。そして、アイルランド移民の乳母に育てられ秩序という目の上の瘤と一体化したプロフィットという男は、ポーの祖父のような初期アイルランド移民らの協力のもとで建国に成功しながらも、その後は増大するアイルランド移民との政治的文化的軋轢《あつれき》を体内に抱え込み、一方で市場の仕組《システム》みを構築する道筋をつけようと奮闘していた十九世紀前半のアメリカ経済そのものを表象しているともいえるのである。

二　失敗から学ぶ――詐欺師か実業家か

前節でみたように、ピーター・プロフィットは几帳面な男である。詐欺師の仕事目録のような本作品では、この男が職を選ぶにあたり、需要と供給、利益と損益、心身の健康と費用対効果《コストパフォーマンス》などを几帳面に分析していくところに滑稽さがある。だが、その自虐的な語りの中には、失敗から学ぼうとする自律の精神を見出すことができる。まずは彼の成功への道程を、あらすじを追って確認してみたい。

プロフィットが最初の「利益をあげる (profitable)」職業に選んだのは「広告塔販売業」である (484)。仕立屋のために、街頭で客を呼び込み、服を売りつける。ときには、傷物の商品を上級品と偽って売るが、依頼者である仕立屋に提出した請求書には、「嘘が一つ (one lie)」と嘘偽りなく記載する (485)。だが問題となったのは実費精算である。当時流行《はや》った畝織《うねおり》のウールのコートを引き立たせるための紙襟の代金は不正請求だとして、会社は半額しか払わなかった。プロフィットが請求した代金分で四倍の襟が作成できたはずだ、というのが会社側の言い分である。それに対し、プロフィットは「ビジネスはビジネスなのだから、ビジネスとして処理してもらわないといけない」、会社は「私から一ペニーを騙し取る (swindling) なんて、そもそも仕組み (*system*) が整っていない」し、「どうみても規律 (*method*) がない」と考える (485)。実費を請求書どおりに支払ってもらえなかったプロフィットの口惜しさは、ポー自身が一八四二年にフレデリック・トーマス宛の手紙で、国際著作権の制度《システム》が不在であることと、海賊版の横行により得られるはずの利益が得られなかったことを嘆いたことと重なる (Ostrom, *Letters* 1: 210)。

かくして彼は、次は「恥ずかしくない (respectable)」、ただし「独立性の高い (independent)」仕事に鞍替《くらが》えする (485)。「立退《たちのき》料交渉業」である。前職の経験を活かして、「誠実」かつ「無駄を省き」、「厳格にビジネスに則った」仕事ぶりによって、「取引所 ('Change')」で注目の人物（むしろ要注意人物）となる (486)。興味深いことに、彼は本業に従事する人々を「商人たち (merchants)」と呼ぶ。「商人」とは主に物品の売買に携わる、すなわち財貨転換により利益を得る取引行為をもっぱら指すはずである。しかし、この場面に現われる商人たちは、建設中の大邸宅の好位置に故意に「独創的かつ意匠《いしょう》を凝らした建築物」を作って、「実業家たち (businessmen)」に立ち退き料を請求するのである (486)。建物の取り壊しによって空間占有を「無」に返すことで、実質的に実体のない取引で利益を生ませるこの手法は、ウォール・ストリート風といってもよいだろう。「取引所」がウォール・ストリートを意味することを勘案すると、プロフィットの職業は、初期アメリカの市場取引が「歩道」などで行なわれていたことや、一七九二年のバトンウッド合意(2)に至るまで価格操作で利益を生むことが市場で公然となされていたことを前景化し、また現在においても実体のない手数料ビジネスで市場が成り立っていることを予見しているようにもみえる。そして仕事上の「務め(duty)」として梃子摺《てこず》った物件に油煙《ゆえん》を塗ったところ、投獄されたうえ出所後誰も相手にしてくれなくなったという顚末《てんまつ》は(486)、「実業家たち」とやり合うことで倫理法令遵守《コンプライアンス》の精神をプロフィットが学んだことを仄めかしているかのようである。

三つ目の職として、殴りかけさせるように仕向けて賠償金を稼ぐという古典的な「殴られ業」に参入する。前職同様に、厳格に取引の「仕組み」を整え、「規律正しく」帳簿をつけ、事業自体は順調ではあったが、生身の体を資本とすることがこの職業の難点であり、「健康はお金には代えられない」ことに気づくまでに随分痛い思いをする(488)。次の「泥はね業」は同業者多数の割には善戦したとプロフィットは語る。交差点付近に、巧妙にあらかじめ小さな水溜まりを作っておいたうえで、人々が泥をよけて通れるようにして礼金を受け取るという仕組《システム》みを構築したことにより、「信用ある男(a man to be trusted)」として名を上げることになる(488)。やっとプロフィットの「ビジネス方針」は知れ渡り、騙されることはなくなる。しかし、「銀行にしてやられることは避けようがなかった」とプロフィットは唐突に愚痴《ぐち》る(489)。

アメリカ第二銀行破綻の余波、すなわち一八三七年の恐慌として知られる十九世紀最悪の不況は、数々の銀行を閉鎖に追い込み、経済上の生命線を銀行に依存していた零細《れいさい》企業と農業従事者を直撃した。ニューヨーク最古の法律事務所キャドウォールダーで働いていたジョージ・テンプルトン・ストロングは「私が知っている中でも、ウォール・ストリートで最悪の事態になりつつある」と述べたほどだ(Geisst 21)。ペンシルベニアの一銀行として細々と経営を続けていた第二銀行が、永久破綻を宣言するに至った一八四一年の四月一日に、ポーはトマス・ワイアット宛の手紙で、最初の雑誌『ペン』創刊の頓挫《とんざ》について、「私の雑誌創刊企画は延期になっただけだ。生殺し状態だが死んではいない。創刊に向けての準備はすべて整っていた。ポラック氏とはかなり有利な条件での協力合意に至っていて、私は経営部門に関わる予定だった。(中略)なのに、まさに雷鳴のごとく、支払停止(bank suspensions)になってしまったんだ」とこぼした

(Ostrom, *Letters* 1: 267)。プロフィットの愚痴は、まさにポーが辿った経済的困難が銀行という仕組《システム》みと直結していることを示唆している。またアメリカ資本主義経済における個人の無力さが強調されているという点では、プファアルの場合とも同じなのである。

「泥はね業」に味をしめたプロフィットは続けて「犬泥はね業」を始める。この仕事について「それほど」恥ずかしくない職業ではない、とわざわざ彼は前置きする (489)。犬のポンピーという相棒を持つことで、「恥ずかしくない」職業に就くという従来型の、そして両親から押し付けられた職業選択の価値判断基準から、彼は離脱したのである。故意に泥だらけになったポンピーが紳士の靴に体を擦《こす》りつけ、プロフィットが汚れたその靴を磨くという、わずか一分程度の仕事である。だが相棒である犬が半分の取り分を要求したため、喧嘩別れとなり事業は終了する。しかし釈然としないのは「彼［犬］は (he) 欲深くて」、あるいは「三分の一の取り分までは許してやった」(489) というプロフィットの傲慢《ごうまん》な言い様である。ここで想起されるのは、サイキ・ゼノービアという女性が主人公の連続短編小説「ブラックウッド風の記事を書く作法」（一八三八）と「ある苦境」（一八三八）である。後者でサイキは黒人奴隷ポンピーとペットの子犬ダイアナを連れているのだが、犬と黒人奴隷は所有物という点でひとくくりに語られる。「実業家」と考え併せてみると、奴隷制という国家的制度において、犬＝黒人奴隷が白人男性と同等の利益を要求するなどあろうはずがないという前提のもとに、プロフィットが語っていることがわかる。農本主義体制の初期アメリカから維持されてきたその国家的制度そのものが、利益搾取《さくしゅ》型の白人男性優位の経済社会体制の基盤を成していることは自明のことだったからである。そう考えると、この強欲な犬が奴隷制を基盤とする南部を、一方プロフィットが南部農本社会に投資してきた北部を象徴しているといえ、この二者が「喧嘩して袂《たもと》を分かった」(489) ことは当然の成り行きとして、予見されるところなのである。

そして次には、街頭の手回しオルガン弾きになる。「特別な能力」は要らない。二束三文で楽器を購入し、ハンマーで叩いて、調子外れな音になるよう調整しておけばよい。騒音を立てると「静かにして、どっか行ってくれ」と怒る人が出てくるので、その相手に立退料六ペンスを支払わせるのである(489)。巧くいったものの、わずかな額しか稼げないのでは、二束三文の楽器とはいえ資本的支出に比して割に合わない。そのうえ、使いの小僧さえいない不便さの中で仕事を行なうことに、彼は満足できなくなってくる。そして「アメリカの街路は相当ぬかるんでいるし、民主主義を奉じる大衆は差し出がましく、忌々《いまいま》しい魂胆《こんたん》を持った小僧どもがうろうろしている」と述べる(490)。これまでの仕事が常に「街路」および「取引所」で行なわれてきたこと、オルガン弾きには不釣り合いな「資本的支出」という言葉が使われていることに着目すれば、この「アメリカの街路」はウォール・ストリートに容易に読み替えられる。そして、前述のように前職二つは「街路」で「泥」から金を生み出す仕事であった。ポーは、特別な能力がなくても誰もが参入できるウォール・ストリートを、先行きの見えない錬金術的な場とみなし、普通の人々が市場取引に巻き込まれていくことに対して警告を発しているかのようである。

かくしてプロフィットは、街頭事業から足を洗い、偽郵便局で仕事を得る(490)。手紙を偽造して適当に署名をして、届け先で配達料金をせしめるというこの仕事の厄介な点は、「良心の呵責《かしゃく》」に苦しめられるということだった。代金支払いを求められた配達先の住人は「無実の」署名名義人を罵《ののし》る。彼は「嫌悪」のあまり転職を決意する。「ウィリアム・ウィルソン」(一八三九)の主人公が「フロイド的 double」である「良心」によって(伊藤 一一〇)、最後まで苦しめられ、「良心」を殺す決断をしてしまったことと逆である。なぜなら、債務と罪悪感を背負って逃げ続けたウィルソンと異なり、プロフィットは「きちんとした」普通の実業家であろうとしたからである。ウェイン・W・ウェストブルックは、現実の実業家は資本の欠如と損益のために焦心に駆られるが、小説に描かれる実業家は罪悪感や精神資本の欠缺《けんけつ》を嘆く、すなわちその苦悩は道徳的なものであり物質的なものではないのだ、と指摘する(Westbrook 3)。奇しくもラルフ・ウォルドー・エマソンが、ウォール・ストリートには目新しいものなど何もない、商人根性というものは依然として変わらないものだと諦観《ていかん》したように、昔から実業家は自己の満足のために、詐欺というよりむしろ不誠実で信用ならないビジネス倫理を押し通してきた(6)。ここでプロフィットは古き実業家精神から脱して、自らの「良心」に従う道徳的にも「きちんとした」実業家へと変わろうとしているのである。

そしてようやくプロフィットは「猫の飼育業」に落ち着くこととなる。ついに「気持ちよく」「儲けることができる」仕事に辿り着いたのである(490)。国中を荒らす猫を退治する「猫殺し」に報酬を与える法案が上院を通過するのだが、「猫法(the Cat-Act)」の文言上、猫の「頭」を数えるのではなく「尾」を数えることになったことにプロフィットは着目し、たくさんの猫を飼い、その尻尾を切って「法定価格」で売ることにする(491)。マッカサル育毛油を塗れば、年に三度は刈れるほど尾は生え揃うし、猫も殺されずに済む。「州」を取引相手とする法律に則った商売なので値崩れもなく、今までの職業のように自他の心身を傷つけることもない。そして彼はハドソン河畔《かはん》の邸宅を「叩き買い(bargaining)」、ついに「成功者(a made man)」となったのである(491)。

このようにプロフィットは、「規律」と「仕組み」という事業原則を掲げながらも、最後には「道徳」をも自家薬籠《じかやくろう》中《ちゅう》の物とする実業家へと成長した。すなわち、本作品は詐欺師の「成功物語」であるのみならず、「きちんとした」実業家になった男の「成長物語」であるとも読めるのである。

三 「成功者」とは何か——プファアル、プロフィット、エリソン

成功者の自分語りというものは、どこか信用ならないものである。プファアルの自分語りは「四月一日」という手紙の日付が「法螺話」であることを最初から暗示し、プロフィットの儲け方は常に巧妙に取引相手の目を眩《くら》ませていて「詐欺師」という誹《そし》りを免れない。プロフィットは「伝記においては、真実がすべてに優先する。自伝ともなればなおさらのことだ」としたり顔で述べているが、スーザン・アンパー編の『エドガー・アラン・ポーについて書く方法』(二〇〇七)では、「ポーを読むことは不確実な領域に足を踏み入れることであり」、「一人称の語り手」が「信用ならないこと(unreliability)」がポー研究の基本として紹介されている(Amper 47–48)。それでも、プファアルが司法取引の道

具として持ち出した月の情報を町の偉い人々は求め、プロフィットはハドソン河畔に巧く邸宅を手に入れたと自慢する。この真偽不明の自分語りが許容される裏側には、なぜか人は成功マニュアルを求めて自称成功者の話を知りたがり、自称成功者は自身を語りたがる滑稽な生き物である、という真実が隠れている。ジョーダン・ベルフォート原作の映画『ウルフ・オブ・ウォールストリート』(二〇一三)では、ペントハウスと自家用クルーザーに代表される富を、ウォール・ストリートという仕組みを利用して手に入れた主人公の人生が、悔悟《かいご》や失敗談を交えながら面白おかしく語られている。ベルフォートの野望は、株式取扱業者になろうとする端緒からアメリカン・ドリームに紐《ひも》づいており、十九世紀にポーが描いた実業家プロフィットの姿となんら変わらない。

アメリカン・ドリームの実現者を標榜《ひょうぼう》する「自成の人《セルフメイドマン》(a self-made man)」の概念を提示したのはベンジャミン・フランクリンだが、「実業家」では"self-made"という言葉は使われておらず、プロフィットは成功者となった自分のことを「果報者(a made man)」と称している。もちろん、自称腕一本で叩き上げるのも、家族親族の援助や遺産を是《ぜ》とするのも、いずれも初期アメリカにおける経済的な「成功者」という意味で大差はない。(3) その結論が、当時ハドソン河畔で建設中だったエドウィン・フォレストの別荘を思わせる大邸宅を手に入れることであり、プロフィットの物語は翌年発表の「アルンハイムの地所」(一八四六)で描かれるエリソンの物語へと繋がっていく。この二つの作品は、貧乏作家ポーの夢想を実現した創作上の経済的成功モデルである。

「実業家」は、国家による法的な猫殺し制度を巧妙に回避して、受益者の自分が猫の保護に貢献していることを強調し、幕を閉じる。「アルンハイムの地所」は、エリソンが莫大な財産を相続するところから話が始まる。「お金を持つことで、世界が開け、今までに見えなかった風景を俯瞰《ふかん》してみることができる」とベルフォートは主張するが、確かに「アルンハイムの地所」の風景は経済的成功者にだけ許された眺望権行使の結果であることは間違いないだろう。だが、エリソンの多大な時間と財産を投じた幸福の追求が、訪問者を癒し楽しませることにあり、そしてある女性を幸福にするために行なわれたことが最後に明かされるとき、その利他的な彼の真意に我々読者は頓悟《とんご》する。T・A・リオ・リメイは、一八二〇年代に富豪がもてはやされた風潮の中には、富める者たちが並外れて巧く個人の経済的利益を追求しようとするときには、必ず公共の福祉のために相当な財を投じなければならない、という考えが含まれていたと指摘する（Lemay 30）。そして両作品の成功者たちは、世相を映すかのようにこの暗黙の道徳規範に従っている。すなわちポーの成功譚は経済に関する寓話としても成立しているのである。

「実業家」に話を戻すと、この作品には二人の成功者モデルが存在すると解釈されてきた。パロディ化されたベンジャミン・フランクリンと裕福な商人であった養父ジョン・アランである。

伝記的事実を含む後者に着目してみると、ジョン・アランは、事業と遺産という二つの収入源によって裕福になった男である。貧しい父親が金物屋の経理課でプロフィットに仕事をさせようとしたという創作上の設定は、ジョン・アランがエドガーをアラン・エリス商会の経理課で働かせたいと願っていたという伝記的事実と合致する。ジョン・アランは「商売人（merchant）であり、世界を経理――すなわち、利益と損失」と同様に眺めており、「ポーのことを、時間においてもお金においても資源の排水溝、すなわち家計簿に溢《こぼ》した赤インクであるとみなしていた」と、ジェイムズ・M・ハッチソンは皮肉交じりに分析する。ジョン・アランは、歯に衣着せず、自力の哲学を旨《むね》とし、怠惰を許さない「実業家」だったのである（Hutchisson 20）。短編小説「実業家」には、商売人に対する同情と、実業家に対する憧憬《しょうけい》と憎悪という相反する感情が、矛盾《むじゅん》をはらみながら交錯している。そして晩年のポーの数々の手紙には、雑誌ビジネスで成功することを夢見る彼の葛藤が書き散らされている。ただ幸福なことに、この作品を書いた当時、彼は自分が豪邸どころか、小さな家も貯金もなく生涯を終えることをまだ知らなかったのである。

ポーの没後四十年余り経った一八九一年にジュリアン・ホーソーンは「エドガー・アラン・ポーとの冒険」を発表した。この作品で描かれたポーは、「裕福な銀行家の書記」（Hawthorne 63）である。もはや作家ではなく、現状に満足した「成功者」の風情を漂わせて、アンドリュー・ラングを片手に、珈琲《コーヒー》を飲みながら語り手と談笑するポーの姿は斬新《ざんしん》である。十九世紀後半には、生前のポーが懸念した国際著作権問題はチェイス法(4)（一八九一）の制定により解決への大きな一歩を踏み出しており、「規則」のない緩い雰囲気の中で行なわれていた証券取引や銀行業務は様変わりしつつあった。南北戦争後の不況の中で、個人投資家たちが跋扈《ばっこ》し始め、大陸横断鉄道建設等に付随する利益を財務省から掠《かす》め取るビジネスが人目も憚《はばか》らず成立するのを目の当たりにした後、世紀末に向かってトラストの時代へとアメリカは突入する。一八九〇年に反トラスト法が成立する頃には、アメリカ産業は銀行の資金調達能力、換言するならばウォール・ストリートという仕組《システム》みに依存してしまっていた。ジュリアン・ホーソーンが描いたポーは、まさにこの仕組《システム》みに寄生した成功者である。しかし、語り手「私」との会話で、過去の文学生活を古い価値観として否定し、「現実《リアリティ》」への関心を新しい価値観として口にした後、ほどなくポーは流行り病であっけなく急死する(66)。「精神は老い」、「心は涸《か》れ上がった」遺体の儚《はかな》さは、まるで風に舞う一枚の紙幣のようである。

マボット版ポー全集には「ウォール・ストリートへの警句」（一八四五）という短い詩が収録されている ("Epigram" 378)。「お金持ちになる方法を教えてあげよう／銀行取引よりも、お商売よりも、貸し借りよりもいい」という一文から始まるこの詩は、「実業家」発表と同年の一八四五年一月十五日付の『イヴニング・ミラー』紙上で披露された。「一枚の紙幣を手に取って、折りたたんで／ほら、お金が増えたよ！／この素晴らしい計画には、危険も損失もない」と続く。一九六九年の全集収録当時、編者トマス・オリーヴ・マボットは、ポーの他の詩との類似性と掲載紙面上の構成を理由に、この作者不明の詩をポーの作品であると考えたようだが、二十一世紀に入り、資料検索のデジタル化が進んだことによって、この説は覆《くつが》えされることとなった。エンリコ・ブランドーリの調査によれば、この詩は、アメリカで掲載される前年の一八四四年には、十社を超えるイギリスの新聞紙に掲載されていたようである。そして百二十五年後にポーの作品としてマボットに発見され、その後四十年以上も、ポーの詩だと信じられてきたというのは驚きである、と彼は述べる (Brandoli 61)。諷刺屋で貧困に喘いでいたポーならこのような詩を書いたかもしれないと読者や研究者に思わせたという点で、今なお興味深い詩であることは確かであろう。

おわりに

ポーが初めて日本に紹介されたのは、明治十四（一八八一）年五月二十七日付の『東京日日新聞』紙上の短い記事「詩人金を借る策」でのことである。「有名なる詩人エドガー・アラン・ポー」が「余《よ》一日書林《しょりん》の家に在《あ》りて談話せしときポー氏身に粗服《そふく》を着て飄然《ひょうぜん》として来《きた》りて主人に請《こう》て曰《いわ》く請十弗《ドル》の金余に貸せよ主人曰く貴意に應《おう》する能《あた》はず然《しか》らば五弗にても苦しからず何卒貸し呉《く》れよこの時には已《す》てに主人は曾《かつ》てポー氏に貸し與《あた》へし額殆《ほと》んと二百弗に達するを以《もっ》て到底返済は望まれず思惟《しい》しポー氏云ふて曰くもいや一銭も貸與《たいよ》せざらんと決心せり故に気の毒なご貴意に應し難《がた》しポー曰く然らば余詩一篇を呈《てい》せん之《こ》れに代ふる十弗を以てせんや主人忽《たちま》ち喜色《きしょく》面に顕《あら》はれ有難《ありがた》し十弗ぐらいの金は何時《いつ》にても呈すべしと云へり是《これ》に於《おい》てポー氏筆を乞《こ》ひ瞬時の間に一篇の稿を草し終りて十弗を請取りポッケットに入れて去れり嗚呼《ああ》何ぞポー氏の詩を作る速やかなるや蓋《けだ》し恐《おそら》くは以前より腹稿を成し置《おき》しものか又《また》は著作にて常日只《じょうじつただ》記憶上より之れを寫《うつ》せしものなるか恐くは二中の一を出でざるべしと疑ふものもあり」とある。

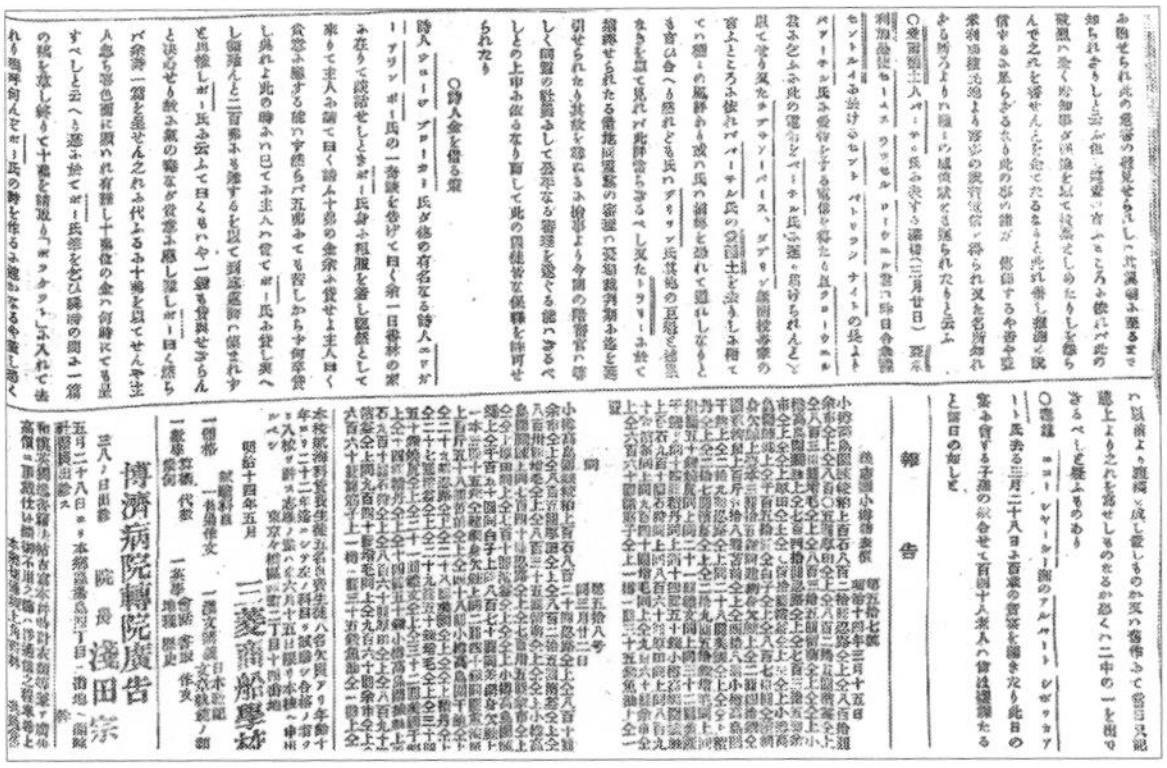

【図版2】ポーが初めて日本に紹介された『東京日日新聞』の記事「詩人金を借る策」［明治14（1881）年5月27日付］（龍谷大学図書館所蔵）

「借金」をする詩人。「詩」を即興で（あるいは即興の振りをして）したためて「売る」詩人。著名人の懐《ふところ》事情への関心は下世話だが、噂話《ゴシップ》としては売れ行きのよい話題《ネタ》であることは間違いない。ただし、有名な北米詩人の「一奇談」として紹介されたこの記事は、ポーの借金癖に関する噂話《ゴシップ》に託《かこつ》けた詩人礼賛《らいさん》である。作家の頭の中以外に実体のない「詩」が、一枚の紙きれに化体されたとき、錬金術のように利益が生まれる。「一篇書いて差し上げましょう」と言って飄々《ひょうひょう》と金員をせしめたその姿は、詐欺師風とはいえ、「即興詩人」ポーの面目躍如でもある。

文学研究において、作家本人の人生における貧困（しかもその多くが債務問題）が話題性を帯びる理由はどこにあるのだろうか。ポー研究についていえば、一九八二年発表のジョン・オストロムの論文タイトル「ポー——文学事業家としての収入」が端的に示すように、ポーが純粋に「文学」のみで「事業をする（身を立てる）」ことを真剣に考えた作家であることを示すためという理由が挙げられるだろうか。この論文では、ポーが「実業家」で描いてみせたプロフィットと同じ手法で、あたかも会計書類を作成するように彼を家政面から描きなおす作業が行なわれている。(5) オストロムは「昨今のポーの経済状況についての研究は書簡や二次資料に負うところが大きい」と指摘し、「この論文の目的は（一）入手可能な原資料からポーとその家族の資金繰りの努力を概観すること、（二）より完成度の高い詳細なポーの経済状況を描くべく、可能な限り一次資料にあたり、合理的な基礎情報を提供すること、にある」と述べる（Ostrom 1）。詳細に生計の一部始終について概観するのみならず、末尾にはポーが関わった雑誌での稿料リストが付されたこの論文の中で、金銭感覚の正確性を期すために統計資料を勘案して、一九八〇年の段階では九倍の指数で考えるべきであると、オストラムは追記している。

寛容な読者や愛好家は道徳《モラル》と文芸評価は別物であるとポーを擁護するかもしれない。だが、合理的かつ詳細な家政状況を基にした伝記研究は、生前のポーの文筆活動がいかに不当な金銭的評価を受けてきたかを物語る。そしてこの不当さは、ポーのさまざまな道徳上《モラル》の悪評と相まって、ポー研究全体の評価を毀損《きそん》してきたのではないかという懸念さえ浮かんでくる。ポーに関する金銭を巡る研究は、単なる噂話《ゴシップ》的な関心を超えて、何度も陥った経済困窮状況を理由に不当な語られ方をしてきたポーの作家像を修正する役割を担っているようにも思えてならないのである。

◉本稿は日本ナサニエル・ホーソーン協会関西支部ラウンドテーブル（二〇一七年八月二十七日）にて発表した原稿に加筆修正したものである。

◉注

（1）巽孝之は、「瘤」と「秩序」の関連性を骨相学に見出す解釈を採用している（巽 一〇八―一一）。

（2）一七九二年五月に、現在のウォール・ストリート六十八番地にあったバトンウッドの木の下に実業家や投資家ら総勢二十名以上が集まり、ガイドラインに則った株取引を行なう取引所を設立することを取り決めた。これをバトンウッド合意という。

（3）内田市五郎は、「ポウと同時代の文人であるエマソンの父は牧師で、母は醸造家の娘であった。エマソン自身も牧師になった。アーヴィングは晩年スペイン公使になった。ロングフェローは大学教授であったし、ホーソンは税官吏になった。クーパーの父親はクーパーズタウンを建てた大地主だった。こういう人たちとポウの生涯は違っている。（中略）ポウは結婚する前から叔母のクレム夫人とヴァージニアとの三人暮らしをしていた（中略）ポウの不幸はこの家族構成にある。彼に、もし、ソフィア・ホーソンのような良識ある妻がいたら、ホワイトとの問題も幾分回避できたかも知れない」と述べている（三〇）。

（4）アメリカで最初の連邦著作権法が制定されたのは一七九〇年のことであったが、その目的は「著者や発明者の権利の保護にあるというよりも、若き国家アメリカがそれから発展を遂げていくために必要な、文化的・産業的貢献に対するインセンティヴを国民に与えること」にあった（園田 三―四）。そのため、出版社の利益が優先され、英米相互の市場で逆輸入による海賊版が普及し、マーク・トウェインのような一部の人気作家以外の作家たちの経済的権利が侵害されることがアメリカ国内で常態化していた。一八九一年三月三日に制定されたチェイス法は、多国間において非居住外国人に対し著作権上の保護を与えることにより、特に英米間をまたぐ抜け穴行為を委縮させる効果が一定程度見込まれ、アメリカ国内の作家の経済的利益を保護することが可能になった。この国際著作権法は出版社の利益を損なわないよう、「アメリカ国内の製造」を保護適格条件としており、まだ十分なものではなかったが、大きな一歩となる法律となった。

（5）オストロムの論文は、データとしての有用性において、ポーの経済状況について整理した研究の草分け的存在とみなされているが、これに先立つ一九六二年に大井浩二が論文「ポーの収入」において、その見解をまとめている。一九四八年版のオストラム編集の『書簡集』の他、A・H・クインの『エドガー・アラン・ポー』（一九四〇）を含む各種伝記をもとに、収入という観点からポーを「マガジニスト（magazinist）」として定位させる労作である（Oi 159）。

◉引用文献

Amper, Suzan. *Bloom's How to Write About Edgar Allan Poe*. Chelsea House, 2007.

Belfort, Jordan. *Way of the Wolf: Straight line selling: Master the Art of Persuasion, Influence, and Success*. Murray, 2017. Kindle edition. (*The Wolf of Wall Street*. Dir. Martin Charles Scorsese. Paramount, 2013.)

Brandoli, Enrico. "'Epigram for Wall Street': Who did it? —who?" *The Edgar Allan Poe Review* 12–2 (Fall 2011), pp. 58–63.

Clemm, Maria. "Preface to the 1849 Edition." *The Works of Edgar Allan Poe*. Vol.1. Harper Brothers, nd. i–ii.

Geisst, Charles R. *Wall Street: A History*. 4th edition. Oxford UP, 2018.

Gilmore, Michael T. *American Romanticism and the Market Place*. U of Chicago P, 1985.（『アメリカのロマン派文学と市場社会』片山厚・宮下雅年訳、松柏社、一九九五年）

Graeber, David. *Debt – Updated and Expanded: The First 5,000 Years*. Kindle ed., Melville House, 2014.（『負債論——貨幣と暴力の５０００年』酒井隆史監訳／高祖岩三郎・佐々木夏子訳、以文社、二〇一六年）

Griswold, Rufus. "Memoir." *The Works of Edgar Allan Poe*. Vol. 5. Harper Brothers, nd.

Hawthorne, Julian. "My Adventure with Edgar Allan Poe." *The Man Who Called Himself Poe*, edited by Sam Moskowitz. Victor Gollancz, 1970, pp. 54–66.

Hutchisson, James M. "An Orphan's Life: 1809–1831." *The Oxford Handbook of Edgar Allan Poe*, edited by J. Gerald Kennedy and Scott Peeples, Oxford UP, 2019, pp. 18–32.

Lemay, J. A. Leo. "Poe's 'The Business Man': Its Contexts and Satire of Franklin's Autobiography." *Poe Studies* 15–2 (1982), pp. 29–37.
Oi, Koji. "Poe's Income."『大阪外大英米研究』三号、一九六二年、九二—一一三頁。
Ostrom, John Ward. "Edgar A. Poe: His Income as Literary Entrepreneur." *Poe Studies* 15–1 (1982), pp. 1–7.
——, ed. *The Letters of Edgar Allan Poe*. Gordian, 2008. 2 vols.
Poe, Edgar Allan. "The Business Man." *Edgar Allan Poe: Tales and Sketches*, edited by Thomas Olive Mabbott, vol. 1. U of Illinois P, 2000, pp. 480–93.
——. "Domain of Arnheim." *Edgar Allan Poe: Tales and Sketches*, edited by Thomas Olive Mabbott, vol. 2. U of Illinois P, 2000, pp. 1266–88.
——. "Epigram for Wall Street." *The Collected Works of Edgar Allan Poe*, edited by Thomas Olive Mabbott, vol. 1. Belknap,1969, p. 378.
——. "The Unparalleled Adventure of One Hans Pfaall." *Collected Writings of Edgar Allan Poe*, edited by Burton R. Pollin, vol. 1. Gordian, 1985, pp. 378–428.
Senchyne, Jonathan. "Rags Make Paper, Paper Makes Money: Material Texts and Metaphors of Capital." *Technology and Culture* 58–2 (2017), pp. 545–55.
Westbrook, Wayne W. *Wall Street in the American Novel*. New York UP, 1980.
伊藤詔子『アルンハイムへの道——エドガー・アラン・ポーの文学』桐原書店、一九八六年。
内田市五郎「貧困と矜持」『鳩よ!』八月号、一九九一年、三〇—三二頁。
園田暁子「1830年代から1960年代にかけての国際著作権法整備の過程における著作権保護に関する国際的合意の形成とその変遷」『知財研紀要』一六号、二〇〇七年、一八—二二頁。
巽孝之『E・A・ポウを読む』岩波書店、一九九五年。
山本晶「郵便詐欺事件の謎」八木敏雄・巽孝之編『エドガー・アラン・ポーの世紀——生誕200周年記念必携』研究社、二〇〇九年、二八九—九二頁。
著者不明「詩人金を借る策」『東京日日新聞』一八八一年五月二十七日付。

マーガレット・フラーのイタリアにおける経済的困難と「真実」探究
――「レイラ」からイタリアの革命へ

伊藤 淑子

はじめに

マーガレット・フラー(一八一〇―五〇)がイタリアからアメリカの家族に送った手紙には、金銭的な苦境が率直に言及されている。弟リチャードに宛てた一八四八年七月三日の手紙では、次のように訴えている。

いつもお金のことで、あなたに迷惑をかけるのは心苦しいことです。このような手紙を出す必要がなくなることを願って、ぎりぎりまで辛抱しました。でも、いま、私は困っているのです。あなたに頼らなければ、だれにも頼ることはできそうにありません。(*L* 5: 82)

そして、「いくらとは言いません。都合のつく金額でかまいません」と送金を求めている。

このときフラーは『ニューヨーク・トリビューン』紙の海外特派員記者という立場で、民主化と統一を目指すイタリアの騒乱の状況を伝える記事を執筆していたが、社主ホレス・グリーリーから送金されたはずの原稿料の前払いも期待していたタイミングでイタリアの銀行に届かず、蓄えも底をつく状態になっていた。幼いころから父親による厳しい教育に応え、知性を磨いたフラーであったが(Marshall 6–9)、すぐ近くのハーヴァード大学は女性に門戸《もんこ》を開いてはおらず、学業を続けることはかなわなかった。身を立てる安定した方法も得られないまま、父親を失い、母親や弟妹の生活を支えるために学校教師などをしながら、文筆で生計を立てることを志し、時間を割いて執筆活動に携わっていた。それがグリーリーの目に留まってジャーナリズムの道に入り、ようやく手に入れたヨーロッパ訪問のチャンスであった。旅費と滞在費を賄《まかな》うため、フラーはアメリカから裕福なスプリング夫妻に同行し、その娘の家庭教師を兼ねていたが、イタリアでスプリング一家と別れ、安定した収入の目論見もないまま、ローマに残ることを決めたのであった。

マーガレット・フラーはアメリカにおいて豪奢《ごうしゃ》な生活をしたことはなく、むしろ慎ましい暮らしであったものの、連邦の国会議員も務め、弁護士であった父親の収入、そして父親から授けられた教養を資本として彼女自身が得た収入によって、中産階級としての生活水準と社会的交流を維持していた。アメリカから来た女性ジャーナリストという肩書があったとはいえ、イタリアで経験する状況は、フラーにとって人生においてはじめて直面する深刻な経済的困窮であったといえる。それを十分に承知したうえで、フラーはなぜイタリアにとどまろうとしたのであろうか。フラーがイタリアに求めたものは何であったのか。

七月一日のリチャード宛ての手紙では、「イタリアは期待したとおりに美しく、ある程度の決まった収入があれば、数年は滞在してみたい」と述べ、わずかな金銭があれば「最上の楽しみ (the noblest enjoyment) を得られる地であると書いている (*L* 5: 81)。その書きぶりは、ヨーロッパ芸術の拠点としてのイタリアにフラーがすっかり魅了されているとも受けとることができるが、続けてフラーは、「私の運命は最後まで同じでしょう。美しい贈り物 (beautiful gifts) は差し出されただけで、引き下げられてしまいます。あるいは到底かなわない条件がつけられるのです」(*L* 5: 81) と綴る。やがてイタリアで得た家族とともにアメリカに帰国する航海で、ニューヨークを目前にして海難事故で夫と子どもとともにに命を落とすことになるフラーが「運命」ということばを用いていることも予言的であるが、すぐ手に届きそうなところに差し出された「美しい贈り物」とは何であるのか、フラーの手紙は具体的には明らかにしていない。

本稿では、厳しい経済状況に直面することを承知のうえでイタリアにとどまり、フラーが何を求めたのかを探る。「美しい贈り物」とフラーが称したものは何であったのか、イタリア時代からニューヨーク時代、ボストン時代へと遡《さかのぼ》って考察していく。

一　イタリアにおけるフラーの経済状況

フラーがイタリアにとどまることを選択せざるを得なかった直接的な理由は、妊娠と出産である。フラーは一八四六年八月にスプリング夫妻とともに出航し、英国とスコットランドをまわり、秋にはパリに行く。パリからイタリア北西部のジェノヴァ、南部のナポリに移動し、一八四七年春にはローマに滞在する。ここでジョヴァンニ・オッソーリと出会う。六月から十月にかけて北イタリアからスイスをまわったあと、ふたたびローマに戻り、オッソーリと再会し、妊

【図版1】マーガレット・フラー唯一の銀板写真 (Harvard University, Houghton Library)

【図版2】フラーがイタリアで結婚するジョヴァンニ・オッソーリ (Harvard University, Houghton Library)

娠するのである。一八四八年にはヨーロッパ各地で君主制に対する民衆蜂起があり、ローマでもイタリアの自由と統一を求める運動が活発になっていた。オッソーリは貴族の出身であったが、ローマ共和国の樹立のために、市民軍に加わる兵士であった。妊娠によって体調を崩したこともあり、フラーは安全のためにローマを一時的に離れ、九月に山間部の村リエティで男の子を出産する。オッソーリとの関係において、フラーがどのような法的な手続きを行なったのかは不明であるものの、新しい命を授かり、母親になり、家族を得ることについてフラーが喜びを覚えていたことは、妊娠中に書いた手紙に「子どもというものは、どのような欠点があっても、私たちがもつことのできる最上のもの」(*L* 5: 64) と記していることにも明らかである。アメリカの家族や知人たちにはオッソーリとの出会いも出産も秘密にし、だれからの助言も受けることなく、人生の転換点にみずから直面した。

オッソーリに家族を養う経済力はなく、フラーには性別役割分業に基づく家庭生活に専念するという選択の可能性がなかった。バーバラ・ウェルターが論じているように、十九世紀の女性には、「娘として、姉妹として、そして何よりも妻や母として、真の女性の居場所は、疑うことなく自分自身の家の暖炉の傍らである」(Welter 162) という規範が求められたが、フラーは海外特派員としての執筆を再開し、生計を維持しなければならなかった。

十一月に洗礼を終えた子どもを乳母に預け、フラーはリエティを離れ、ローマに戻る。一八四九年二月にローマ共和国が成立するが、四月から六月にかけてローマはフランス軍の包囲攻撃を受け、そのあいだフラーは共和派の要請を受け、負傷した兵士の手当てをする病院の指揮に当たる。ローマ共和国が倒れると、オッソーリとともに七月にはリエティに行き、息子を連れて九月にフィレンツェに移り、執筆を続ける。一八五〇年五月十七日にアメリカに向けて発ち、七月十九日に海難事故で命を落とす。

この期間、フラーはつねに経済的な問題を抱えていた。アメリカに帰国することを決めるのも、アメリカのほうが、執筆中のイタリアの革命に関する本の出版に有利であり、夫と息子を養うために、経済的に身を立てやすいと考えたからであるが、とくに金銭的な困窮が決定的な意味をもつのは、息子を乳母に預けたことと、節約できる帰国便を選択したことであるといえるだろう。ローマの包囲攻撃のあいだ、息子を預けた乳母への支払いが滞ったため、乳母が自分の子どもを優先し、フラーの子どもの授乳を控え、満足に育ててもらえないという事態を招く。「優しく誠実に思われた乳母はほんのわずかな金銭のために息子を裏切り」、母乳の代わりにワインとパンを与えられた息子は、「生死の淵をさまよい」、「天使のような敬虔《けいけん》さに満たされ、なにものにも代えがたいホームは異教神モレクに生贄《いけにえ》を捧げる神殿」に変わってしまったとフラーは嘆き、「下層の人たちに愛がないとすれば、上層の人たちは言わずもがなである」と言い、「イタリアの女を信じてはいけない」とまで、手紙に書いている (*L* 5: 249)。

経済的困窮はまさにフラーの「運命」を決することになる。帰国する船便の選択では、蒸気船の旅費を工面することができず、安価な貨物船を選択する。四年前に大西洋を渡ったときは、当時としては最速の二十一日で大西洋を横断したが、大理石と絨毯《じゅうたん》を運ぶ帆船《はんせん》の貨物船が、数人の乗客を受けいれ、蒸気船よりも安く乗船できることをフラーは知り、風に任せる航海が二か月以上かかることを承知で、ニューヨークに向けてリヴァプールを出発する。蒸気船の事故が相次いでいたことも、フラーの決心を助け、ゆっくりとした船のほうが、賢い選択であると考えたのかもしれない。しかしこの選択がやがて海難事故の悲劇につながることを考えれば、フラーの人生は、まさに経済的状況に左右されて幕を閉じたといえる。フラーはイタリアでの出来事を論じた原稿を携えて帰国の途に就いたが、いずれ本として出版することを望んだ原稿は、海難事故ですべて失われ、イタリアで得た家族である夫と息子も、フラーとともにニューヨークを目前にして命を落とす。

二　フラーの親密な関係

帰国すればスキャンダルになると予想されていたフラーとオッソーリの関係であったが、フラー自身もこの関係が不釣り合いであることを自覚していたことは、次の友人ウィリアム・ヘンリー・チャニング宛ての手紙からもわかる。

最初はたくさんのまちがった噂が立ち、表面的なことが取り沙汰《ざた》されるとわかっています。でも、実際に会えば、私のしたことすべてに十分な理由があり、私の人生のすべてが正しくはなくても（虚偽に満ちた社会で、人生を真実なるものとして保つことは非常にむずかしいのですから）、私の人生のすべてがすべて、まちがっているとも、実りのないものであるともかぎらないと理解していただけると思います。(*L* 6: 57)

超絶主義の価値を共有するフラーにとって、「真実」は重要な基準であり、自分が選択した結婚には部分的ではあっても「真実」があると訴える。しかしそれが周囲から容易に理解されないことも予想している。だからこそ、オッソーリの銀板写真をアメリカの家族や知人に送り、その外見から人柄を理解してもらおうとしたり、母親に宛てた手紙で、オッソーリの英語の上達が遅いことを打ち明けつつ温かく迎えてほしいと頼んだり (*L* 6: 60)、フラーが選んだ結婚がアメリカの家族や知人に起こす波紋を案じている。

フラーは『十九世紀の女性』（一八四五）で、女性と男性の理想的な関係を次のように謳《うた》っている。

根気よく求めれば、それはかなえられる、
粗末な家 (humbler home) で休息を求めてはならない。
そしてあなたは、だれもみたことのないものをみる、
王と女王の宮殿のような家庭 (The palace home of King and Queen) を。（*Woman in the Nineteenth Century* 105; 二〇四）[1]

「王と女王の宮殿」とたとえられているのは、物質的な豪華さではなく、精神的な豊かさである。「純粋で揺るぎない精神をもつ二人は／高められた信仰と純化された真実によって／高らかで澄みきった音楽のすべてを聞く」（105; 二〇三）

ことができるとフラーは説く。「王と女王」は高い精神性のメタファーである。
フラーは結婚のあるべき関係として、個人として自立する男女が結ぶ理想的な絆を想定する。主従の関係ではなく、支えあうことによってより安定する男女の関係をフラーは結婚に求める。料理や裁縫など、十九世紀の規範が女性に求める役割を否定はしないが、そこに主従の関係、上下の立場が生じることは認めない。

美味《おい》しい料理を作り、家庭に健全な秩序を生みだして維持し、そこで立派な同居人や客人のために輝くような衣服を用意する女性たちを私が深く尊敬しているということは言っておきたい。ただし、これらの「役割」は、単純な重労働であるとしても、強制された義務であってはならず、生活の一部でなければならない。ペネロペが家でよいにおいのするパンを作っているあいだ、ユリシーズには肉牛の世話をさせよう。これらのことが思いやりと愛で自発的に行なわれるならば、二人とも申し分なく適切な仕事に従事しているのである。しかしユリシーズが家畜番でないように、ペネロペは単にパンを焼く人でも機《はた》を織る人でもない。(24: 四一)

これはフラーの皮肉の利いた記述であり、男女の非対称性を出すことによって、生活のための行為を性の属性に帰すことの矛盾《むじゅん》をつく。
女性と男性を固定的な役割から解放することは、『十九世紀の女性』の中心的な主張である。

男と女は、偉大なる根源的二元性の二つの側面を表わしている。しかし実際には男と女はたえず相互に行き来している。液体は固体になり、個体は液体に変わる。完全に男性的な男も、純粋に女性的な女もいない。(68: 一二八)

「男はアポロの女性的な性質を」、「女はミネルヴァの男性的な資質」(68: 一二八) を併せもつのであり、その可変性を前提にしたうえで、自立した個人としての男女が寄りそう場としての結婚をフラーは称揚する。

フラーが「王と女王」で表わされる精神的な理想の絆をオッソーリと結ぼうとしていたことはまちがいない。友人コンスタンザ・ヴィスコンティに宛てた手紙では、オッソーリは「知的な教養のない」、「ボンヤリした（obscure）」人物であるが、「普段の顔こそが、私たちの関係における彼をもっともよく表わすものである」(*L* 5: 250) と述べてもいるように、フラーがオッソーリに求めたのは、知性ではなく、心の純真さであったと推測できる。『十九世紀の女性』には、妻は心（心臓）で夫が頭（脳）であると、支配的に傲慢《ごうまん》な態度を示す夫に対して、

私たちが疑うのは、心が頭に同意しているか、それともただ、命令に従っているだけなのか、ということです。受動性が心の自然な力の行使を妨げているのではないか、嫌悪感が本来の優しさを辛辣《しんらつ》さに変えているのではないか、疑心を伴う服従が本当はすばらしいはずの人生の出来事を荒廃させているのではないか。私たちが女性解放を提案するのは、本当のことを確かめるためなのです。（16: 二五）

という答弁が示されているが、フラーとオッソーリの関係は、女性解放の必要を超えて、服従の入る余地のない「心」と「頭」の調和のとれた結びつきであったといえるだろう。それはオッソーリの教養の欠如を補ってあまりある十分な知性が自分に備わっているというフラーの自信であったであろうし、主従の関係とは無縁のオッソーリの誠実さに対するフラーの信頼であったといえる。

アメリカ西部への旅行記として書かれた『湖の夏、一八四三年』（一八四四）には、フラーが旅先で出会った女性たちの人生が、散文的物語、詩、逸話、対話など「縦横無尽で、断片的な」(Steel 138) 文体で、「文学的周遊旅行」(136) であるかのように描かれる。フラーのペルソナである語り手は、女性たちの内面へと入りこみ、本人には正体をつかむことができない抑圧と疎外を表現する。語り手が別の女性へと憑依《ひょうい》する語りのなかで、豊かな才能をもちながら自分の

創造性を表現する手段を奪われた女性であるマリアナも、フレデリカ・ハウフェも、満たされない思いを表わすことばを見つける。

西部開拓地において、女性が社会規範を拒否し、主体的に行動しようとすれば、夫からの精神的な保護もないまま、無防備に社会に向きあわなければならないことをマリアナもフレデリカも体験する。快活であるとともに従順で控えめであることが女性の美徳とされるなかで、自己表現への渇望を抱えて内面世界のバランスを図ることは、マリアナにとってもフレデリカにとっても容易なことではない。二人とも、外なる規範と内なる欲求に自我を分裂させ、破滅していく。マリアナは「知的な存在」であるが、夫シルヴァンには「思想のかけらもなく、感情の繊細さもほとんどない」(*Summer* 60) という夫婦の隔たりがマリアナを苦しめる。

> 夫は妻が自分のそばにいて、妻の性質の放つ輝きと芳《かんば》しい香りを感じることを喜んだが、その芳香が集められる小さな秘密の小道を探索したいとは思わなかった。(60)

マリアナが望む夫とのコミュニケーションはかなわず、しだいに衰弱し、自己破滅的に死に向かう。精神的に満たされない状態がマリアナの身体的な衰弱を起こしていることをシルヴァンが理解することはない。

フレデリカの苦悩もマリアナと同じく、結婚によってもたらされる。肉体的な労働に価値を置く夫にとって、フレデリカの求める精神的な世界は理解しがたいものであり、フレデリカは孤独にさいなまれて疲弊《ひへい》する。極度に衰弱し、生と死の淵をさまよったあと、フレデリカは現実社会を拒否し、霊能的な予言者として内面世界に引きこもることによって、かろうじて自己の内的世界を支える。

このように不調和な結婚が女性の精神を破綻《はたん》させる可能性を見抜くフラーにとって、結婚が彼女自身の精神的な活動を阻止するものになることは、もっとも避けなければならないことであったにちがいない。結婚が女性の経済的な保証である時代に、フラーはあえて経済的な安定の手段としての結婚を求めなかった。マリアナやフレデリカのように、深い精神性には無頓着で表面的な現実にのみ関心をもつ夫によって自己の存在を規定されることこそ、回避しなければならなかったはずである。「小さな秘密の小道」をともに探索することを喜びとする伴侶を得ることは、フラーの切望であったといえよう。

三　フラーがイタリアで手に入れたもの

フラーはイタリアで、アメリカではかなえることのできなかった念願の自由を手に入れたといえる。メーガン・マーシャルはマーガレット・フラーの伝記で、

妹エレンや、ソファイア・ホーソーン、そしてリディアン・エマソンの人生を考えるとき、マーガレットは「真実、女性として生きよう、と思うこともあれば、窒息しそうだ」と思うこともあった。「私に子どもがいない」ということは、偽りのない真実である、と日記に書いている。一方で、「私のなかの女性性は母親になることを強く求め、その欲求が私を麻痺《まひ》させてしまいそうだ」とも書いている。同じように、麻痺しそうなほどの「欲求」は、「手足を縛られることなく（中略）自由である特権」であることも彼女にはわかっていた。(Marshall 215)

と述べている。フラーは内面から湧いてくる欲求のままに生きることを願った。女性であることも否定せず、母親になり子どもを育てることも拒まず、同時に何にも束縛されず自由であることを求めた。フラーはジョルジュ・サンドなど、ヨーロッパの先進的な女性にその理想をみていたが、彼女自身がそのような生き方をするのだと思うと、「痙攣《けいれん》が起こるほどおじけづき」、資産のあるヨーロッパの女性たちだからできたことで、ニューイングランドではとうてい不可能

なことであると思っていた(Marshall 215)。

社会が女性に課す規範の矛盾を鋭く洞察するフラーにとって、女性が内面の欲求のままに生きることの困難の大きさは見逃しがたいものであった。社会は都合のよい態度を女性に対してとり、女性の弱さを強調し社会的活動から疎外する一方で、余儀なく重労働に従事する女性を守ろうともしないことをフラーは辛辣に批判する。

女性は生まれつき内的な世界に向くように運命づけられているのだということを真実として認めるとしても、文明的な生活における取り決めは、まだ、女性にそのような世界を保障していないということも、つけ加えなければならない。女性の世界は、つまらないものであるかもしれないが、平穏でもない。女性は刺激的な楽しみから遠ざけられているかもしれないが、骨折り仕事から解放されてはいない。ネイティヴ・アメリカンの女性が野営のための重い荷物を運ぶだけではなく、ルイ十四世のお気に入りの女性たちも、彼の旅に同行したし、洗濯婦は年中、どのような健康状態でも、立ちどおしで洗濯をし、仕事を家にまでもち帰る。女性は身体的な条件によって、ほんの部分的にでも国政にかかわるのは不似合いであると考える人びとが、たとえ妊娠していても、黒人女性は農作業に耐えられないとは思いもしないし、針子は骨の折れる重労働をやりこなせないとは考えないのである。(*Woman in the Nineteenth Century* 19; 三〇)

女性は体力的に劣り、十分な保護が必要で、女性の領域のなかにとどまるべきだと論じる一方で、無慈悲ともいえる重労働を問題にしない社会の矛盾に対する異議申し立てであるといえる。

だからこそ、フラーはまさに目のまえで実現しようとしているイタリアの統一と新たなローマ共和国の誕生に大きな期待を抱いていた。『ニューヨーク・トリビューン』紙に寄せた一八四七年十二月十七日の海外特派員記事では、次のように述べている。

私はいま本当にローマに住んでいるのであり、私は実感をもって本物のローマを目撃している。ローマは姿を現わし、その生命の一部を語る。いまでは景色を見に観光に出かけることはなく、毎日、往来している。("*These Sad but Glorious Days*" 168)

旅行者として、「どこに行っても不自然で、精神の健全な営みに逆らうような、真実に反する苦痛に満ちた観光」(167–68) を経験したあと、ローマはフラーにとって「なじみのある」場所へと変わり、「古代と現代のローマが(中略)精神の目には別のものになる」(168)。

フラーは同時代のローマで、「まだ教会の支配を受け、ヴァチカンの影に覆われていて暗く陰湿ではあるが、灰のなかからいま明るい希望が輝こうとしている」(169) と受けとめている。

いつの時代と比較しても、愛と純粋な道徳的な力を原動力としているいま、人びとはもっとも善良な心を発揮している。(169)

フラーは周辺の君主制国家の支配を退け、共和制の理念によってイタリアが統一されることをローマで夢見ていた。「共和制に基づく都市国家という誇り高い政治的伝統」(Robertson 311) がよみがえり、民主主義がイタリアで実現することに期待を高鳴らせていた。

このフラーの楽観的な共和国の夢は、実現する情勢を見せながら、まもなく裏切られることになる。ヨーロッパ各地で改革の波は勢いを増し、一八四八年一月にシチリア島北西部のパレルモで革命が起き、イタリア半島南部にも広まり、ナポリ王国フェルディナンド二世は憲法制定を認める。パリの二月革命のあと、三月には、ピエモンテ国王アルベルトも憲法の発布を許可する。さらにミラノでは、オーストリアに対する反乱がおこる。しかしミラノに入ったアルベルトは革命派の愛国者よりも貴族を重用し、ロンバルディアとピエモンテの合併を提案し、革命派を失望させ、七月にはオーストリア軍に敗北する。イタリア南部に成立した立憲君主国も、イタリア統一か連邦制かという立場の相違による内部対立が起こり、民主化は各地で頓挫《とんざ》する。立憲政府が短命に終わるなかで、急進的な愛国者たちはローマに集結する。ヴァチカンでは首相ロッシが暗殺され、教皇もローマを去る。革命派の愛国者たちのリーダーであるマッツィーニはローマ共和国を樹立し、イタリア統一をはかるものの、フランス軍に包囲される（ダガン 一五九―六五）。

オッソーリも加わるローマの市民軍の防衛が続くなか、フラーはラルフ・ウォルドー・エマソンに「ローマは破壊されている」(*L* 5: 240) と悲痛な手紙を書く。「りっぱな樫の木も、邸宅も、美の殿堂」など、「いまのローマの理想をもっともよく表現するもの」が「すべて滅びようとしている」(*L* 5: 240) ことを嘆く。そして「おお、ローマ。私の祖国」(*L* 5: 240) とまで言うのである。ローマを逃れ、フィレンツェからアメリカに向けて出港する直前に、アメリカから派遣された大使ルイス・カスに綴った手紙では、革命の熱狂から敗北の失望へと事態が変わるなかで書きおくった手紙をすべて捨ててほしいと頼んでいる。「深い悲しみに暮れ、疲れきった」なかで書いた手紙であり、「私の精神の通常の状態よりも落ちこんでいたのであり、そのような気弱な気持ちの痕跡を消すことができたら嬉しい」(*L* 6: 83) と述べている。

落胆の深さは期待の大きさの反動であるといえるだろう。いよいよローマで革命が起ころうとするなかで、フラーは帰国を促す弟リチャードの手紙への返信で、「厳しい経済的な状況」のために「多くのものをあきらめなければならなかった」が、「願望のうちの少なくとも一つはやり遂げたい」(*L* 5: 213) と書いている。

> イタリアの政治的闘争の結果を見届け、その歴史を書きたいのです。今年のうちに危機的な状況になるでしょう。それでも着手した仕事を完成させるために、最後まで観察しなければなりません。(*L* 5: 213)

フラーは「私をとおして息づく精神」で「世界の歴史の価値ある一章」を綴ることができれば、「人類の永遠の財産」になると自負している。(*L* 5: 213)

金銭的には私に利益をもたらすはずですが、その点については、運命はかならず私に背くので、心配や気の進まない仕事から解放されるともあえて期待はしていません。それでも、私の悩みや問題の多い人生を超えてずっと残りつづけるような価値のあることを成すことができるのであれば、それもまったく苦ではないでしょう。(*L* 5: 213)

「ずっと残りつづけるような価値のあること」こそ、フラーがイタリアで手に入れたものであるといえるだろう。理想を求めるイタリアの急進的な愛国者に、フラーは普遍的な価値を見出すことができると思っていた。

四　ロマンティックな炎

ラリー・J・レイノルズはフラーの『ニューヨーク・トリビューン』紙の特派員報告が「ローマ共和国の防衛軍のロマンティックなヒロイズムを讃え」、「予言者の役割」を果たし、「正義の暴力と破壊」(Reynolds 38) という視点を作りだしたと述べる。そしてヨーロッパにおける政治的暴力を支持したことによって、「アメリカ合衆国の奴隷制反対の思想の大きな変化を予示し、北部のもっとも有力な知的な支持者たちのなかの好戦的な姿勢に影響を与えた」(39) と論じる。

しかしフラーがロマンティックなヒロイズムを自己に投影するのは、イタリアにおいて革命に遭遇するずっとまえのことであった。超絶クラブの機関誌『ダイアル』の編集にあたるとともに、紙面を埋めるために執筆したたくさんの記事のなかに、一八四一年春号に掲載された「レイラ」がある。語り手がレイラについて思い出を伝えるという形式で展開する短い作品である。レイラは「神秘」であり、「自然のあらゆる側面への鍵となる稀なる存在の一人」("Leila" 53)であった。

もしレイラをよく観察するならば、彼女は霊的存在であり、平凡な目にはこれという特徴もないが、敬虔で純朴な人の思考には、自然のもつあらゆる根源的な力を示唆する。(53)

そのような力を有しているからこそ、「男たちはレイラを見ると苦痛を覚え、ついには当惑し、ほとんど憤慨《ふんがい》して去っていく」。男たちはレイラが放つ「あふれるような無限性に委縮し、抽象性の冷ややかさに耐えられず」、彼女は「狂っている」(53)と言うが、語り手には、レイラが「平安をもたらし」、「無限性との架け橋」(53)となる存在であるとわかっている。レイラは「何でも知っていると同時に、なにものでもなく」、「人間が有限のはかない性質によってできていることを思い出させるために存在」(54)している。「性も年齢も国など、聖霊から人が身を隠すのに使うあらゆるものを超越」(54)しているのがレイラである。

彼女は澄みきった青い空であり、北極星のように冷たく遠い。突然、この空は割れ、神秘的な風を吹きかけ、あらゆる期待やあらゆる連想の境界を超えるあなたの究極の思想をもたらす。そしてふたたび、穏やかな日の入りとなり、あなたはばら色の悲しみにゆったりと横たわる。そのとき水平線で力強く海が膨張し、あなたに押しよせ、あなたは恐れと喜びとともに、地球からの解放を感じながら、波にのまれる。(54)

語り手はともに育った同族のレイラを霊的な存在であると受けとめている。「夢遊病」のように、夜になるとさまようレイラの生命は「真実であり、完全であり」、昼間よりも夜に、「より統一された単独のもの」になる(54)。

レイラは予言的な力を発露し、「彼女が触れるとすべてのものが流動する液体に変わり、監獄の壁はエデンになる」(57)。そしてその力は語り手に伝播《でんぱ》する。

私は私の単一の生命にかがみこみ、燃える炎から私の神聖なる子らを引きあげた。そしてさらに、忍耐強い慈愛で、私の髪を乱した非凡なるレイラと同じ激しい痛みを覚えつつ、もっとかがみこんだ。まだ私が知ることのなかった美しい形、いえ、最高の神でも形あるものとしては作ることのなかったものが、突然、燃えさかる炎から生まれ、まさに私という存在の半球体を引き裂こうと迫った。そしてレイラは、根本原理を体現する者となった。彼女の屈することのない愛が、不滅のものとして誕生する瞬間をだれが語ることができるだろうか。(57)

フラーのペルソナである語り手は、レイラと一体化し、レイラの予言的な力をみずからも発する。「燃える炎」から引きあげる「子」とは、比喩的に自己の内面にある神聖なる愛を指す。そして、「人間の生命と知識のなかにとどまることに抗い、超絶的な知識を求めることを宿命づけられた」(Capper 246) レイラが「燃えさかる炎」から「原理」の化身として現われるのを目撃するのである。

フラーはその「燃えさかる炎」をローマで見ようとしていたといえないだろうか。その炎のなかから、民主主義的な共和制が誕生し、理想を掲げてイタリアが統一されるのをみずからの目で目撃しようとしたのではないだろうか。だからこそ幾度かあった帰国の機会も見送り、生まれたばかりの息子を乳母に預けて単身でローマに戻る決意をしたといえる。フランス軍に包囲され戦況が悪化するなかで、最後の防衛に臨もうとする市民軍をフラーは「砲撃と敗北」と題した『ニューヨーク・トリビューン』紙の一八四九年六月六日の特派員報告で次のように描写する。

このように美しく、ロマンティックで、悲しい光景を見たことがない。(中略) 夕日が沈もうとしていた。三日月が出ていた。模範的イタリアの若者たちが厳粛なる場所に並んでいた。彼らはみずからの命をイタリア独立の防塁《ぼうるい》として捧げようとしていた各地から集結していた。(*"These Sad but Glorious Days"* 304)

みずからの信念に支えられ、炎のなかに身を投じて戦うこともためらわない若者たちの姿に、無上の美しさをフラーは見る。

おわりに

フラーの人生は探究そのものであった。一八三一年の感謝祭に、フラーは人生の啓示ともいえる体験をする。将来を思い描いても「年配の独身女性として年齢を重ねていく以外の可能性を見出せず」(Mehren 6)、家族と参列していた教会から駆けだし、走り疲れて身体を休めながら、フラーは幼いころの問いをよみがえらせる。その日について、フラーは次のように記している。

子どものころ、階段で止まり、そして、どのようにここに至ったのか、私がこのマーガレット・フラーであるらしいということはどういうことなのか、それは何を意味するのか、それに対して私は何をすべきなのか、と自問したことがあった。同じ考えを抱いたあらゆるときを記憶し、どのようにその問いがわいたかも覚えていた。時間も空間も、人間性も限界のあるなかで、魂が活動できるようになるまで、はてしない期間が必要であることを私は理解した。それでも私は、魂のなすべきことを確信した。(*Memoires of Margaret Fuller Ossoli* 1: 140–41)

「魂による意味の探究」(Mehren 6) が明確なフラーの人生のヴィジョンになった瞬間である。

(左)【図版3】フラーが生まれ育ったマサチューセッツ州ケンブリッジポートの家(筆者撮影)
(右)【図版4】生家の階段。幼いころにこの階段で存在の意味を考えはじめたと日記に記している
(Cristina Katopodis 撮影)

レイラが天を見つめる地球の目ともいえる湖の底に下り、炎へと膨張するように、フラーも人生のあらゆる機会を「意味の探究」に費やした。ヘンリー・デイヴィッド・ソローはウォールデン湖畔《こはん》での生活の目的について、「慎重に生き」、「人生の本質的な事実にのみ向きあう」(Thoreau 100–01) ためであったと述べるが、フラーはローマではじめて、求めつづけたその機会を得たといえる。ヨーロッパ旅行の同伴者であり家庭教師としての雇い主でもあったスプリング夫妻と別れ、アメリカの家族に対する義務からも距離を置き、女性であることの制約から解放され、男女の性別役割分担に束縛されることのない配偶者を得て、母親になるという経験もし、自由を求める急進的な改革者たちと交流するなかで、フラーは「人生の本質的な事実」にのみ直面して生きようとする。だからこそ、経済的に困窮しつつも、フラーは革命をロマンティックに美しく、神聖なるものととらえようとした。フラーにとってローマは、いわばソローにとってのウォールデンであったともいえよう。

フラーが人生の、そして歴史の「本質」を見極めようとして書きためた原稿は、海難事故で海に消え、出版されることはなかった。そこには、窮乏生活のなかで研ぎ澄まされた感覚で、現実的な出来事に精神的な意味を求めようとするフラーの格闘が記されていたにちがいない。革命の炎から、かつて神秘的にレイラに体現させたような「真実」が現われたのか、その「真実」をフラーはどのようなことばで伝えようとしていたのか、『ニューヨーク・トリビューン』紙に送られた特派員記事と家族や友人に宛てて書かれた手紙から推しはかるほかない。たしかに書かれたけれども、だれにも読まれることのないままの原稿の不在が、いっそうフラーによる「真実」探究の永遠性の余韻を響かせる。

●本研究はＪＳＰＳ科研費 JP18K00385 の助成を受けたものである。

●注

（1）『十九世紀の女性』からの引用の翻訳は拙訳を元に適宜変更を加えた。

●引用文献

Capper, Charles. *Margaret Fuller: An American Romantic Life, The Public Years*. Oxford UP, 2007.

Chevigny, Bell Gale. *The Woman and the Myth: Margaret Fuller's Life and Writings*. Northeastern UP, 1994.

Fuller, Margaret. "Leila." *The Essential Margaret Fuller*, edited by Jeffrey Steele, Rutgers UP, 1995, pp. 53–58.

——. *The Letters of Margaret Fuller*. Edited by Robert N. Hudspeth, Cornell UP, 1983–94. 6 vols.

——. *Memoirs of Margaret Fuller Ossoli*. Edited by Ralph Waldo Emerson, W. H. Channing, and J. F. Clark, Phillips Sampson, 1852. 2 vols.

——. *"These Sad but Glorious Days": Dispatches from Europe, 1846–1850*. Yale UP, 1911.

——. *Summer on the Lakes, in 1843*. U of Illinois P, 1991.

——. *Woman in the Nineteenth Century: An Authoritative Text, Backgrounds, Criticism*. Edited by Larry J. Reynolds, Norton, 1998.（『19世紀の女性——時代を先取りしたフラーのラディカル・フェミニズム』伊藤淑子訳、新水社、二〇一三年）

Gilman, Charlotte Perkins. *Women and Economics: A Study of the Economic Relation between Women and Men*. 1898. Prometheus Books, 1994.

Marshall, Megan. *Margaret Fuller: A New American Life*. Houghton Mifflin Harcourt, 2013.

Mehren, Joan von. *Minerva and the Muse: A Life of Margaret Fuller*. U of Massachusetts P, 1994.

Reynolds, Larry J. *Righteous Violence: Revolution, Slavery, and the American Renaissance*. U of Georgia P, 2011.

Robertson, Priscilla. *Revolution of 1948*. Princeton UP, 1952.

Steel, Jeffrey. *Transfiguring America: Myth, Ideology, and Mourning in Margaret Fuller's Writing*. U of Missouri P, 2001.

Thoreau, Henry David. *The Writings of Henry David Thoreau 2: Walden*, Houghton Mifflin, 1906.

Welter, Barbara. "The Cult of True Womanhood: 1820–1860." *American Quarterly*, vol. 18, no. 2, part 1. 1966, pp. 151–74. *JSTOR*.

伊藤淑子「女性旅行記にみる意識改革の軌跡――マーガレット・フラー『湖の夏、一八四三年』」野口啓子・山口ヨシ子編著『アメリカ文学にみる女性改革者たち』彩流社、二〇一〇年。

――「マーガレット・フラー『19世紀の女性』にみる理想の女性、男性、そして社会」『津田塾大学言語文化研究所報』第二八号、二〇一三年。

ダガン、クリストファー『ケンブリッジ版世界各国史　イタリアの歴史』河野肇訳、創土社、一九九四年。

『ウォールデン』における冬の経済
――ソローと暮らしのエコノミー

高橋 勤

はじめに

『ウォールデン』（一八五四）の後半部には「暖房」、「先住者と冬の訪問者」、「冬の動物たち」、「冬の湖」という四つの冬の章がある。十九世紀ウォールデン湖では氷の切り出しが行なわれた事実からもわかるように、マサチューセッツ州コンコードは冬深い雪に閉ざされた北国であった。ニューイングランドの生活風土、そしてヘンリー・デイヴィッド・ソロー（一八一七―六二）が経験したウォールデン湖畔《こはん》の自然と暮らしの営みを知るうえで、「冬」は欠くことのできない視点である。

いやむしろソローの暮らしの衣食住、その体温を中心としたエコノミーをもっとも象徴的に浮かび上がらせたのは冬の営みではなかったか。北国の暮らしに欠かせない暖房、燃料、食料の貯蔵、防寒具、寝具等は、ソローの主張する「生活の必需」の内容を的確に浮かび上がらせたろうし、いやむしろ安易で、極端なシンプルライフの不可能性を経験的に実証してみせたはずである。なぜなら「北からもう少し寒い風が吹けば、いつだって人間の運命の糸は切れてしまう」

からだ(*Walden* 148)。とするなら、ソローの冬の経済に注目することで、ウォールデン体験における経済性の論理を明確に浮かび上がらせることができはしないか。

『ウォールデン』は第一章「経済」(Economy)から始められている。ソローは"economy"を「生計」の意味で用いて暮らしの収支を報告し、シンプルライフの理想を謳《うた》うのである。そのいっぽうで「エコノミー」という語は、〈倹約〉や〈社会経済〉のほかにも多様な意味の広がりをもつ言葉でもある。たとえば〈循環〉、〈代謝〉、〈健康〉といった内容を包含する言葉でもあるのだ。ソローはこうした意味の重層性を踏まえて、生活経済の問題を身体を中心とした熱量の循環に置き換えて論じるのである。ニューイングランドの冬の経済、ウォールデン湖畔でのひとり暮らしの生活は、そうした熱量のエコノミーを浮き彫りにする寓話であったと言える。本稿では、ウォールデン湖畔に建てられたソローの小屋をめぐる思想性に注目して、ソローにおける経済の論理を考察してみたい。

一　熱量のエコノミー

『ウォールデン』における冬の章について考察を加えるまえに、まず冒頭「経済」に描かれた熱量のエコノミーについてここで整理しておこう。

この「経済」という冒頭の章はもともと「僕自身の物語」("History of Myself")という講演に基づくものである。ソローはひとり暮らしの経緯を聴衆(読者)にむけて誇張的に語るのだが、その内容はというと、十九世紀のニューイングランドでは市場経済が浸透し、富める者もまた借金を抱えた貧しい者も「静かな絶望の人生」(*Walden* 8)を送っている。いま求められている多くの人々が暮らしの経済にたいして無自覚であり、いわば「自分自身の奴隷監督」(7)になっている。いま求められているのは自己を解放し、詩的、精神的な生活の充足にむけて人生の冒険に乗り出すことである、というものである。それにはまず基本的な生活の見直しが必要だが、ソローは身体を中心とした熱量の循環という観点から衣食住の問題を説明するのである。すなわち「動物のいのちと動物の熱はほぼ同義」であり、「食物は体内の火を燃やす燃料」にほかならず、「住居と衣服はこうして発生し吸収された熱を保つためのもの」(13)であるというわけだ。

リービヒによると人のからだはストーブである。食物が燃料となって肺でおこる内部の燃焼を支えている。寒い気候では多く食物を必要とし、暖かいところでは必要としない。動物の熱というのはゆったりとした燃焼の結果であり、これがあまりに性急になると病や死をもたらし、燃料不足や通気に支障が生じると、火は消えてしまう。むろんいのちの熱と火を混同することはできないが、共通点は多いのである。(13)

【図版1】氷結したウォールデン湖（筆者撮影）

たしかに夏であれば調理は別として燃料は不要であり、衣服も住居も部分的に不要である。しかしニューイングランドの冬となると最低限の衣食住が必要であり、燃料の不足は死や病に直結するいっぽう、「贅沢な金持ちは心地よいぬくもりどころか不自然に熱く、いわば当世風に焼かれている」有様なのだ(14)。こうした熱量の不経済が人々の「静かな絶望」の根底にあるというのである。

　衣食住のなかで、考察の中心とされたのが住居の問題であろう。周知のように economy の eco- はギリシア語の oikos「家」に由来する。人々は住居とはなにかを真剣に考えようとはせずに隣人同様の大きな家を欲し、ローンの返済に人生の大半を費やしている。そうした膨大な労苦を考えると、テント暮らしの先住民でさえ羨望《せんぼう》するだろうかと。「エコノミーは軽く考えられがちだが、簡単には片づかない問題」(29)なのである。むしろソローが理想としたのは「鳥の巣」のように自分の心とからだにフィットした住まいである。そうした住居のなかで小鳥がさえずるように「詩的才能がいかんなく発揮される」(46)ことを望むのだ。

たしかにソロー流の考え方（熱量のエコノミー）からすれば、資本主義社会の習俗と流行はきわめて不合理であり、「静かな絶望の人生」の元凶と思えてくる。もっとシンプルに、自分の家を建てることで経済の実験を行なえないか。ソローは「経済」で小屋の建設とそれにかかった費用の収支報告を行なうのだが、それはシンプルライフの実践とともに、経済をとおした住居の思想の実現である。ソローは小屋を自己の「結晶体のようなもの」(85)と考え、その美しさは「住人の生活と性格、そして無意識の誠実さと品格」(47)が結実したものと考えた。より具体的に、小屋の建築をとおして表現されたソローの思想とは何なのか。そこに経済の論理がどのように反映されただろうか。

十一月の冬の寒さが近づくなか、ソローは小屋の外壁と暖炉に施す漆喰《しっくい》塗りの作業に勤しんでいる。中古のレンガを千個購入し、夏から準備を始めて十一月にようやく完成させたものである。

> 格子造りの作業では、ハンマーのひと打ちで釘を正確に打つのを楽しんだ。それから私は漆喰を受け板から壁にきれいに素早く塗るのを目標にした。（中略）冷たい風を効率よく防ぎ、仕上がりの美しい漆喰塗りの経済と利便性に新たな感動を抱いたし、漆喰塗りの作業のいくつかの失敗からも学ぶことができたのである。(245–46)

漆喰塗りの「経済と利便性」に言及するのだが、ここにソローのエコノミーにたいする考え方が的確に表現されたように思われる。漆喰の保温効果という熱量のエコノミーもさることながら、漆喰塗りの作業を楽しむソロー自身の労働の経験がここでは強調されている。釘を正確に打ち、漆喰を「きれいに素早く」塗りこむ身体の動きが反映されたのである。「漆喰塗りのエコノミー」(“economy and convenience of plastering”)と、“of -ing”という形容節によって修飾された行為のエコノミー。職人気質にも似た身体性をともなう経験のエコノミーが問われたのである。いっぽう中流層の紳士（「立派な身なりをしたうぬぼれ屋の男」）がしゃしゃり出て、漆喰を自分の胸元にひっくり返してしまうエピソードは、悪しきエコノミーの事例とみなされたのである。

こうした修飾節を伴ったエコノミーの用法は、第一章「経済」の主張「哲学とほぼ同義である生きることのエコノミー（"economy of living"）」においても同様に用いられている。「貧しい学生は政治経済学を学び教えられるいっぽうで、哲学とほぼ同義である生きることのエコノミーは大学では誠実に教えられない。その結果、学生がアダム・スミス、リカルド、セイを読んでいる間に、父親は救いようのない借金を抱える始末なのである」（52）。「生きることのエコノミー」とは効率でも経済学の習得でもなく、身体経験をとおした実践の合理性であり「哲学」であったのだ。そうした知のあり方にたいして学校教育という制度がいかに不合理であり、不経済であるかを論じたのである。

「生きることのエコノミー」という思想の発端は、自分の家を建てる、というソロー自身の実践である。すなわち「生きることのエコノミー」は「哲学」であるとともに住居の思想であり、ソローはそうした身体の実践をとおしてコンコード周辺の社会経済の状況を省察するのである。

> われわれはいつまでも建築の楽しさを大工に委ねていいのだろうか。一般の人々の経験において建築はどのような意味をもつのか。私が見聞したなかで、自分の家を建てるというシンプルでごく自然な営みにかかわった人と出会ったためしがないのである。われわれは共同体に属している。仕立屋だけが人間の九分の一を構成するのではない。牧師も商人も農夫だってそうだ。この労働の分割（"division of labor"）の行く末はどこなのか。どのような目的に叶うものなのだろうか。（46）

現代社会において「生きることのエコノミー」を困難にする要因は、より本質的に、市場経済の進展と労働の分業化という経済システムであろう。住居の建築も分業化された労働に委ねられたのだが、エコノミーが生きた「哲学」であるためには、身体的に関わる経験の全体性とともに、そこから引き出される合理的な知識が必要とされた。『ウォールデン』という作品は「生きることのエコノミー」、すなわち「哲学」としての暮らしの経済と、コンコード周辺の政治経済が複雑に錯綜《さくそう》し反映されたテキストなのである。

「労働の分割」という政治経済の問題に話を進める前に、もう少しソローにおける住居の思想と、ニューイングランドの冬の経済について触れておこう。

二　家事の教本

ウォールデン湖畔に建てられたソローの小屋は煙突や貯蔵庫を備えた本格的な住居だが、住居の構造で「もっとも重要な部分」(*Walden* 241) と考えられたのは暖炉である。暖炉は保温に不可欠であるばかりか、調理にも用いられ、湖畔の冬の経済のおおくを暖炉の火に依存したのである。ソローはまた暖炉の火を精神的、情緒的存在とも考えていた。「暖房」の章の結末部で語られるように、暖炉の火は「陽気なハウスキーパー」であり「私は火と暮らしていた」からだ。二年目の冬は調理用ストーブに切り替えるのだが、暖炉の火の「顔」と対話していたソローは「伴侶を失った」(253–54) と嘆くのである。

ソローはストーブに切り替えた理由について「森を所有しておらず節約のため」(254) と説明する。しかし不思議なことに、第一章「経済」で提示された収支報告には暖炉と調理のための燃料の記述がない。「節約」が理由であったとするなら、それなりの（おそらく必要以上の）経費がかかったということではないのか。ここでソローの収支報告を再度確認してみよう。

ソローの家計簿はひとり暮らしを始めた一八四五年七月四日から翌年の三月一日までのものである。支出項目はおもに小屋の建築材料、衣服と食料であり、収入項目としては畑の収益と日雇い労働の賃金である。いっぽうこの収支報告が八か月の期間に限定された事実からしても、収支の記載は網羅的でないことは明白である。なるほどソローは燃料には流木や切り株を用いたとも、また冬に備えて「薪《まき》の山を愛情に似た気持ちで眺めた」(251)とも語り、労働によって経費を節約したことを示唆しているが、他方において、二年目は「節約のため」に調理用ストーブに切り替え、薪の価格の高騰《こうとう》を嘆いたのも事実なのである。

十九世紀の当時、ニューイングランドの一般家庭で冬を越すのにどれほどの燃料が必要とされたのだろうか。十九世紀には石炭と木炭の併用が広まるが、それ以前はひと家庭あたり三、四十コードの薪（一コードは幅四フィート＝約一・二メートル、高さ四フィート、長さ八フィートの分量）を消費したという報告もある。十八世紀末アメリカ北東部では急速に森林の伐採が進み、複数の部屋で暖炉を用いるアメリカ人の浪費ぶりにヨーロッパの訪問客は驚愕《きょうがく》したとも伝えられている (Cronon 120–21)。ソローがウォールデン湖畔でひとり暮らしを始めた一八四〇年代半ば、コンコードにおける森林の占有率は十五パーセント程度である。「森の生活」というタイトルから深く豊かな森を連想しがちだが、実際には平地や家屋の周辺にパッチワークのような林が残されていただけである (Maynard 74)。ソローの小屋周辺も二次林の若木が生育しているに過ぎず、むろん所有者以外、薪や焚き木を自由に回集することは許されてはいなかった。「森を所有しておらず節約のため」という言葉の背景にはそうした事情があったのである。

さらに大都市周辺では薪の価格が高騰し、ボストンでは一コード当たり六ドル、コンコードでは四ドルに達していた (Merchant 163)。ソローの収支報告に書かれた八か月の労働賃金が十三ドルという記載からしても、燃料費の高騰は切実な問題だったのである。ソローはコンコード周辺の薪の高騰についてこう語っている。

この時代、この新しい国においてさえ、木材に大きな価値がつけられているのは驚くべきことである。黄金よりも永続的かつ普遍的な価値である。さまざまな発見と発明がなされた時代になっても、人は薪の山を素通りできないでいる。（中略）このコンコードの町でも薪の値段は着実に上昇し、唯一の関心事は前の年よりどれくらい高くなるかということだ。機械工や商売人も自らほかならぬその目的のために森に足を運んでは木材の競売に立ち会い、伐採業者のおこぼれを拾う権利に高い値段を支払うのである。(250–51)

さらに燃料の問題に関して言えば、ソローには精神的な負い目があったのも事実である。ひとり暮らしの前年の春、友人とキャンプ中に火の不始末から山火事を引き起こし新聞沙汰《ざた》となっていたからである。消失した林は三百エーカーにおよび、被害額は二千ドルに達したと言われている(Harding 160)。『ウォールデン』「暖房」の章にも「私自身誤って森を燃やし、所有者以上に長く慰めようのないほど苦しんだ」(250)と率直に告白しているのである。二年目の冬は調理用ストーブに切り替えた背景には燃料の節約のほかに、ひょっとすると暖炉の火の安全性という周囲の懸念があったのかもしれない[1]。

『ウォールデン』が書かれた十九世紀半ばは、資本経済の進展とともにミドルクラスの文化が形成され、家政学(domestic economy)という思想が中流層に浸透した時代である。本書のテーマも家政学と文学との接点を論じることだが、たとえば家政学の教本の執筆者リディア・マライア・チャイルド、エライザ・レスリー、キャサリン・ビーチャーらは暖炉の燃料についてどのような記述を残しただろうか。

暖炉の燃料に言及したのはレスリー『家事の本』(一八四〇)とビーチャー『家政論』(一八四一)である。レスリーの『家事の本』は家事全般について細かく解説したもので、暖炉についても薪や石炭の燃料ばかりか、火の始末や火事の対処法の記述もある。両者に共通しているのは、薪に適したものがヒコリーやクルミであること、マツは火がはぜるので敬遠されたこと、さらに火持ちをよくするために生木《なまき》と混ぜて使用することを推奨した点などである(ソローも生木を混ぜて使用したと語っている)。

チャイルド『アメリカの倹約家の主婦』(一八二九)でクローズアップされたのは調理だが、「倹約」を標榜《ひょうぼう》しながら燃料の記述すらなく、話題は「娘の教育」や「哲学」という中流層の倫理教育へと展開する。チャイルドもビーチャーも家事の教本によって中流層のモラル形成を目指したのだが、チャイルドが「有用」("useful")であることの倫理に重点を置いたのにたいし、ビーチャーはより宗教的なプロテスタンティズムの観点から政治的原則論へと話を展開させている。

近年こうした家政学の教本が注目されるようになったのは、ミドルクラスの新興に伴い女性特有の領域が形成され、〈主婦〉や〈家事〉あるいは〈家庭〉といった概念がジェンダーの問題として考察された背景がある。そうしたジェンダー論をめぐって『ウォールデン』を家政学のパロディとみなす傾向もあるが、(2) より本質的に、ソローの「生きることのエコノミー」の実践はキリスト教ミドルクラスの価値観と風俗、そうした文化現象の限界と浅薄《せんぱく》さを克明に浮かび上がらせたと思われる。

三　パーラーの言語

チャイルド、レスリー、ビーチャーといった家政学の教本に書かれていない家事の重要な要素がある。社交であり、訪問客のもてなしである。『ウォールデン』には「訪問者」、「先住者と冬の訪問者」という章があり、「暖房」ではひるがえって訪問者の視点から、ふたつの家屋のかたちが論じられている。ひとつはソローが理想としたひと間《ま》からなる黄金時代の家屋であり、他方は十九世紀中流層の住居に特徴的な、用途に応じて区切られた家屋の構造である。ソローにおける住居の思想、その経済の論理を考えるうえで、このふたつの家屋のかたちは示唆的である。

漆喰塗りの作業を終えたソローは小屋の仕上がりに満足し、黄金時代、すなわち叙事詩の英雄たちが暮らしたような家屋の構造を夢想する。素朴で原始的だが堂々とした造りで、大きな梁《はり》の用いられた天井は高く、広間は客間とともに寝室、台所、貯蔵庫を兼ねている。客人たちは住人とともにくつろぎ、体を洗い食事を振る舞われる。いわば「家に必要なものすべて」が備えられ、「家事」("house-keeping")の詳細など省かれた部屋である。客人は竈《かまど》の火に敬意を抱いて鍋が煮えたつ音を聴き、オーブンで焼けるパンの匂いを嗅ぐ。むろんソローがこの黄金時代の家屋に自身の小屋を投影したのは事実であり、そこは「鳥の巣」のように解放的で、客人が「自由」に振る舞うことのできる空間なのである (*Walden* 243–44)。

この黄金時代の家屋と対照的に描かれたのが中流層の家庭である。すなわち「現代の宮殿」(244) では、客人は「独房」に招き入れられたように他の部屋から隔離され、「孤独な監禁状態」に置かれるのである。当世風の歓待というのは客を「最大限に遠ざける方法」であり、食事についても「毒を盛る意図でもあるかのように秘密主義」(244) が横行する有様なのだ。当時中流層に一般的であった家屋の構造は四角形の二階建てであり、一階と二階にそれぞれ四つの部屋が配置されていた。客人は客間や待合室に通されるのだが、そこは台所の光景ばかりか、主人の暖炉からさえ遠く離れた「独房」であると嘆くのである。「そうした家に捕らえられたら、一刻もはやく退散する術を学びたい」と (244)。

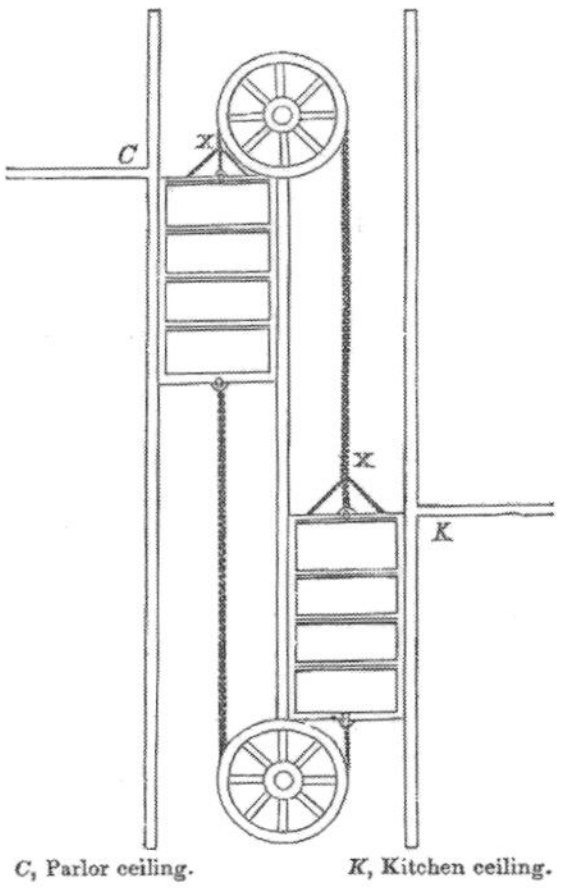

【図版2】「給仕用エレベーター」(dumb waiter) [キャサリン・ビーチャー『家政論』(1841) より]

中流層の家の構造においてひときわ重要な役割を担ったのが「客間」（パーラー）である[3]。客間は社交の場であり、また家族の団欒《だんらん》を象徴する場でもあったが、ソローはこの客間をしばしば中流層の浅薄なモラルに連想づけて否定的に語っている。客間は通常台所の対角線上に、もっとも遠い位置に置かれたのだが、ソローは中流層のもてなしの不自由さを家の構造によって指摘したのである。さらにソローは客間で交わされる会話が心の通わない、軽薄なおしゃべりだと指摘する。

> われわれが客間 ("parlor") で話す言葉は活力を失った、ただのおしゃべり ("*palaver*") に過ぎない。われわれの生活は言葉が象徴するものからあまりにも隔てられ、食事が給仕用エレベータ ("slides and dumb waiter") によって運ば

> れるように、言葉の言い回しは遠回しで不自然である。いうなれば客間というものが台所や仕事場からあまりにも遠く離れてしまったのだ。食事でさえ一般に食事のたとえ話（“parable”）でしかないのである。自然と真実のなかで暮らし、そこから直接言葉を引くことができるのは未開人だけであるかのように。北西準州やマン島に暮らす学者は台所で話される適切な（“parliamentary”）言葉を理解できるだろうか。(244-45)

“parlor”, “*palaver*”, “parable”, “parliamentary” という言葉のシャレによっておしゃべりがペラペラと交わされる有様を揶《や》揄《ゆ》したものだが、いわば客間が台所（仕事場）から遠く離れ「生きることのエコノミー」から隔てられることで、言葉のリアリティが失われたと嘆くのである。ここで興味深いのは “slides and dumb waiter” という表現である。むろん dumb waiter（物言わぬ給仕）は軽薄なおしゃべりにかけたシャレだが、従来の日本語訳のように「給仕用ワゴン」の意ではなく、実際には「給仕用エレベータ」を意味する言葉であった。通常半地下（ベースメント）に置かれた台所と、一階もしくは二階に置かれた客間との距離感が強調されたのであり、その距離感が話される言葉と現実の世界との距離に反映されると主張したのである。

ソローは「訪問者」の章においても中流層の客間の比喩を用いている。ソローは小屋の裏手の松林が客を迎える「奥の応接間」（“withdrawing room”、客間を指す drawing room に掛けたシャレ）だと説明する。

> 私にとって「最高の部屋」、つまり私の奥の応接間は小屋の裏の松林であった。木陰で陽射しが直接カーペットにささず、いつでも客を迎える用意ができていたのである。夏の日、著名な来客があると私はきまってそこへ案内した。費用のかからぬ優れた召使いが床を掃き家具の埃《ほこり》を払って、きちんと片付けておいてくれたからである。(141-42)

またソローは中流層のもてなしの習慣を皮肉っている。もてなしの食事で見栄を張ることほど虚しいことはない。豪勢な食事が出されれば、それは訪問者にたいするお断りのメッセージにすぎないのだと(142)。

ウォールデン湖畔の冬の暮らしの経済を浮かび上がらせるために、ここで「訪問者」に描かれた夏の訪問客と、「先住者と冬の訪問者」の章を対比的に捉えてみたい。「先住者と冬の訪問者」の前半部分はウォールデン湖周辺に暮らした下層民の記憶を語ったものであり、後半は湖畔の小屋を訪ねたごく親しい友人との交流を語ったものである。ウォールデン湖一帯は深い雪に閉ざされ、動植物の動きも少なく、訪問者は疎《まば》らである。孤立した生活のなかでむしろソローの思考は焦点化され、内面へ深く沈潜《ちんせん》してゆくように思われる。(4) 自然の輪郭はより鮮明になり、訪問者との交流はより濃密に、そして思考はしばしば過去へ、土地の記憶と喪失の情感へと昇華されるのである。

「先住者と冬の訪問者」の前半部で描かれるのはコンコードの街中の暮らしでも、郊外の農場の暮らしでもない。ウォールデンの森周辺にかつて暮らした、文字どおり社会の周縁に位置し、忘れ去られた人々の記憶である。ダンカン・インガラハムの奴隷であったカトー・インガラハム、美しい歌声を森に響かせていた黒人女性のジルファ、カミングスの奴隷であったブリスター・フリーマン、ニューイングランド・ラム酒で家庭が崩壊したブリード家、そしてワーテルローの戦いに従軍したという噂のアイルランド人ヒュー・コイル。ジルファは英国軍の残党に家財道具を焼かれて発狂し、ブリードの空き家は放火によってコンコードの野次馬を呼び寄せる。ブリスターが植えたリンゴの木はいまもたわわに実を結び、譫妄症《せんもう》を患って死んだヒュー・コイルの家の床にはトランプのカードが散乱している。こうした写実的な描写が呼び起こすのは人種や民族にまつわる浅薄な政治性ではなく、土地の記憶に溶け込んだ人々の暮らしの経済であり、散文詩的な抒情である。

夏の訪問客と「冬の訪問者」の比較もまた暮らしの経済を考察するうえで興味深い。夏の訪問客はじつに雑多で、カナダ人の樵《きこり》アレック・シーリエンのほかに、旅人、逃亡奴隷、知恵遅れの男、牧師、医者、弁護士、なかには「私の留守の間に食器棚やベッドを覗き込むお節介焼きの主婦」も含まれていた。(「なぜあの奥さんは私のベッドシーツが彼女のものほど清潔でないと知っているのか」)(153)。ソローはかつて一度に二十五人から三十人が小屋に押しかけたとも語っている。(5) 他方において「冬の訪問者」で描かれるのは親しい友人との心のこもった語らいである。敬愛する農夫のエドマンド・ホズマー、詩人で親友のウィリアム・エラリー・チャニング、そしてソローのもっとも良き理解者であったブロンソン・オルコット。中流層の客間のおしゃべりとは対照的に、そこに描かれるのは深い雪のなか訪れた友人との心の交流であり、自由な語らいと想像の飛翔《ひしょう》、そして溢れる洪笑《こうしょう》である。

四　分業というシステム

ソローが中流層の家の構造について客間と台所の距離を語るとき、そこに労働の分業にたいする批判が込められたことは明らかだった。市場経済の進行と労働の分業によって形成されるミドルクラスの文化の脆弱《ぜいじゃく》さと危機が指摘されたのである。言葉の比喩は「遠回し」になり、「自然と真実」から遠く隔てられる。ソローが主張した「生きることのエコノミー」とは、そうした文明社会の文化的危機への提言でもあったのである。

ラルフ・ウォルドー・エマソンが「アメリカの学者」（一八三七）のなかで、分業社会に暮らす人間存在を「歩くモンスター」に喩《たと》えたことはよく知られている (Emerson 54)。人は各々の職業に支配されて完全な人間ではなく、「考える人間」であるはずの学者すら、たんなる思索者、いや「他人の思想を借りたオウム」でしかない。そこには人間性の回復という超絶主義的なメッセージが提示されたのだが、それと併行して「分割された社会の状態」("the *divided* or social state") (Emerson 54) が反映されたことは明白である。ソローが小屋の建築について語った労働の分業への批判も同様である。「この労働の分割の行く末はどこなのか。どのような目的に叶うものなのか」(*Walden* 46)。

分業というシステムによって必然的にもたらされた結末のひとつが学者（学生）の知のあり方である。大学の創設そのものが「労働の分割」――「これは十分慎重な配慮をもってなされるべき原則」だが――を「盲目的に」「極端に推し進めた」(50) 結末である。寄付金を募り、請負人を雇ってアイルランドの労働者に基礎工事を行なわせ、その間学生は無益な間暇《かんか》を手に入れている。学生は「人生を遊んだり学んだりする」のではなく、ただちに「生きることの実験」を試みるべきではないか (51)。「哲学とほぼ同義である生きることのエコノミー」とは、実践をとおして得られる行為のエコノミーであり、それこそアメリカの学者が目指すべき思想だったのである。

ソローは「ハックルベリー」というエッセイにおいても分業社会と、それによって必然的にもたらされる学者の知の様態の変化について語っている。ソローはここで二種類の「労働の分割」を提示する ("Huckleberry" 194)。ひとつは「われわれの文明と労働の分割が必然的にもたらす結末」である。すなわちAというコケモモ摘みの本職がB所有の畑と契約し、特許付きのレーキで刈り取り作業を行なう。Cというプロの料理人がプディングの仕上がりを監修し、図書館でベリーの本を書いているD教授に提供する。こうした分業のプロセスは、最終的に教授の著作から「コケモモの精神」が失われる点で「堕落のプロセス」でしかない。ソローが提案するもうひとつの方法は「異なる労働の分割」である。すなわち教授自身が図書館で過ごす時間とコケモモ摘みの時間を上手に使い分けることだ。そうした行為のエコノミーによって教授の著作に「精神」が宿るからである。

冒頭で触れたとおり、「生きることのエコノミー」と対比的に捉えられたのが「政治経済学」であったが、ここで注目したいのは、そこで言及されるアダム・スミス、リカルド、セイの思想の根幹をなすのが労働の分業であった事実である。アダム・スミス『国富論』(一七七六)の第一章は分業についての考察であり、生産性、機械化、市場の拡大という、まさに資本主義経済の基本構図が示される。ジャン・バプティスタ・セイ『政治経済論』(一八〇三/英語訳一八三六)はそれを生産、流通、消費という観点からさらに詳述し、デイヴィッド・リカルド『政治経済と課税の原則』(一八一七)は両者の理論を踏まえながら、商品の価値、労働時間、交換と流通という問題について批判的に考察したものである。十九世紀中盤浸透する資本主義経済のなかで、ソローは「生きることのエコノミー」という「哲学」を通して、学者の知のあり方、その言葉と現実の有機的な結合について省察したのである。

おわりに

これまでおもに「暖房」、「先住者と冬の訪問者」という章をとおして、ソローの小屋の構造と冬の暮らしの経済について考察したが、最後に「冬の湖」で言及されるウォールデン湖の氷の切り出し作業について触れておきたい。

ソローの小屋のすぐ裏手を走るフィッチバーグ鉄道が開設されたのは一八四四年であり、マサチューセッツ北西部の流通を加速させるが、鉄道の開通によってもたらされた経済活動のひとつがウォールデン湖の大規模な氷の切り出しであった。一八四七年二月には百人ものアイルランド人労働者がウォールデン湖に押しかけ、馬と橇《そり》をもちいて一万トンもの氷を切り出したのである。「氷王」とよばれたフレデリック・テューダーは一八三〇年代から天然氷の輸出を急速に拡大し、南部諸州のほかにも、ハバナ、南米、そしてインドにまで市場を広げていた(6) (Seaburg and Paterson)。ソローはこうした事実をふまえて「暑さにうだるチャールストンやニューオリンズ、それにマドラス、ボンベイ、カルカッタの住人が私の井戸で喉を潤す」(*Walden* 297–98) と語るのだが、むろん貨幣経済による労働の分割と市場の広がりを苦々しく思っていたことは明らかだった。

【図版3】氷の切り出し作業の背後に鉄道が見える
(Seaburg and Paterson, *The Ice King*)

幸か不幸か、その年湖畔に積み上げられた氷の大半は溶けだし、この壮大な経済計画は頓挫《とんざ》してしまう。ソローはこうした活動の徒労性をあえて精神性のメタファーに転じて揶揄するのである。すなわち愛読書『バガヴァット・ギータ』から古代インドの聖人を想像の世界に呼び起こし、氷の流通ではなく想像の世界で精神的交流が達成されたと語るのだ。「ウォールデンの澄んだ水とガンジスの聖なる水が合流した」(298) と。

本稿では『ウォールデン』の冬の章を中心としてソローの暮らしの経済について考察した。積雪に閉ざされた湖畔の生活は基本的な暮らしの経済を明確に浮かび上がらせるとともに、ソローの思考を焦点化し内面性に沈潜させることで、より深い精神的な交流を可能にした。さらにソローの住居を中心とした考察は、分業社会を背景とした中流層の文化の抱える問題を読者に問いかけたと思われる。『ウォールデン』は湖畔のひとり暮らしというエコノミーの実験を合わせ鏡として、コンコード周辺の経済活動の変容という時代のモメンタムを的確に捉えたテクストだったのである。

◉注

（1）ソローは暖炉の火が留守中にベッドのシーツに燃え移り、危うく火事になろうとしたエピソードを語っている (*Walden* 253)。おそらく暖炉の火がはぜた原因はマツの切り株を燃やしたことによるものであったろう。

（2）ソローのテクストを家政学の教本と直接比較した論文には以下のようなものがある。Etsuko Taketani, "Thoreau's Domestic Economy: Double-Accounts in *Walden*." *Concord Saunterer* 2, no. 1 (Fall 1994), pp. 65–76; Lora Romero, *Home Fronts: Domesticity and Its Critics in the Antebellum United States*. Duke UP, 1997; Cecelia Tichi, "Domesticity on Walden Pond," *A Historical Guide to Henry David Thoreau*. Edited by William E. Cain, Oxford UP, 2000, pp. 95–121.

（3）セシリア・ティチは中流層の家屋における客間（パーラー）の重要性に注目している。ティチは中流層のパーラーと「冬の湖」に描かれる「魚のパーラー」を比較し、ソローの理想とした家政学は「簡素さと心地よさ、そして静けさのエッセンス」であったと指摘する (Tichi 111)。

（4）ロバート・サトルマイヤーは、一八五二年以降大幅に加筆された『ウォールデン』の後半部の記述が内省的傾向を強めたと指摘しているが、その内省的要素には冬という季節の要因があったと考えられる (Sattelmeyer 433)。

（5）サンドラ・ペトルリオニスは、ここで言及されたのはコンコード婦人部の奴隷解放集会の機会であったと考えている (Petrulionis

60)。

（6）皮肉なことに、カルカッタに氷を輸送した船舶のひとつにはコンコード号という名前がつけられていた(Seaburg and Paterson 160)。

◉引用文献

Beecher, Catharine Esther. *A Treatise on Domestic Economy*. 1841. Rpt. *From Domestic Economy to Home Economics*, vol. 2, Athena Press, 2008.

Child, Lydia Maria. *The Frugal Housewife: Dedicated to Those Who Are Not Ashamed of Economy*. 1829. Rpt. *From Domestic Economy to Home Economics*, vol. 1, Athena Press, 2008.

Cronon, William. *Changes in the Land: Indian, Colonists, and the Ecology of New England*. Hill and Wang, 1983.

Emerson, Ralph Waldo. "The American Scholar." *Emerson: Essays and Lectures*, edited by Joel Porte, The Library of America, 1983, pp. 51–71.

Harding, Walter. *The Days of Henry Thoreau: A Biography*. Dover, 1962.

Maynard, W. Barksdale. *Walden Pond: A History*. Oxford UP, 2004.

Merchant, Carolyn. *Ecological Revolutions: Nature, Gender, and Science in New England*. U of North Carolina P, 1989.

Miss Leslie. *The House Book or, A Manual of Domestic Economy for Town and Country*. 1840. Rpt. *From Domestic Economy to Home Economics*, vol. 1, Athena Press, 2008.

Petrulionis, Sandra Harbert. *To Set This World Right: The Antislavery Movement in Thorau's Concord*. Cornell UP, 2006.

Ricardo, David. *The First Six Chapters of The Principles of Political Economy and Taxation*. Macmillan, 1895.

Romero, Lora. *Home Fronts: Domesticity and Its Critics in the Antebellum United States*. Duke UP, 1997.

Sattelmeyer, Robert. "The Remaking of Walden." *Walden and Resistance to Civil Government*, 2nd Edition. Norton, 1992, pp. 428–44.

Say, Jean-Baptiste. *A Treatise on Political Economy*. 1836. Transaction Publishers, 2001.

Seaburg, Carl, and Stanley Paterson. *The Ice King: Frederic Tudor and His Circle*. The Massachusetts Historical Society. 2003.

Taketani, Etsuko. "Thoreau's Domestic Economy: Double-Accounts in *Walden*." *Concord Saunterer* 2, no. 1 (Fall 1994), pp. 65–76.

Thoreau, Henry David. "Huckleberry." *Wild Apples and Other Natural History Essays*, edited by William Rossi, U of Georgia P, 2002, pp. 166–202.

——. *Walden. The Writings of Henry D. Thoreau*. Edited by J. Lyndon Shanley, Princeton UP, 1971.

Tichi, Cecelia. "Domesticity on Walden Pond." *A Historical Guide to Henry David Thoreau*. Edited by William E. Cain, Oxford UP, 2000, pp. 95–121.

スミス、アダム『国富論Ⅰ』大河内一男監訳、中央公論社、一九七六年。

北部出身の元奴隷ソジャーナ・トゥルース
——自らを広告する黒人女性

野口 啓子

はじめに

本名イザベラ・ボンフリーこと、ソジャーナ・トゥルース（一七九七?—一八八三）の自伝は、多くの点で異色である。この自伝は一八五〇年に奴隷制廃止論者であり、またフェミニストでもあったオリーヴ・ギルバートが執筆したものだが、そもそも、トゥルースの語った話を、ギルバートがときに要約して解説し、ときに自身のコメントを加えながら、三人称で書いたものを、自伝と称してよいのかもわからない。ジーン・M・ヒュームズは「口述筆記された自伝」というよりは、むしろ「仲介された自伝（mediated/facilitated autobiography）」と呼ぶほうが好ましいと述べている（Humez 30）。批評のなかには「伝記」と呼んでいるものすらある。いわゆる元奴隷によるスレイヴ・ナラティヴ（自伝的奴隷体験記）は、白人編集者の意向に強く左右されやすいうえに、著名な白人作家による人物保証が必要とされた。このことは、フレデリック・ダグラスの『アメリカ奴隷フレデリック・ダグラスの物語《ナラティヴ》』（以下『ナラティヴ』）（一八四五）に、著名な奴隷制廃止論者ウィリアム・ロイド・ギャリソンやウェンデル・フィリップスの序文が冠されていること、あるいは、ハリエット・ジェイコブズの『ある奴隷娘の人生に起きた出来事』（一八六一）がすでに作家として確立していたリディア・マライア・チャイルドの編集なくしては成立しなかったことを思い起こせば、すぐに納得されるであろう。ダグラスが十年後に『ナラティヴ』を大幅に書き換える必要を感じたのも、こういった白人による介入を取り除くことが一つの要因であったと思われる。

生涯、読み書きができなかった文盲《もんもう》のトゥルースにとって、こういった白人執筆者の介入、すなわち、トゥルースが語る自伝と第三者によって翻案された自伝との間の乖離《かいり》は、いかほどに悩ましいものであったろうか。トゥルースの伝記を著したネル・アーヴィン・ペインターが指摘するように、トゥルースはギルバートが求める奴隷制廃止論者の言説に沿った表現様式にほぼ同意しているようだ(Painter, Introduction xiv)。一八七五年に出版された改訂版には、フランシス・タイタス編集の「命の書」("Book of Life")が新たに付け加えられた。「命の書」は一八五〇年以降のトゥルースの後半生をたどったものであるが、彼女はこの改訂版が出版されるころまでには、巡回説教師としてばかりでなく女性の権利運動や奴隷制反対運動、解放奴隷救済運動の活動家としても広く知られ、さまざまな新聞に頻繁に取り上げられるようになっていた。タイタス編集による「命の書」は、そのほとんどがトゥルースの講演や説教についての新聞記事、雑誌に掲載されたエッセイ、多様な人びとの手紙など、雑多な文章の切り抜きから構成された一種のコラージュになっている。年代的にも、様式的にもまとまりがなく、単なる情報の集積のような様相を帯び、およそ文学作品といえる代物ではなさそうだが、それぞれの抜粋が彼女の一局面を伝え、全体としてぼんやりとではあるがトゥルースの実像を浮かび上がらせているように思われる。[1]

時代を追ってまがりなりにもトゥルースの前半生を一つの物語として伝えようとしたギルバートとは異なり、タイタスは主として新聞記事という公にされた「事実」に語らせる手法を取っている。これがはたしてタイタス自身の考えによるものか、それともトゥルースの要望であったか、はたまた限られた時間と能力がもたらした偶然の産物であったかは分からないが、ギルバート版『ソジャーナ・トゥルースの物語《ナラティヴ》』（以下『ナラティヴ』）からの明らかな離反であることはたしかであろう。とはいえ、この手法により彼女の自伝がタイタスの翻案から完全に逃れられたわけではない。奴隷制廃止運動と女性運動に深く関わったタイタスもまた、粉飾を施したり (Painter, Explanatory Notes 253)、自身の解説やコメントを挿入したりしている。きわめつけは、一八七八年版にあらたに序文を付し、自らを「作者」と銘打っていることだろう。これにより、ナラティヴ全体がタイタスによって書かれた「伝記」であるかのような印象を読者に与えることになった (245)。しかしながら、「命の書」に占める公的事実の圧倒的な量が、タイタスの翻案の効力を限りなく小さくしているように思われる。ちょうど、セオドア・ウェルドとアンジェリーナ・グリムケの著した『アメリカ奴隷制の実情——千人の目撃者の証言』(一八三九)が、新聞記事や手紙等の公的事実の膨大な集積によって、南部自身に南部奴隷制の残酷な実態を語らせたように、トゥルースのスピーチやそれについての新聞記事が第三者の解説を経ずに彼女自身に語らせることを可能にしている。

自伝を構築するにあたって、トゥルースの口述内容と筆記者の翻案がどのような共同作業を経て文字化されたのかを知ることはできない。しかし、トゥルースがただ受動的に白人執筆者の意向どおりに自分の物語を使用させた、つまり、物語の材料を提供するだけに終始していたかというと、それも違うであろう。トゥルースの自伝全体を注意深く読むと、彼女が自分なりに自己像を作り上げようとしているのが感じられる。白人作家や活動家に都合よく築かれる物語に抗って修正を施そうとする力が働いているように思われる。この目に見えない力の拮抗《きっこう》は、何も持たずに白人社会を生き延び、自らを「セルフメイドウーマン」(Truth 3) と自負するまでに成長したトゥルースの格闘の痕跡でもあったろう。自伝を売りながらアメリカ各地を旅したトゥルースにとって、自伝は日々の生活の糧《かて》を得るまさに「命の書」であったと同時に、すべてを奪われ、社会の底辺で「見えざる人」として生きることを運命づけられた黒人女性の存在証明でもあった。本稿では、文盲の奴隷であったトゥルースが、自伝を売りながら、黒人を排除する白人社会のエコノミーをどのように生き延び、そのプロセスでどのように自己像をセルフ・プロデュースしたのか考察してみたい。

一　搾取される女性奴隷

アメリカ民主主義が平等を自負するとき、みながゼロ地点からスタートし、自助努力で社会的成功が得られることを意味するとすれば、奴隷はゼロ地点どころか負の領域、「搾取《さくしゅ》」という名の底なし沼から始まるといえる。その度合いに差があっても、「搾取」はすべての奴隷が繋がれた足枷《あしかせ》であった。しかし、トゥルースについて語るときに忘れてならないのは、彼女が北部の奴隷であったことだ。冒頭で彼女の自伝が異色である点について触れたが、それは作品の文学様式のみを指すのではない。スレイヴ・ナラティヴといえば、南部出身の逃亡奴隷の手になるものが圧倒的多数を占めるなかで、トゥルースのナラティヴは数少ない北部奴隷が語ったものであった。ニューヨーク州アルスター郡で生まれた彼女は、四人のマスターに次々と仕え、最後のマスターのもとから逃亡したのは一八二六年、正式な奴隷解放の一年前のことであった。その体験をもとにした自伝を発表したのは、さらに四半世紀を経た一八五〇年、新しい逃亡奴隷法が制定された年である。そのころには、スレイヴ・ナラティヴは南部奴隷制を糾弾《きゅうだん》することを前提とし、人間を家畜同然に扱う非人道的な南部と民主的で自由な地、北部、といった二項対立をすでに内包していた。[2] つまり、無給労働を強いる南部と自由労働による自立・成功が保証される北部といった対比的図式である。北部は加害者としての立場を免責され、奴隷制が存在した事実すら忘れ去ろうとしていた。[3] このような状況のなかで、北部の奴隷体験を語ったトゥルースの『ナラティヴ』は異質であり、伝統的な南部奴隷制の言説に親しんでいた筆記者がそれに沿う形で整えようとしたことも想像に難くない。十二人の子どもを次々と売られた父母の嘆き、マスターの命令に背いて恋人に会いに行った奴隷の悲惨な結末、アラバマへ違法に売られたわずか五歳の自分の息子の背中に刻まれた無残な鞭《むち》打ちの痕跡《こんせき》など、奴隷制の残酷さを示す描写は多くのスレイヴ・ナラティヴに共通のものである。そのような伝統的な反奴隷制の言説のなかにあって、トゥルースは北部奴隷としての独自の経験をいくつか刻印しようとしている。

とりわけ読者に強い印象を与えるのは、トゥルースが言語から二重に疎外されていたことである。南部では奴隷に読み書きを教えることは違法であったため、ダグラスやジェイコブズのような特異な例を除けば、文字を獲得できた奴隷はほとんどいなかった。黒人の教育が違法ではなかった北部においても、事情はそれほど変わらず、実際に文字を学ぶ機会を得ることができた奴隷はきわめて少なかった (Painter, "Representing Truth" 465)。トゥルースの場合、それに加えて、最初の奴隷主がオランダ系移民であったため、十一歳ごろまでオランダ語しか話せなかった。次に売られた先が、英語しか話せない一家であったため、コミュニケーションがうまくとれず、それが主人夫婦を余計に苛《いら》つかせ厳しい仕置へとつながった。トゥルースのスピーチの独特なアクセントや抑揚は(4)、この最初に覚えたオランダ語と比較的遅く獲得された英語に起因すると思われるが、英語をうまく操れないことで激しい罵倒《ばとう》や打擲《ちょうちゃく》を受けた経験が心理的なトラウマとなった可能性も否定できないのではないだろうか。

ダグラスが自伝の冒頭で嘆いているように、文盲の奴隷には、自分の誕生日も分からないばかりか、時間も季節の移り変わり程度の認識しかできない (Douglass 41)。トゥルースの時間感覚の不確かさはアラバマに売られた息子を取り戻すときの描写によく表われている。弁護士に二十四時間もすれば息子が戻ってくるだろうと言われたとき、彼女は二十四時間がどのくらいの長さを意味するのか理解できず、その日の内に頻繁に弁護士のもとを訪れ、応対に出た使用人に呆れられる。二十四時間が「明日の朝までは続く時間」だと説明され (Truth 35)、ようやく安心するのだが、ここには一刻も早く息子に会いたいと思う母の気持ちと、驚くほど不確かな時間把握のなかで不安定な生活を余儀なくされていた彼女の実情が記されている。トゥルースはダグラスと違い、文字や生年を知らないことをそれほど嘆くことはないのだが、時間が測れないことや計算ができないことで被る経済的不利益を指摘している。女性の賃金が取るに足りないものだった十九世紀半ばに、黒人の賃金はさらに低く、まして「時間の価値がわからず」「自分では計算もできない」(48) 黒人女性がどれほど不当な扱いを受けたか、容易に想像できるであろう。第二次覚醒《かくせい》(5)運動期に現われた新興宗教の一つ「マティアスの王国」に参加したときにも、無給の家事労働を提供したあげく、王国が崩壊したときには、参加する際に求められた出資金も戻ってこなかった。そのうえ——おそらくはその教団の唯一の黒人だったがゆえに——病死した会員の毒殺まで疑われたのである。

トゥルースの語りに垣間見えるもう一つの北部奴隷制の特徴は、きわめて小規模な奴隷所有である。大農園を中心とする南部奴隷制においては、大勢の奴隷たちがスレイヴ・クォーターと呼ばれる居住地に住み、互いに助け合い、情報を交換するなど、独自の文化を形成していたが、一人か二人程度の奴隷を家に住まわせて二十四時間「召使い」として働かせる形態の多かった北部では、奴隷は孤立しがちだった (Painter, *Sojourner Truth* 6–7)。まして、わずか九歳で競売にかけられ家族から引き離されたトゥルースにとって、売られた先の白人家族がこの世界のすべてとなった。同胞からの慰めや共感、援助を得ることはほとんどなく、支配者であるマスターが絶対視され、その言動を批判的に受け止めることは難しかったと思われる。このことが、比較的優しかった最後の主人デュモントに対する彼女の思い入れにつながったのであろう。彼女の働きぶりを褒める主人に応えようとして、自らを駆り立て、睡眠時間を削ってまで生産性をあげようと努めた。「サボタージュ」が奴隷の主たる抵抗手段であった南部ではあまり考えられないことである。「そのころはご主人が神様だった」(Truth 22) と告白するトゥルースのこの頑張りは、逆にデュモント夫人や白人女性の使用人の妬みをかい、また一方で、奴隷仲間からは「白人の黒んぼ」(22) と揶揄され、二重の疎外をもたらした。

白人マスターの「庇護《ひご》」と女性奴隷の忠実な奉仕は、性を介在した搾取を暗示する。この構造的な「性の搾取」は、ハリエット・E・ウィルソンの自伝的小説『うちの黒んぼ』(一八五九) に通底する。この作品は、奴隷でこそなかったが、奴隷と同じ扱いを受けた北部の黒人の女の子の物語である。彼女を可愛がるベルモント家の男性たちと、敵意を露わにして暴力を振るうベルモント夫人と末娘との対照が鮮烈に描かれている。読者は、その背後に、男性たちによる性的搾取の可能性を感じ取らざるを得ない[6]。白人マスターの性的ハラスメントを克明に描いて告発した南部出身のジェイコブズとは異なり、北部で奴隷として働いたトゥルースは、この問題については、ウィルソン同様、口を堅く閉ざして語ろうとしない。

この方面から、我らがヒロインの人生に連続していくつもの長い試練が起こりましたが、言わずにおきましょう。デリケートな問題でもありますし、まだ生存している人で、イザベラが愛と尊敬を抱く人びとに余計な辛い思いをさせたくないこともあります。ですから、読者の皆さんは、この物語を裏打ちする力がとつぜん弱くなったと思われても、驚かないでください。材料が不足しているからではなく、彼女の人生のもっともスリリングな出来事がさまざまな理由で割愛されたためなのですから。(Truth 20)

生存者への気遣いは、奴隷時代に関わった人びとが比較的近距離に住んでいる北部のほうが、強く働いたかもしれない。あるいはまた、民主主義的な自由の地「北部」という言説が見えざる力として作用し、ニューヨークで起きた「もっともスリリングな出来事」の暴露を差し控えさせたのかもしれない。

周りに頼る者がいなかったトゥルースにとって支えとなったのは、母から教えられた宗教であった。辛いときには空を見上げ、天の神に祈りなさいという素朴な教えだったが、彼女はこの母の教えを忠実に守り、人のいない河原へ行っては、苦しい現状を声に出して神に訴え、救済を願うという行動を繰り返す。教会や牧師を介せず、直接神と対話をする宗教は、ペインターによれば、アフリカ系アメリカ人の文化を継承するものであるという (Painter, *Sojourner Truth* 25)。その後、回心体験を経て、神の声を直接聞くようになったトゥルースは、ハリエット・タブマン同様、神の声に導かれるように信じる道を突き進むことになる。(7) 自らをイザベラ・ボンフリーから「真実を説きながら旅する人」を意味するソジャーナ・トゥルースに改名し、わずか二十五セントの所持金を持って東部諸州を回り始めるのである。

奴隷にとって改名は象徴的行為である。ダグラスが逃亡先のマサチューセッツ州ニューベッドフォードに辿り着いて最初に行なった重要な行為が新しい名前を名乗ることであったように、それは多くの場合、隷属から解かれ自由の身となって新しい人生をゼロ地点から始めることを意味した。イザベラも自らを「ソジャーナ・トゥルース」と命名した時に、本当の自分が生まれたことを示唆する(Truth 68)。彼女の改名は物理的な逃亡を果たした瞬間でこそないが、奴隷時代から引きずってきた精神的・心理的な鎖から解放されたと感じた時点であることは間違いない。イザベラがそれまでの過去をすべて精算し、「神の使い」になることを決心した背景には、一八三七年の経済恐慌があった。一八四〇年代後半まで続いたこの不況下で、自らがその底辺を占める労働者階級の惨状を目撃し、またその辛酸《しんさん》を嘗《な》めた。「富める者は貧しい者を搾取し、貧しい者は貧しい者同士奪い合う」弱肉強食の世界を、トゥルースは「巨大な略奪と不正のシステム」(67)と呼び、自分もそのシステムに組み込まれた一人だと感じる。あるとき、偶然に得た雪かきの仕事を一人の貧しい男に譲って欲しいと懇願されるが、頑《かたく》なに譲らなかった。わずかな小銭稼ぎの仕事を巡って争い、同じように苦しむ人間を見捨てたことに、彼女は激しい良心の呵責《かしゃく》を感じるようになる。キリスト教徒としての基本的な信条である「汝の隣人を愛せ」にもとる行為として猛省したのである。この「略奪と不正」の経済システムのなかでは、自分もまた加害者になり得ることを認識したトゥルースは、このような貧しい者同士が食うか食われるかの生活を余儀なくされるニューヨークを「第二のソドム」(68)と呼び、そこを離れる決意をする。それ以後は、神のみを頼りに、必要最低限以上の報酬は徹底して受け取らない生活を続ける。そして彼女の活動を支えたのは、一冊二十五セントの自伝であった。つまり、自伝を売ることは、自分を広く理解してもらうための手段であると同時に、活動資金を得るためのビジネスでもあった。このことは、他者に依存するチャリティではなく、「正当な」経済活動による自立した道を目指したということを意味する。

二　トゥルースを広告した人びと——一八六三年

一八四〇年代半ばにマサチューセッツ州のユートピア共同体の一つ、ノーザンプトン・アソシエーションにしばらく滞在したことは、トゥルースに重要な転機をもたらす。ここで彼女は反奴隷制の活動家や女権運動家と出会うからだ。

ギャリソンやダグラスと出会ったのも、彼女の自伝の最初の筆記者ギルバートとの運命的な出会いがあったのも、この組織を通してのことだった。トゥルースはこれらリベラルな改革者たちとの交流を通して、奴隷制の悪や女性の権利の意識に目覚め、自分でも講演をするようになった。自称巡回説教師から自他ともに認める有能な演説家への道が開けたといってよいだろう。これを経済的に支えたのが、前述したように、ギルバート執筆の「自伝」であった。ギャリソンは自身が編集する週刊新聞『リベレーター』（一八五〇年五月十日）に短評を載せ、ささやかな後方／広報支援を行なっている。トゥルースの『ナラティヴ』を「最も素晴らしく高い賞賛に値する女性の最も面白い物語」であると最大級に褒めあげたうえで、「これを売ることが彼女にとって唯一の助けとなる」ので、「黒人の友である皆さん全員に推奨」したいと、宣伝も怠らない。このようにして、自分の物語を売りながら北部諸州を講演行脚《あんぎゃ》するトゥルースの活動スタイルが確立したのである。

しかし、トゥルースの活動に最も大きな転換点が訪れるのは、南北戦争中の一八六三年のことである。この年の四月『アトランティック・マンスリー』誌に「ソジャーナ・トゥルース――リビアの巫女」と題したハリエット・ビーチャー・ストウのエッセイが掲載されたのである。トゥルースは自伝への推薦文をもらうべく、一八五三年に当時マサチューセッツ州アンドーヴァーで暮らしていたストウの自宅を訪ねたのであるが、「リビアの巫女」はそのときの様子をストウが十年後に記憶をたどりながら描いたものである。すでに『アンクル・トムの小屋』（一八五二）の作者として不動の地位を確立していたストウがアメリカを代表する文芸誌に発表したこのスケッチは、トゥルースを全米に知らしめることになった。この作品がきっかけで、彼女はローカルな活動家から全国的な改革運動家に転身したと言えるだろう。これ以後、彼女はさまざまな新聞や手紙で言及されるとき、しばしば「あのリビアの巫女」(Truth 115)や「アメリカの巫女」(146)「黒人のアメリカの巫女」(135)などといった呼ばれ方をするようになる。これは読者や聴衆の耳目を集めるための効果的な手段だったと思われるし、トゥルース自身そのように使われるのを否定はしていない。むしろストウの名声を利用すらしているように思われるが、セルフメイドウーマンを自負していた彼女にとって、つねにハッシュタグのようにストウと関連づけられるのは内心不快だったかもしれない。その証拠に「あの古いシンボルについては聞きたくない」と、ストウの「リビアの巫女」に拒絶反応を示したエピソードが紹介されている(118)。

ストウのスケッチは、トゥルースの人びとを引きつける力、堂々として落ち着いた様子、その信仰の独創性などを鮮明に描き、おおむね彼女を褒め称えているが、彼女についての誤認が二点あった。一つは彼女がすでに亡くなったと思っていたこと、もう一つは彼女をアフリカ生まれの黒人と捉えていたことである。トゥルースはアメリカ生まれの黒人で、南北戦争中にも奴隷解放のための活動を続けていた。ストウのエッセイは彼女の人間としての善良さ、子どものような純朴さ、宗教に対するユニークではあるが揺るぎない信仰などを讃えながらも、エキゾチックな未開のアフリカのイメージを織り込んでいく。トゥルースが自らの信仰について話す姿を、「穏やかにすっくと立ち、砂漠の中で揺れる一本の棕櫚《しゅろ》の木のようだった」(Truth 104)と描写し、その独特な迫力をもつ歌い方についても、「感情を込めて、アフリカ人の強い粗野なアクセントで」(109)歌ったと語る。そして最後には彼女をエチオピアそのものと結びつけている。ストウ家の博学な神学者や客人たちが、文字文化から完全に疎外されたトゥルースを取り囲んでいる場面を思い浮かべると、このようなエキゾチックな描き方は、彼女を眺める対象として他者化するように思われる。トゥルースがストウの名声の恩恵を受けながらも反発を感じたのは、このような受動的な描かれ方にあったのだろう。

ストウのエッセイに違和感を覚えたのは、トゥルースだけではなかった。一八五一年五月にオハイオ州アクロンで開催された女性会議の議長を務め、彼女の演説を直接耳にしたフランシス・ゲイジもその一人だった。彼女はストウの「リビアの巫女」が発表されて一か月も経たないうちに、トゥルースが行なったとされるあの有名なスピーチ「私は女じゃないのかね」をニューヨークの週刊誌『インディペンデント』に発表した。こちらも十数年前の出来事を思い出して書いたものだが、ストウの受動的なトゥルース像とはまったく異なり、反対陣営からの圧力で押しつぶされそうになっていた女性会議をその力強く、ウィットに富んだスピーチで救った「ジャンヌ・ダルク」のようなトゥルース像を提示している。そのスピーチは、先行する男性論客の女権に対する反対意見を整理しながら、その一つ一つを論駁《ろんばく》し「私は女じゃないのか

【図版1】ソジャーナ・トゥルースが「私は女じゃないのかね」スピーチを行なったとされるオハイオ州アクロンの教会跡地（左）。現在の建物には記念のプレートが取り付けられている（右）（筆者撮影）

ね（ar'n't I a woman?)」と繰り返す、きわめてレトリカルなスピーチとなっている。女権を否定する男性たち――主として聖職者――の反対理由は四点に集約される。一点目は、女性の肉体的弱さを指摘したもので、これに対して、トゥルースは奴隷としてまた労働者として男性と変わらない仕事をしてきた自らのたくましい肉体を誇示してみせる。二点目は男性に比べて女性の知性が劣るというものだが、たとえ女性の知性が男性の半分しかないとしても、権利を与えない理由にはならないと反論する。残りの二点は、宗教における伝統的な女嫌い《ミソジニー》に由来する。キリストは女性を必要としなかったという点については、キリストの生誕には神と女性のみが関わり、男性の関与はまったくなかったというややユーモラスな切り返しをし、この世に原罪をもたらしたイヴへの批判については、イヴが一人で「この世界を間違った方向へひっくり返した」のであれば、その子孫たる女性たち全員でこの世界を「ひっくり返して正常に戻せばよい」と答える（Truth 92–93）。ゲイジはトゥルースのスピーチの「魔法のような力」により、この日の荒れ模様が鎮《しず》まったと語る（93）。ゲイジがここで強調しているのは、暗雲たち込めていた女性会議を、「女王のような雰囲気を漂わせて」（90）現われたトゥルースが、その力強いスピーチで窮地から救い出してくれたことと、黒人女性に語らせることを不安視する声が多いなか、ゲイジは議長としての判断であえて彼女に語らせ会議を成功させたということだ。

カールトン・メイビーによれば、アクロンでの女性会議には、ゲイジの言うような敵対的な雰囲気はなく、むしろ終始穏やかに進行したという（Mabee 70）。また、白人女性リーダーたちの間に黒人女性に対する敵対心もなく、むしろ議長としては経験不足のゲイジを疑問視していたという(71–73)。メイビーは当時の女性会議の記事を掲載した四つの新聞を検証し、「私は女じゃないのかね」というリズミカルな修辞がどこにも記載されていないことから、これが詩人でもあったゲイジの創作であろうと断定する(77)。また、四紙のうちで『反奴隷制の喇叭《らっぱ》』にマリウス・ロビンソンが報告した記事がより真実に近いのではないかと述べている(81)。この女性会議に記録係として出席していたロビンソンは、約一か月後に報告を同紙に掲載した。彼は会議の様子やトゥルースのスピーチの要点を標準英語で淡々と記している。これに比べると、ゲイジは詳細な叙述を展開しながら、会議の進行をドラマティックに盛り上げている。会場に極度の不安と動揺をみなぎらせて救世主登場の舞台づくりをし、トゥルースのスピーチを臨場感あふれるレトリカルでインパクトのあるものに仕立て上げている。またおそらくは元奴隷のイメージをより強烈に打ち出すために、北部出身のトゥルースに南部訛《なま》りの英語を話させた(Painter, *Sojourner Truth* 170)。このようなお膳立てによりトゥルースばかりでなく議長としてのゲイジ自身もよりヒロイックに描こうとしたのである。ゲイジがトゥルースを「使用」して自己像の書き換えを試み、また南部黒人訛《なま》りを使用することで、中産階級の白人女性とは異なる者として彼女を他者化したことは否定できないだろう。しかしゲイジ版スピーチの創作によって、トゥルースがアメリカ女性史に刻まれることになったのもまた否定できない事実である。ストウの受動的で異国風なトゥルース像に対し、「戦う黒人フェミニスト」像を提起したゲイジ版は、後年エリザベス・ケイディ・スタントンらによる『女性参政権の歴史』(一八八一—一九二二)に取り入れられたからである。

ゲイジの創作は、しかしながら、彼女の心象風景にとっては、ある程度真実に近かったのかもしれない。あるいは、現実に目撃したことの印象的翻案だったのではないか。というのも、演説や講演は、話し手の声の高低や強弱、抑揚、身振りや視線など、多数の要素を伴い、それを文字化するのは困難であるし、またそれが可能だとしてもその場の臨場感まで伝えることはできないからだ。独特なアクセントとウィットで強烈な印象を与えるトゥルースの話を文字で伝える困難さは『ナラティヴ』のなかでも繰り返し語られている。たとえば、トゥルースの話を直接耳にした人物の一人は、

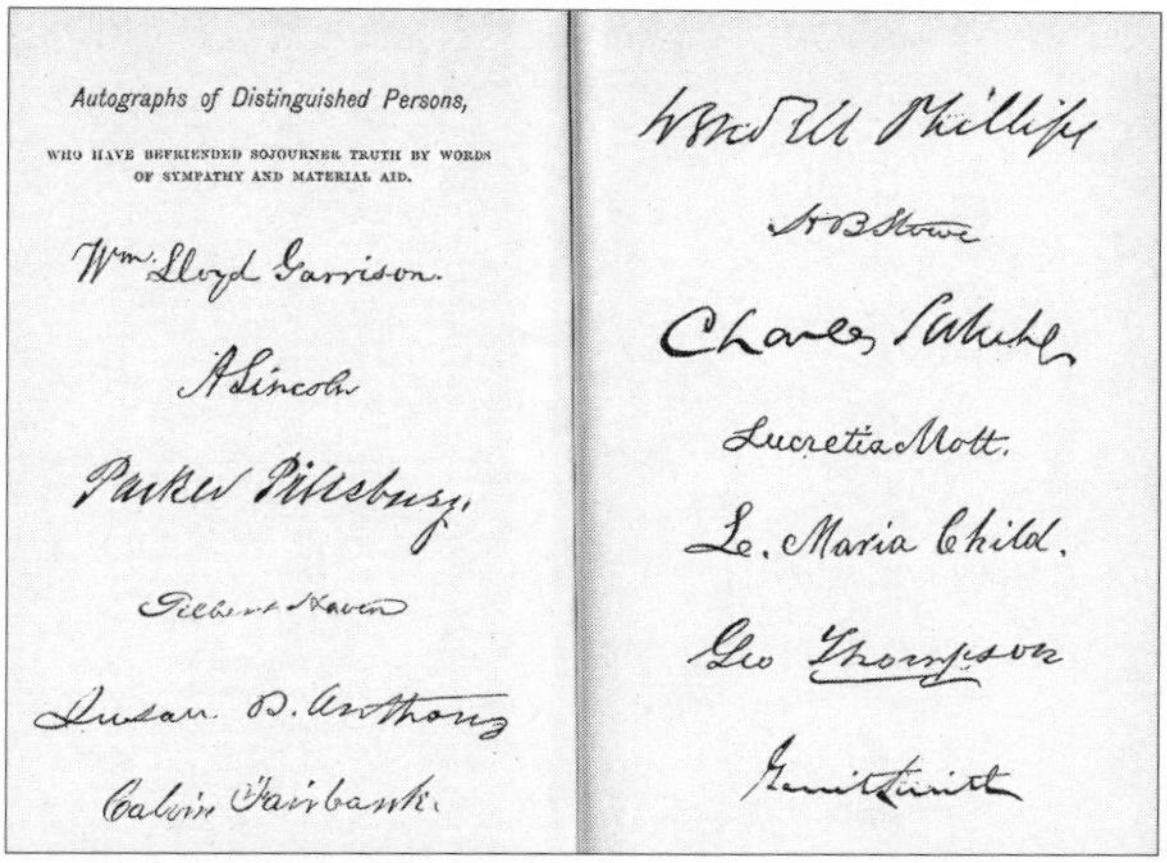

【図版2】タイタス版に挿入されたトゥルースが集めた著名人のサイン。リンカーンやストウ、チャイルドなどのサインが含まれている

ストウのスケッチはたしかに多くの読者を惹きつけたが、どんな有能な作家をもってしても、彼女の「聴衆を引きつける磁石のような力」を捉えることはできないと述べている(Truth 100)。ゲイジもまた、その場に居合わせた者にしか分からないトゥルースのスピーチの迫力と影響力を表わすために虚構を織り交ぜたのかもしれない。ゲイジの目論見がどのあたりにあったにせよ、トゥルース自身は、ストウの時と同様、ゲイジの創作版に対しても一切修正やコメントを加えることなくそのまま全文を自伝に掲載している。自身を「モーゼ」や「ジャンヌ・ダルク」になぞらえることを好んだトゥルースは、ゲイジ版を歓迎したかもしれないが、あえて統一することなく多様性をそのまま活かし、未決定性を維持しておくところに、彼女の自分を取り戻すための闘いがあった。そこにはまた、他者(白人)の文章を自身の広告に援用するしたたかさがあったことも否定できない。彼女が著名人のサインを集めて自伝に盛り込んだのも同じ理由によるものだろう。

三　自己像をセルフ・プロデュースする黒人女性

ゲイジが提示した戦うトゥルース像は、実のところ十数年前の彼女ではなく、一八六三年現在の彼女を過去に投影させたものだったかもしれない。なぜなら、彼女は南北戦争が始まって以降、同胞の黒人のために戦う戦士になったからだ。一八六三年十一月には、ミシガン州で最初に編成された黒人部隊のために人びとから集めた物資を届け、彼らを鼓《こ》舞《ぶ》するスピーチを行なっている。また、自分が十歳若ければ、ジャンヌ・ダルクのように聖軍を率いただろうと語ったという (Truth 6)。翌六四年、時の大統領リンカーンに謁見《えっけん》するためにワシントンを訪れた彼女は、その地で、解放された自由黒人たちの悲惨な生活ぶりを目撃し、彼らの救済を自らの使命と定め、彼らを西部へ移住させて自立させるための一大キャンペーンを展開し始める。

ワシントンは南部諸州から逃れてきた黒人や北軍へ逃げた黒人たちで溢《あふ》れかえっていた。そういったいわゆる黒人難民たちは、生活のための最低限の支給を政府から受けてはいたものの、狭い粗末な建物に大人数が詰め込まれ、不衛生極まりない環境で無為《むい》に過ごしていた。暑くなれば疫病が蔓延《まんえん》しかねない状況であった。自由とは名ばかり、無給の強制労働から解放されただけで、およそ人間的とはいえない惨状を見て、トゥルースはまず「自由」の意味から説き始める。子どもを連れさられて嘆くだけの母親には、「法律」によって守られた「権利」があるのだから、取り戻すために闘うよう教える (Truth 123)。この権利への意識は、かつて不当に売られた我が子を取り戻した経験や殺人容疑をかけられた裁判で勝利した経験、また反奴隷制や女性の権利運動を通して培《つちか》われたものであったと思われるが、乗車拒否をする路面馬車（ジム・クロウ・カー）に対する闘いで遺憾なく発揮される。

戦後の再建期には黒人にも白人同様、公共の馬車に乗る権利が法によって保障されたが、日常生活における差別は依然として激しく、傷病兵のために必要物資を運ばなければならなかったトゥルースにとって乗車拒否は悩ましい問題だった。あるときは、自分の前を素通りした馬車に、「乗ります！」と何度も大声で叫びながら追いかけ、人垣ができて車が止まったところで飛び乗った。激怒した車掌に御者《ぎょしゃ》席へ移るよう脅されても、「法」を持ち出し堂々と座席を死守する (Truth 124–25)。車内の兵士の助けもあり、彼女はそのまま白人と同じ客席に座ることができた。こうしたことはめったにないことなので、目的地よりも長く乗ってその「特権」を存分に楽しんだとユーモラスに語っている (125)。またあるときには、連れの白人女性と一緒に飛び乗った彼女を「犬のように」追い払おうとした車掌を訴えた結果、その車掌が解雇されるということがあった。この後は白人女性同様「レディ」扱いされたことを画期的な勝利として書き

【図版３】トゥルースがアラバマ州へ違法に売られた息子を取り戻すために訴訟を起こしたニューヨーク州アルスター郡裁判所（左）。入り口付近に設置された記念碑には、これが黒人の母が勝訴した最初の例だと記されている（筆者撮影）

留めている(126)。

トゥルースの闘いのスタンスは、つねに正当なる「権利」の行使による自立であって、慈善や善意への懇願ではなかった。チャリティではなく、自伝を売るというビジネスを通して自立を維持してきた彼女にとって、働いて得た資金で自らを支えることは基本的前提であった。それゆえ、大勢の解放奴隷たちが半ば永続的に政府の支援に頼ってその日暮らしをしていることに異を唱えたのも当然の成り行きだった。彼女はこれらの黒人に土地を与え、教育を施し、仕事を見つけて自立できるようにすることを訴え続けるが、「パンだけでは文明人の必要を満たせない」(Truth 129)からであり、彼らにアメリカの「有用な市民」(131)になって欲しいと願ったからである。そのための費用については、年々増加する自由黒人に衣食を支給し続けるよりは、土地を与えて自立させるほうが得策であると指摘したり(157–58)、これらの黒人たちを取り締まるために雇われた役人に人件費を払い続けるよりは、その費用で彼らを教育して自立させたほうがよいといった現実的な案を提示したりする(133)。しかし、彼女の訴えは徐々に、細部の現実的な論点を離れ、よりマクロ的な視野に立つものが目立つようになる。つまり、アメリカの黒人に対する責務を問題にするようになるのだ。アメリカは長年にわたる黒人の無給労働によって築かれ、その膨大な債務はまだ支払われていないのだから、今こそ彼らにその一部でも支払い、西に土地を与えて、自立できるようにすべきであると(151, 191–92)。

南部出身の黒人たちと接し、彼らの救済のために尽力する過程で、トゥルースは徐々に自らを南部奴隷の歴史と一体化させ、アメリカ黒人の母としての自己イメージを構築していったように思える。「ソジャーナは自分の子どもを奪われ、黒人を養子にした」(Truth 131)という言葉が端的に伝えるように、「子どもを奪われた」という言説はもはや自分や母の個別の体験を示すのではなく、あらゆる黒人女性の経験を代弁する。そして「黒人を養子にした」とは、すべての黒人が彼女の子どもであり、南北を超えてアメリカ全土の黒人が彼女の「大きな家族」(133)になったということである。このことは、彼女が身の回りを清潔にして整理整頓することを強調したことと無関係ではあるまい。それは衛生面への配慮ばかりでなく、「清潔と秩序」が宗教的な「清らかさや正しさ」と結びつき(123)、さらにはアフリカン・アメリカンのアメリカ市民としての未来がそこにかかっていると信じたからであろう。彼女は、とりわけ、奴隷として農地での労働を強いられたために家事については無知な黒人女性に、北部式の家事のやり方を熱心に教えた。

トゥルースが行なった解放黒人のための救済活動は、つまるところ、当時の女性に唯一可能であった政治活動、すなわち「請願書」を国会へ提出し政府を動かそうというものであった。そのためにできるだけ多くのアメリカ人に現状を知ってもらい、賛同の署名を得ようと、あらゆるツテを頼ってアメリカを東奔西走《とうほんせいそう》する。このときに彼女が自伝に加えて新たに取り入れた活動資金源が、自分の「影」(Truth 136)と呼んだ写真であった。写真は短時間で安価に作成でき、また複製も簡単であった。また写真は、自伝と違い、文字を介さずに直接自分を表現できる媒体《ばいたい》であった。ペインターが示唆するように、それは物質的必要を満たすためだけのビジネスではなく、自分をどのように見せるかを自己決定できる表現手段でもあった("Representing Truth" 488)。金を稼ぐことが唯一の目的であれば、「哀れな黒人女性」を演出すればよかったであろうが、トゥルースが繰り返し創出した自己像は、中産階級の黒人女性であった(Painter, *Sojourner Truth* 186–87)。たとえば一八六四年に撮影されたテーブルのそばに編み物を持って座る写真は、品質のよい素材で仕立てられたと思われる衣服、テーブルに置かれた花瓶や本が中産階級の立派《リスペクタブル》な女性を指し示している。彼女がかつて批判した白人中産階級の女性改革家たちの華美な装いではなく、[8]質実剛健な女性である。そして手にした編み物は、見る者に一家の精神的支柱である母親のイメージを与えたことだろう。

有産階級とはほど遠い生活をしていたトゥルースがこのような自己像を繰り返し再生産したのはなぜだろうか。そこにはおそらく、奴隷として生まれながらアメリカ（黒人）を率いる「母」とまでなった——少なくともそう自認できるまでになった——「セルフメイドウーマン」としての矜持《きょうじ》があったであろう。それはまたアメリカ人に黒人も立派な市民になれることを示す証拠写真でもあった。そしてそれは、ストウやゲイジが描いた文字によるトゥルース像へのアンチテーゼでもあった。トゥルースが盛んに写真を用いるようになったのが、二人の文章が発表されてから間もない頃であることも示唆に富んでいる。

　最後まで文字を持たなかったトゥルースにとって、文字文化の影響力は想像を絶するものであったろう。しかし彼女は、ダグラスと違い、文盲であることを決して不利だとは思わなかった。ウェンデル・フィリップスによれば、彼女はよくこう語ったという——「あなた方は本を読むけれど、私には神様が話しかけてくださる」(Truth 233)。彼女は聖書を他者に読んでもらうことで、聖書を独学で学んだが、その聖書も大人よりは子どもに読んでもらうのを好んだという。大人は、朗読に自分の解釈を加えるからだった(74)。第三者による色づけを嫌ったトゥルースは、聖書にすら、記録者の考えや憶測が混ざっているのを感じたという(74)。聖書にまで筆記者の解釈や翻案の介入を嗅ぎ分けたトゥルースは、ましてストウやゲイジの文章、また自伝の筆記者であるギルバートやタイタスにも翻案による深い溝を感じ取ったにちがいない。そして彼女が最後にたどりついた写真は、そういった第三者による介入を排した自己像を創出するための手段であった。自身をコントロールする力を一切奪われていたかつての奴隷にとって、それはなんという勝利であったことだろう。

【図版4】ソジャーナ・トゥルースの肖像（1864年撮影）

おわりに

わずか九歳で親から引き離され奴隷市場で売られたトゥルースは、逃亡により自由を獲得し、黒人を搾取する白人社会のエコノミーを逆手にとるように、白人に自伝を売りながら、生活の糧と活動資金を得、アメリカを代表する女性改革者の一人になった。彼女自身が自負するように、トゥルースは「セルフメイドウーマン」であった。しかし、トゥルースの「成功」は、けっして金銭的な成功でもなければ、社会階級の上昇でもない。彼女は最後まで苦しい生活を強いられ、仲間の支援を受けることもあった。ダグラスが白人の支配力の根源と見定めた文字、その文字を持たなかったトゥルースが、白人の文字文化を利用しつつ、自らの力でその圧倒的な影響力をすり抜けるようにして「自立した立派《リスペクタブル》な黒人女性」という自己像を作りあげ、それを広告することでアメリカ黒人の地位を引きあげようとしたこと、そこにこそ彼女の「偉業」があったといえるかもしれない。そしてその偉業の裏には、揺るぎない神への信仰と、無定形の石に手探りで自身の形を刻む彫刻家のような直感と忍耐と、何よりも同胞への愛があった。

◉注

（1）ペインターはトゥルースの伝記のなかで、タイタス版『ナラティヴ』は「断片的な肖像」になっていると批判的にみている（*Sojourner Truth* 261）。

（2）ペインターによれば、一八〇〇年以前には北部においても奴隷制が重要な役割を果たしていたが、後年になるとその「汚れ」は消し去られたという（Painter, *Sojourner Truth* 9）。

（3）ハリエット・ビーチャー・ストウも、十八世紀のニューイングランドを舞台にした『牧師の求婚』（一八五九）のなかで、奴隷制を扱い、十九世紀半ばの「無知な」読者に北部にも奴隷制が存在したことを伝えようとしている。『牧師の求婚』における奴隷制については拙論を参照 (Noguchi, "Harriet Beecher Stowe's Historical Novel" 51–57)。

（4）トゥルースのスピーチは、よく「独特な」("peculiar") と表現され、後述するように、それを実際に耳にした人びとの多くが、言葉ではとても表わせないと語っている (Truth 75, 100)。

（5）第二次覚醒運動とは、十九世紀前半のアメリカで起きたプロテスタントの信仰復興運動のことで、前世紀のジョナサン・エドワーズを中心に大きな盛り上がりをみせたリバイバル運動に対し、第二次覚醒運動と呼ばれる。

（6）ハリエット・E・ウィルソンの『うちの黒んぼ』における性的搾取については、拙論を参照 (Noguchi, "Harriet Wilson's *Our Nig*" 4–8)。

（7）ハリエット・タブマンは、メリーランド州ドーチェスター生まれの奴隷であったが、一八四九年にペンシルヴァニア州フィラデルフィアへの逃亡を果たした。逃亡後も何度も南部へ戻り、三百人もの奴隷の逃亡を助けたとされる。その功績により「モーゼ」と呼ばれた。彼女の伝記的詳細については、キャサリン・クリントン (Clinton) および上杉忍を参照。

（8）トゥルースは、女性の権利を訴える中産階級の白人女性の華美な装いを揶揄《やゆ》し、「まずはあなた方自身を改革したほうがよい」と述べたという (Truth 162)。

◉引用文献

Douglass, Frederick. *Narrative of the Life of Frederick Douglass, An American Slave, Written by Himself*. Edited by David W. Blight, Bedford/St. Martin's, 2003.

Clinton, Catherine. *Harriet Tubman: The Road to Freedom*. Back Bay Books, 2004.

Garrison, William Lloyd, editor. *The Liberator*, 10 May 1850.

Humez, Jean M. "Reading *The Narrative of Sojourner Truth* as a Collaborative Text." *Frontiers: A Journal of Women Studies*, vol. 16, no. 1, 1996, pp. 29–52. *JSTOR*.

Mabee, Carlton. *Sojourner Truth: Slave, Prophet, Legend*. New York UP, 1993.

Noguchi, Keiko. "Harriet Beecher Stowe's Historical Novel: *The Minister's Wooing*."『津田塾大学言語文化研究所報』二五号、二〇一〇年、五一—六四頁。

——. "Harriet E. Wilson's *Our Nig*: A Trial for Writing 'My Own Story'" I. *The Tsuda Review*, no. 59, 2014, pp. 1–16.

Painter, Nell Irvin. Explanatory Notes. *Narrative of Sojourner Truth*, by Truth, pp. 245–64.

——. Introduction. *Narrative of Sojourner Truth*, by Truth, pp. vii–xx.

——. "Representing Truth: Sojourner Truth's Knowing and Becoming Known." *Journal of American History*, vol. 81, no. 2, 1994, pp. 461–92. *JSTOR*.

——. *Sojourner Truth: A Life, a Symbol*. Norton, 1996.

Truth, Sojourner. *Narrative of Sojourner Truth; A Bondswoman of Olden Time, With a History of Her Labors and Correspondence*. Dictated to Olive Gilbert (1850) and to Frances Titus (1875); the 1884 Battle Creek edition reproduced and edited by Nell Irving Painter, Penguin, 1998.

Wilson, Harriet E. *Our Nig; or, Sketches from the Life of a Free Black, in a Two-Story White House, North*. Random House, 2002.

上杉忍『ハリエット・タブマン——「モーゼ」と呼ばれた黒人女性』新曜社、二〇一九年。

第Ⅱ部　南北戦争前／家庭経営編

経済の呪い
――ホーソーンの『七破風の屋敷』における親密圏の形成

生田 和也

はじめに

「これまでヘプジバー・ピンチョンの踵《かかと》を追いかけてきた貧困が、ついに彼女に追いついた。彼女は自分の食い扶持《ぶち》を稼がねばならない。さもなくば飢え死にだ！」(*House* 2: 38)。『七破風の屋敷』（一八五一）の語り手はヘプジバーの経済状況を語る際に、エクスクラメーションマーク（！）を用いて語気を強める。「この共和国では、社会生活の大きな変化のうねりのなかで、常に誰かが溺れかけている」(2: 38)。経済的に溺死寸前まで追いつめられたヘプジバーは、自身の屋敷にセントショップを開店する。

この物語に、同時代の文学市場に対する作家ナサニエル・ホーソーン（一八〇四―六四）の心理的葛藤が読み取れることについては、ウィリアム・チャーヴァットの『一八〇〇―一八七〇年のアメリカにおける作家業』（一九六八）やマイケル・T・ギルモアの『アメリカのロマン派文学と市場社会』（一九八五）においてすでに議論されている。また中西佳世子は『七破風の屋敷』にホーソーンの経済状況が反映されていることを、過去の短編で用いられたモチーフの再話から指摘している（六二—六八）。しかし『七破風の屋敷』を経済的観点から読み解くこれらの批評においては、作者の個人史や他作品との関係性が重要視されており、作中の人物造形や物語展開の分析については議論の余地が残っているように思える。

『七破風の屋敷』は呪いの物語である。語り手は、この物語には「ある世代の悪事が後の世代に受け継がれ、（中略）純粋かつ制御できない害悪になる」という「ひとつの道徳」が提示されていると述べる（*House* 2: 2）。人間の生活を左右する「制御できない」力が「呪い」（2: 26）と称されるわけだが、作中でこの「呪い」という概念は多義的に用いられている。

第一章で説明されるモールの呪いは、ピンチョン大佐によって土地を収奪されたマシュー・モールの「神があいつに血を飲ませるだろう！」（2: 8）という言葉に由来する。「言い伝え」によると、実際にピンチョン大佐の死に際して、人々の耳には「神があいつに血を飲ませたのだ！」というモールの声が聞こえたという（2: 16）。

その後、モールの呪いは「大衆の想像力」（2: 21）へと宿主を変化させ、「言い伝え」や「噂話」（2: 17）によって「ピンチョン家の相続物」（2: 21）になる。ピンチョン一族の男性は咽喉《いんこう》部から擦《かす》れた音を発する体質を持ち、一族の誰かが喉を鳴らせば、「彼はモールの血を飲んでいる」（2: 21）と人々が囁《ささや》く。こうして遺伝的体質が呪いの物語に組み込まれていく。

本稿ではこの呪いが、ヘプジバーによって経済の呪いとして解釈されることに着目する。ヘプジバーは商業の世界に足を踏み入れることにより、巨大な経済の力によって身体や感情を疎外される。この背景には、経済の世界を忌避《きひ》しつつも、家族のために経済活動に携わることになった作家ホーソーン自身の諦念《ていねん》と覚悟が感じられる。

また七破風の屋敷の住人たちは、巨大な経済システムとしての世界の周縁に位置しながら、商品や貨幣ではなく互いの感情を循環させることで連帯を結ぶ。そしてこの小さな人間関係は、アンクル・ヴェナーを最後のピースとして完成する。クリフォードは作中で幸福を強く希求するが、人間は経済の呪いを受けながら、いかに幸福になりえるのか。その実験的な答えが、作中で形成される親密圏に見受けられることを最後に指摘したい。

一　経済の呪い

資本主義経済は商品の生産・分配・交換・消費のサイクル、時間・貨幣・エネルギーの効率的利用、そして利益と損失の合理的判断によって個人の資本の増殖を可能とする。[1]『七破風の屋敷』の登場人物たちは、この経済のシステムのなかに位置付けられているか、あるいはその脅威にさらされている。

その最たる例がジャフリー・ピンチョン判事である。彼は「町や田舎の不動産、鉄道・銀行・保険の株式、アメリカ合衆国の国債」(*House* 2: 270) といった莫大な資産を運用して富を増やそうとする一方で、未発見のピンチョン一族の財産を貪欲《どんよく》に求めている。作中のピンチョン一族が「旧世界の貴族制度」を体現するように描写されている一方で、ピンチョン判事の経済活動は、実際には「資本家」としての側面が強い (Michaels 160)。

ピンチョン判事は、一族の隠し財産への糸口となりうるクリフォードを牢獄から解放し、ヘプジバーの暮らす屋敷に帰還させる。また判事はヘプジバーへの経済支援を打ち切ることで、二人の老人たちの生活を困窮させ、経済的にも精神的にも自身に服従させようと試みる。その結果、自活する必要に迫られたヘプジバーは、物語序盤でセントショップを開店する。屋敷を取り巻く硬直状態を打破し、物語を前進させる原動力となっているのは、「生産的な資本主義的秩序」(Goddu 122) を体現するピンチョン判事の経済的欲望に他ならない。

しかしながら『七破風の屋敷』では、資産の増加を求めるピンチョン判事の存在は、あからさまに敵視される。物語後半でヘプジバーは、「財産を二倍にも三倍にも」(*House* 2: 234) してやろうというピンチョン判事の言葉には耳を貸さず、彼を屋敷から追い出そうとする。

あなたはあと何年生きるつもりなの？　残された時間を考えたら、あなたはもう充分に裕福でしょう。（中略）この厳格で欲深い精神が、私たちの血には二百年もの間流れているわ。あなたは以前の祖先がやったことを、姿を変えて再現しているだけ。そして、祖先から受け継いだ呪いを子孫にも与えることになるのよ。(2: 237 傍点筆者)

ヘプジバーは、ピンチョン判事の意図する私有財産の増加を「欲深い精神」の発露と解釈し、強く否定する。この点については「継ぎ接《は》ぎだらけの哲学者」(2: 155) であるヴェナーも、「人間が富を積み上げようとするのは重大な間違い」(2: 156) だと述べる。また改革主義者のホルグレーヴは、屋敷や土地などの私有財産の所有すらも強く批判する (2: 183–84)。前述のように本作における呪いとは、ピンチョン大佐への死の予言や、ピンチョン家の男性の遺伝的体質を指していたはずだ。しかしここでヘプジバーは、ピンチョン判事の経済的欲望を「祖先から受け継いだ呪い」として批判し、さらにその欲深い精神が彼女自身を含めた「私たちの血」に流れていると述べている。

物語が始まる以前のヘプジバーは、屋敷の「生涯不動産権」(2: 234) こそ有してはいたが「ひどく貧乏」(2: 24) であり、「あえてそのような状態に自分の身を置いている」(2: 24) ようであった。判事を家父長とし、血縁関係を基盤としたピンチョン家の経済圏のなかで、彼女は直接的な経済活動からは距離を置き、慎ましやかな「貴婦人」(2: 45) として生きてきた。

しかしヘプジバーは生活のために、食品や日用品の販売に従事することになる。この経済活動の変化を契機として、モールの呪いは拡大解釈される。ヘプジバーのセントショップへの最初の来訪者となったホルグレーヴは、「老魔術師モールの呪い」(2: 45) に言及しつつ、商店の経営という「英雄的」(2: 45) 行為によって過去の呪いが消失する可能性を語る。ところが、ヘプジバーはこの考えを拒絶する。

「いいえ、違うわ」とヘプジバーは言った。受け継いだ呪いという陰鬱《いんうつ》で重々しいものに言及したことに対して、立腹しているわけではなかった。「もし老モールの幽霊か子孫が、いま店のカウンターにいる私を見れば、きっと

最悪の願いが成就《じょうじゅ》したと思うことでしょう。」（2: 46 傍点筆者）

ヘプジバーはセントショップの店員となった自身の姿に、モールの「最悪の願い」、つまり「呪い」の成就を見る。これは一見すると、「貴婦人」であったヘプジバーが、モールと同様の「労働者」(2: 191) となったことを指すように思える。しかし先の引用部でピンチョン判事にも「受け継いだ呪い」が言及されることを考えると、ヘプジバーの想定している呪いが社会階級の降下を指すとは考えにくい。むしろ彼女は、自分自身が経済活動に従事せざるをえない状況を呪いとして認識しているようだ。

経済活動に関する呪いについて、ホーソーンは結婚前に婚約者ソファイア・アミーリア・ピーボディに、「労働とは世界の呪い」(15: 558) だと書き送っている。言うまでもなくこの「世界の呪い」への言及は、アダムとイヴの堕落によって地が呪われ、人間が額《ひたい》に汗して食べ物を得ることになった楽園喪失のエピソードに基づいている。この「創世記」の労働観は、資本主義経済下での労働へとその意味を修正されながら、『七破風の屋敷』にも継承されている。そのため語り手は主要人物を紹介する際に、その人物がいかに生計／パン (bread) を得るかを重要視する。ヘプジバーは「ふかふかのパンを得る (earn comfortable bread)」(2: 40) ために売場に立ち、屋敷を訪れたフィービーは「自活するつもり (I mean to earn my bread)」(2: 74) と宣言する。ホルグレーヴについても、これまで複数の職で「生計を得てきた (had his bread)」(2: 177) と説明される。

セントショップを開店したヘプジバーは、店の扉に取り付けられたベルの音に呼応し、「顧客」(2: 42) が来店すると即座に対応しなければならない。生計／パンを得るために始めた労働は彼女の生活を支配し、労働の主体であったはずのヘプジバーは、「非常に不愉快」(2: 112) なベルの音に隷属《れいぞく》する「奴隷化した魂」(2: 42) として描かれる。

このようなヘプジバーの労働状況は、カール・マルクスが『経済学・哲学草稿』（死後出版一九三二）で指摘した「疎外された労働」に一致する。マルクスは資本主義経済において人間が作ったはずの生産物、機械、金銭、制度などがもともとの主体であった人間から外化・対象化し、それを生産した人間を隷従させる逆転現象を「疎外」と呼んだ（マルクス 八九―一一三）。

物語前半のヘプジバーは巨大な経済の力を「呪い」として実感し、経済活動によって疎外されつつも、成す術《すべ》もなく従属させられている。そしてこの経済の呪いは、彼女の身体のみならず感情にも影響を及ぼすことになる。

二 経済と感情

一八二五年の大学卒業後、ホーソーンは作家を志した。この事実は当然のように語られてきたが、そもそもアメリカでは一八二〇年代になってやっと、ワシントン・アーヴィングやジェイムズ・フェニモア・クーパーらによって作家という職業が誕生したばかりであった(Charvat 29)。

一八三七年には、それまで匿名《とくめい》で発表してきた短編作品をまとめ、初めて自身の作者名を冠した書籍として『トワイス・トールド・テールズ』を出版したが、ホーソーンは一セントの利益も得られなかった(Jones 19)。彼はその後、ボストン税関での勤務で得た収入を元手に、ブルック・ファームに参入する。しかしこの共同体での生活にも適応できなかった彼は、後の妻ソファイアに「労働とはこの世の呪い」だと先述の手紙を書き送る。

自分が「金を稼ぐ才能を持っているようには思えない」(*Letters* 15: 563)と悲観していたこの作家は、一八四二年七月九日に結婚し、マサチューセッツ州コンコードに居を構えた。この頃のホーソーンは、経済的支柱としての当時の男性の性的役割を半ば放棄していたが、その割には楽天的であった。

世界との闘い――社会のなかでのひとりの人間の苦闘――人生の糧《かて》を貪欲な競争相手の大群からひねり出そうという広範な努力による苦痛。このようなすべてが私には夢のように思える。私の仕事は、ただ生きて、楽しむことだ。

(*American Notebooks* 8: 332)

ホーソーンはコンコードの牧歌的環境のなかで、「人生で唯一の愉快な労働」(8: 331) である庭仕事や畑仕事に精を出し始めていた。散歩をしながら妻のために花を摘み、育てた野菜や釣った魚が二人の食卓を彩った。この楽園生活をホーソーンは、「大人になるにつれて生じる人生の不安」をすべて排除した「少年の生活」として日記に描写している (8: 331)。

一八四四年三月三日の娘ユーナの誕生は、彼の人生の大きな転機であった。「子どもの誕生は世界を変える」(*Letters* 16: 25) とホーソーンはホレイショ・ブリッジへの手紙に書いたが、言うまでもなく、本当に変化を要したのは彼自身であった。

> 子どもの誕生によって、重々しく深刻な種類の幸福が湧きあがってくることに気づいた。（中略）私はついに天上から抜け出して、人々が織りなす暗い色合いの生地に、自分自身を織り込まねばならなくなったようだ。もう逃げ道はない。私はいまこの地上にやるべきことがあり、それを成し遂げるための手段を探さねばならない。(16: 23)

娘の誕生に前後して、ホーソーンは官職による「定期的収入」(16: 21) への期待を語り始める。また彼は「生計／パンを得られる作家 (a writer for bread)」になることを切望し、「ひとりなら飢え死にしたいぐらいだが、その場合、あわれな小さなユーナは救貧院に行くことになるだろう」とブリッジへの手紙で述べている（16: 23 傍点筆者）。

ホーソーンが父親として実感した経済的責務は、ヘプジバーに如実に投影されている。経済への直接的関与を強く忌避していたヘプジバーがセントショップを開店する背景には、「まだ言及していない別の事情」(*House* 2: 39) があったと語り手は説明する。この「別の事情」とは、第七章で読者に明かされるクリフォードの帰還を指している。ヘプジバーはクリフォードの小さな肖像画を隠し持っており、「この肖像画のモデルへの継続的な献身性が彼女の心の唯一の糧であった」(2: 32)。「ひとりなら、私は黙って飢え死にしていたかもしれない。でも、あなたが私のところに帰ってきた」(2: 113 傍点筆者) と、ヘプジバーはクリフォードに述べる。愛するクリフォードを経済的に支える必要性がヘプジバーの背中を押し、本意ではない「商業的投機」(2: 36) へと彼女を駆り立てたのだ。

ヘプジバーが商売を始めた朝に、二人の男性が屋敷の前を通りかかる。この男たちによると、そもそもセントショップは経営が難しい「ひどいビジネス」(2: 47) である。また近隣に競合する店舗があるため、ヘプジバーの店は「立地が良いとは言えない」(2: 47)。ディクシーという名の男は、ヘプジバーの問題点をさらに指摘する。

「理由は、彼女の顔だよ。(中略) 彼女の顔といったら、もしも悪魔の老ニックにこの店で買い物をする勇気があったとしたら、あの悪魔でも震えあがらせるほどさ。みんな耐えられないに違いない。理由があろうとなかろうと、ひどい意地の悪さから、彼女は恐ろしいしかめ面をするのさ」(2: 47)

ここで注目したいのは、この物語の舞台が、「抜け目がない (中略) 女性」(2: 48) たちと、「限界までの値引き」(2: 51) を好む「生粋《きっすい》のヤンキー」が暮らすニューイングランドであることだ。この実利的な人々にとって、商品の価格とは関係のない「彼女の顔」がなぜ問題視されるのだろうか。この点について、ヘプジバーの店を訪れたヴェナーは、彼女に「非常に重要なアドバイス」(2: 66) を与える。

「客に対して明るい表情をしなさい。客が望むものを渡す際には、愛想良く笑みを浮かべなさい。干からびた商品ですら、心地よく、温かく、明るい笑顔を添えれば、しかめ面で扱う新鮮な商品よりも、売れ行きが良くなるだろうから」(2: 66)

ヴェナーの忠告は、ヘプジバーの接遇に向けられる。作中では彼女のしかめ面の原因が重度の近視にあることが何度も説明されるが、彼女をヘプジバー・ピンチョンという個人ではなく、「セントショップの店主」(2: 51) という社会的役割で見なす客たちは、彼女の体質や個人的事情を酌量《しゃくりょう》してはくれない。そのためにヴェナーはビジネスのために感情を制御し、明るい表情や笑顔を浮かべることを商売の秘訣として伝えるのだ。

クリフォードへの強い愛情から公的領域での経済活動に従事し始めたヘプジバーであったが、彼女はその際に、自身の私的感情を商品の付加価値とすることを迫られる。社会学者のアーリー・ラッセル・ホックシールドは、このように労働環境において個人の感情が「引き起こされ、形成され、抑圧される」状況を、「感情労働」と呼ぶ (Hochschild 561)。この十九世紀小説におけるヴェナーの教訓は、「スマイル０円」というキャッチフレーズのもと「感情」を無償の「商品」としてメニューに掲載したメガ・ファストフード・チェーンの営業戦略を現代の読者には想起させるものだろう。(2)

ヘプジバーは愛情のために働き、労働によって感情を侵害される。しかし経済活動は、彼女をただ疎外するだけではない。彼女はセントショップの開店時に「自分自身と世界との間の障壁が崩れ落ちる」(2: 40) 恐怖を感じている。語り手は、七破風の屋敷が隔絶された巨大な「世界」を、クリフォードが屋敷の窓から人々の行列を眺める場面で表象しようと試みる。

> 人々の行列は、その集団を構成するすべての小さな個人を溶かして、ひとつの巨大な存在、ひとつの偉大な生命、人類のひとつの集合体を形成していた。(中略) 感受性の高い人物がこの行列の間際に立って、それぞれの個人ではなく集合体として——その流れは強力で、謎で黒ずんでおり、その流れの深淵から、クリフォードの心のなかの同じように深いところへと呼びかける。そのような生命の大河の流れとして——その行列を見つめたら、その近接性は効果を増していたかもしれない。(2: 165)

語り手が描写する「ひとつの巨大な存在、ひとつの偉大な生命、人類のひとつの集合体」が、「生命の大河の流れ」として流動的なイメージを伴うことに注意したい。この流動的な世界観は、生産から消費に至るサイクルのなかで商品・金銭・時間・労働、さらにはヘプジバーに感情までも交換・流通させようとする巨大な経済システムを彷彿《ほうふつ》とさせる。

七破風の屋敷で長年の隠遁《いんとん》生活を送ってきたヘプジバーは、屋敷の外で流動するこの巨大な経済の世界に対して、恐怖と嫌悪感を抱いている。そのためビスケットを購入して「最初の顧客」となろうとするホルグレーヴに対し、ヘプジバーは商品の「代償」として金銭を受け取ることを「拒絶」する(2: 46)。経済活動への参加を覚悟しながらも、ヘプジバーは商品と金銭を交換し、流動する経済システムの一員となることができない。

ただしヘプジバーは商売を始めた際に、ひとつの経営戦略を持っていた。彼女は「店の成功と失敗はさまざまな商品の陳列次第」(2: 46)だと考え、「陳列棚や陳列窓」には「子ども向けの遊具」や「ジンジャーブレッド」を配置する(2: 37)。彼女の商売は明らかに子どもをターゲットとしており、実際に彼女の店にはネッド・ヒギンズ少年が来訪する。

ネッドはヘプジバーの戦略どおりに「陳列窓にあるジム・クロウ」(2: 50)を買い求めるが、ヘプジバーはまたしても商品を無償で与えてしまう。しかしこの少年がジンジャーブレッドを求めて再入店した際には、ヘプジバーは覚悟を決め、代金を要求する。彼女がネッドから受け取った一枚の銅貨について、「このくすんだ色の銅貨の汚れが、彼女の掌《てのひら》から洗い落とされることはないだろう」(2: 51)と語り手は述べる。これが精神的葛藤の末に、彼女が甘んじて受け入れると決意した経済の呪いの証であった。

一方で彼女は、最初の顧客から受け取った一セント硬貨によって「心の落ち着き」(2: 51)を感じ、さらに「朝食を食べる活力」(2: 52)を得ている。彼女は経済活動を通して屋敷の外部で流通・循環する巨大なシステムの一部となり、社会に自身の所属を得ることで心の安らぎを得ると共に、労働の小さな対価が彼女の気分を高揚させるのだ。

ピンチョン判事が裕福な資本家として表象されることに対し、セントショップの経営を始めたことで、ヘプジバーは

「もはや貴婦人ではなく、ただのヘプジバー・ピンチョン」(2: 51 傍点筆者) に変容する。彼女は生活のために働く労働者であり、自分自身には制御できない巨大な経済の流れによって身体と感情を操られるひとりの人間となる。

三　親密な経済圏

ヘプジバーを経済活動に導くことになったクリフォードへの強い愛情は、作中で複数回にわたって言及される。「ここにはあるのは愛だけよ。あなたは家《ホーム》に帰ってきたのよ」(2: 107) と彼女は述べるが、クリフォードはヘプジバーが愛と労働によって構築する家庭に満足しておらず、「幸福が欲しい!」(2: 157) と叫ぶ。長年の監獄生活によって生活能力を欠き、社会の片隅に追いやられたクリフォードは、経済に呪われたこの世界で幸福を求めている。ただし、その有力な手段であるはずの資本の増加を、『七破風の屋敷』の語り手は「欲深い精神」の持ち主であるピンチョン判事の描写を通して明確に否定する。

代わりに、この物語において幸福の使者の役割はフィービーが担っている。彼女の存在によって、この物語が「愛と人間関係の価値を強調した家庭崇拝の根本的イデオロギーを帯びている」(Gallagher 5) ことは、過去の批評の共通見解となってきた。フィービーは「自身の周りに家庭を作る」(2: 140–41) ことのできる「家庭の魔法」(2: 72) の持ち主であり、彼女の存在は七破風の屋敷に陽光をもたらす。さらに彼女は「商売人としての非常に優れた才能」(2: 78) によって、ヘプジバーのセントショップを繁盛させる。ピンチョン判事が増殖し続ける巨大な資本主義経済を体現することに対し、フィービーは家庭内の小さな家政《エコノミー》／経済の象徴であるように思える。

しかしクリフォードは、フィービーが七破風の屋敷に作る家庭にも、決して満足はしていない。物語終盤において、クリフォードが列車のなかで出会った老人は、「常識的に考えて」(2: 259)、自宅の居間と暖炉ほど素晴らしいものはないと繰り返し述べる。この老人は当時のアメリカ合衆国の標準的な幸福の指標として家庭の存在を挙げるわけだが、一方でクリフォードは「家や家庭」が「人間が幸福へ至る道の最大の障害になりうる」と考えている(2: 184)。ここには常識的な家庭を持つ者と持たざる者が明確に対比されている。たしかに家庭は素晴らしいものかもしれない。しかし家庭を持たざる者や、既存の家庭観に適応できない者にとっては、過度な家庭崇拝は排他性を帯びる。(3) 少なくともクリフォードにとって、「家や家庭」は幸福の象徴ではない。

ピンチョン判事が死に至り、ピンチョン家とモール家の末裔《まつえい》同士が愛情によって連帯を結ぶと、主要人物たちはフィービーによって活性化された七破風の屋敷を放棄し、田舎の邸宅へと移住する。そして特筆すべきことに、この移住にはヴェナーが同行する。ヴェナーは「社会の尺度では最も底辺に位置する」(2: 155) 人物であり、薪《まき》割り、穴掘り、雪かき、残飯集めなどの軽作業を「少なくとも二十の家庭」で担うことで、自分自身の小さな「社会」、独自の小さな経済圏を築いてきた(2: 61)。

ピンチョン=モール家の四名とヴェナーの間に、血縁関係はない。よってヴェナーが参入することで完成する五名の主要人物たちの新たな人間関係は、「疑似家族」(城戸　五七)、「代理親族」(Gallagher 5)、あるいは「共感に基づく家族」(Arai 56)や「アサイラム・ファミリー」(古井　四九)と見なされ、本作の結末部の展開は、血縁関係に限定されない新たな「家族」の登場を示すものとして概ね肯定的に解釈されてきたようだ。しかし現代の読者にとって、最後にヴェナーが包含されるこの小さな社会を、そもそも「家族」として定義する必要はあるのだろうか。

ヘプジバー、クリフォード、フィービーの三名の血縁者と、ホルグレーヴとヴェナーという二名の他者を結び付け、過去の批評が指摘してきたこの括弧つきの「家族」を繋ぎとめるのは「感情」である。ホルグレーヴの「本物の共感」と「笑顔」に、商売に落胆していたヘプジバーは「涙を流す」(2: 44)。そのヘプジバーは社会の片隅で暮らすヴェナーに対して「常に親切な感情を抱いて」おり、この老人に惜しみない「笑顔」を向ける(2: 62)。ヴェナーはクリフォードの「気楽でより愉快な」(2: 155)話し相手となり、ホルグレーヴとも「友好」(2: 157)を結ぶ。そしてフィービーはヘプジバーとの「愛情や信頼」(2: 62)を高め、ホルグレーヴとの「親密さ」(2: 93)を増していく。クリフォードはフィービーを見て「無意識な笑み」(2: 108) を浮かべ、彼女は「クリフォードの幸福の媒介《ばいかい》」(2: 136) となる。このように語り手は、広い世界のなかで他によるべのない五名の主要人物たちの感情の連鎖や繋がりを、物語序盤から丹念に描いていく。

家庭の天使であるフィービーが、この「奇妙な構成の小さな社交仲間」(2: 155) にとって重要な存在であることは間違いない。しかしクリフォードが物語終盤になっても「家や家庭」を批判しているように、これらの主要人物たちの関係性は、フィービーが表象する家庭崇拝のイデオロギーには収斂《しゅうれん》されていない。むしろ彼ら／彼女らは、相容れない家庭観の対立を見せながらも、それでも各々の立場や状況を理解し合い、感情や笑顔を交換し、相互に張り巡らせた共感と気配りのネットワークとしての「親密圏」を形成している。

物語の終盤に登場するこの新たな人間関係は、古井義昭によってすでに「親密圏」として再定義されている。古井は五名の主要人物たちの家族像を「よるべない孤独な人々の避難所（アサイラム）として機能する私的親密圏」と捉え、先述のように「アサイラム・ファミリー」と呼称する（古井　四九）。依然として「家族」という概念を用いてはいるが、古井は『七破風の屋敷』の家族表象を国家のメタファーとして読み込み、そこに白いアメリカの近代家族／国家の排他性を指摘する。

一方で本稿では、「親密圏」という語を「家族」に代替する新たな人間関係の呼称として採用する。七破風の屋敷に生じた小さな社会集団をあくまでも「家族」として捉える従来の批評的視点は、社会の最小単位として本来あるべき姿としての近代的家族観——男女の性愛による結婚、性役割の区別、親であることや子ども期の大切さの強調——を前提としつつ、ヴェナーを含む新たなピンチョン＝モール家を、逸脱しつつも許容されうる家族像として位置付けてきた。この意味において、『七破風の屋敷』の家族観に関する従来の議論は、フィービーが母親役を務めるこの人間関係を「家族」と定義することで「家族」の枠組みを拡大しつつも、近代の家族制度に追従するか、あるいはその強化に加担してきた。その際にクリフォードが頑なに見せる「家や家庭」への抵抗は、問題視されてこなかったようだ。

二十世紀後半に政治学の文脈で用いられていた「親密圏」という概念は当初、「家族」とほとんど同意で扱われていた。

しかし現代においてこの語はむしろ、家族制度によって制限されることのない多様な人間関係の在り方について用いられるようになっている。親密圏の代表的論者である齋藤純一は、「具体的な他者の生への配慮／関心」を人間関係の媒介とする「ある程度持続的な関係性」として親密圏を定義する（齋藤 vii）。

「親密圏」という新たな人間関係の枠組みは、男性中心主義や異性愛主義に下支えされた結婚制度や近代家族に対し、「家族」ではない新たな人間関係や共生の在り方を提示する。「家族」という枠を超えて形成される「配慮やケアの関係性」こそが「親密圏」であり、その例としては、心身の病や傷、老い、障碍《しょうがい》、依存症、DVや児童虐待など、生の困難を抱える人々やその周囲に形成される集まりが挙げられる（齋藤 v）。あるいは同性婚の議論では、同性間の親密な人間関係に、「家族」と同様の権利と社会保障を与えるかが重要な争点となる。

そもそも作中で七破風の屋敷からの脱出を願っているのは、クリフォードだけである。フィービーとホルグレーヴの二人は、新婚時代のホーソーンとソファイアのように、二人だけの幸福な家庭を七破風の屋敷に構築することもできたはずだ。しかしこの二名は、親密な関係を持つ二人の老人たちの生活に気を配りつつ、共に生きることを選択している。さらにクリフォード以上に高齢であり、心に詩を宿し、愛と共感によって親密な感情のネットワークを維持できるヴェナーは、クリフォードの生活に不可欠な存在である。よってフィービーはヴェナーを田舎の生活へと誘う。またクリフォードは「あなたにはいつもぼくから五分以内のところにいて欲しい」(*House* 2: 317) と述べることで、ヴェナーの決断を後押しする。

フィービーは、ヴェナーが暮らすことになる小屋に家具を備え付けるつもりだと言う。居住空間こそ分離されてはいるが、ヴェナーの新たな暮らしも、フィービーの小さな家政／経済の圏内にあることがわかる。フィービーは田舎の邸宅でも、持ち前の「家庭の魔法」の力を存分に発揮することだろう。しかし物語の結末部で、この社会の最小単位としての親密な経済圏の誕生を説明する際に、語り手は「家族」や「家庭」という語を一度も用いていない。むしろ近代社会の家族制度と家庭崇拝の強力なイデオロギーが、この作品の読者や批評家たちに、この新たな人間関係を「家族」だと思い込ませてきたのだ。

この親密圏の構成者たちがピンチョン判事の遺産を継承したことは、巨大な資本主義経済のシステムに白旗を揚げたのと同意である。主要人物たちには、相続した判事の資産を運用・増加させようという意図は見受けられない。これらの五名は莫大な遺産によって賃金労働から運よく逃れたようだが、いずれ遺産を食い尽くせば、そしてこの親密圏に新たな命が授かるとすれば、物語序盤のヘプジバーのように、経済の呪いはまたいつか必ず可視化されるだろう。

それでも、かつての七破風の屋敷の住人たちは、自分たちの感情の在り方に最大限沿いつつ、未来の子孫ではなく、あくまで現在の自分たち自身のために、そして配慮やケアの対象であるクリフォードの幸福のために、「少数の人々からの愛」(2: 313) に基づく小さく親密な経済圏を形成して生きていくことを決めた。『七破風の屋敷』の結末部の展開は、巨大な経済に抗うのではなく、むしろ既存の経済や社会のシステムにおいて疎外された人間はいかに幸福に生きられるかという深刻な現代的課題について、「家族」ではなく「親密圏」の形成という別解を提示している。結末部で語り手はクリフォードの新たな生活について「彼は完全に幸せであった」(2: 314) と述べ、主要人物たちのあくまで暫定《ざんてい》的な「現在の幸福」(2: 319 傍点筆者) への言及が別れの挨拶となり、物語は幕を閉じる。

おわりに

本稿ではヘプジバーによるモールの呪いの解釈を発端として、『七破風の屋敷』を経済的観点から再読した。ヘプジバーはクリフォードへの愛情のために働き、資本主義経済の巨大なネットワークの一員となることで束の間の心の安らぎを得つつも、自身には制御できない経済の力によって身体と感情を疎外される。巨大な経済の世界に対峙《たいじ》する七破風の屋敷の住人たちは、商品や貨幣ではなく感情を交換・循環させることで、小さく親密な経済圏を構築する。

資本主義経済への抵抗から受容へと急転する本作の展開は、ホーソーンの包み隠しようのない経済への態度を如実に表わしている。守るべきものへの愛情のために、この作家もまた、経済の呪いを甘んじて受けることを覚悟したのだ。彼がキャリア初期から世界の片隅で味わってきた経済的苦境は、『七破風の屋敷』の執筆期にも改善されていなかった。ホーソーンは複数の親密な友人たちに借金をして、なんとか生計をやりくりしていた。(4) このような厳しい経済状況が彼に、社会の周縁に追いやられた人々への共感を与え、現代社会において多様化しつつある人間関係の在り方に時代を超えて共鳴するような、「奇妙な構成の社交仲間」を描かせることになったのだろう。

作中に描かれる十九世紀アメリカでは「社会生活の大きな変化のうねりのなかで、常に誰かが溺れかけて」おり、その流れはひとりなら耐えられぬほど冷たく早い。七破風の屋敷に流れ着いた五名は、経済に呪われた世界において疎外され、隔絶されてきた人間たちが幸福に生きるため、感情を紐帯《ちゅうたい》とした「優しい魂による小さな社会」(2: 157) を築いたのだった。

◉本研究はJSPS科研費 JP22H00649 の助成を受けたものである。

◉注

(1) 佐々木雄大の「〈エコノミー〉の概念史概説――自己と世界の配置のために」を参照。

(2) 岡原正幸によると「感情労働」とは、「職務内容の一つとして明示的あるいは暗示的に適切および不適切な感情の表出が規定されている職業において、規範的になされる感情管理」(一〇六) を指す。

(3) 『七破風の屋敷』に近代家族の「排他性」が描かれていることは古井義昭によっても指摘されている。特に古井はその具体例としてフィービーの生家からの追放を挙げている (五〇―五一)。

(4) 一八五〇年一月二十日のジョージ・S・ヒラードへの手紙で、ホーソーンは複数の友人からの経済的援助について語る (*Letters*

16: 309–10)。またホーソーンが『七破風の屋敷』の執筆期にジェイムズ・T・フィールズから経済的援助を得ていたことは、彼の複数の手紙で言及されている(16: 378, 383, 398)。

◉引用文献

Arai, Keiko. "'Phoebe Is No Pyncheon': Class, Gender, and Nation in *The House of the Seven Gables*." *Nathaniel Hawthorne Review*, vol. 34, no. 1, 2008, pp. 40–62. *JSTOR*.

Charvat, William. *The Profession of Authorship in America 1800–1870*. Columbia UP, 1992.

Gallagher, Susan Van Zanten. "A Domestic Reading of *The House of the Seven Gables*." *Studies in the Novel*, vol. 21, no. 1, 1989, pp. 1–13. *JSTOR*.

Goddu, Teresa. "The Circulation of Women in *The House of the Seven Gables*." *Studies in Novel*, vol. 23, no. 1, 1991, pp. 119–27. *JSTOR*.

Hawthorne, Nathaniel. *The American Notebooks*. *The Centenary Edition of the Works of Nathaniel Hawthorne*, vol. 8, edited by Claude M. Simpson, Ohio State UP, 1972.

——. *The House of the Seven Gables*. *The Centenary Edition of the Works of Nathaniel Hawthorne*, vol. 2, edited by William Charvat et al., Ohio State UP, 1971.

——. *The Letters, 1813–1843*. *The Centenary Edition of the Works of Nathaniel Hawthorne*, vol. 15, edited by Thomas Woodson et al., Ohio State UP, 1984.

——. *The Letters, 1843–1853*. *The Centenary Edition of the Works of Nathaniel Hawthorne*, vol. 16, edited by Thomas Woodson et al., Ohio State UP, 1985.

Hochschild, Arlie Russell. "Emotion Work, Feeling Rules, and Social Structure." *American Journal of Sociology*, vol. 85, no. 3, 1979, pp. 551–75. *JSTOR*.

Jones, Wayne Allen. "Sometimes Things Just Don't Work Out: Hawthorne's Income from *Twice-Told Tales* (1837), and Another 'Good Thing' for

Hawthorne." *The Nathaniel Hawthorne Journal 1975*, edited by Frazer Clark, Jr., Microcard Editions Books, 1975, pp. 10–27.

Michaels, Walter Benn. "Romance and Real Estate." *The American Renaissance Reconsidered*, edited by Walter Benn Michaels and Donald E. Pease, John Hopkins UP, 1985, pp. 156–182.

岡原正幸「感情自然主義の加速と変質——現代社会と感情」岡原正幸・山田昌弘・安川一・石川准編著『感情の社会学——エモーション・コンシャスな時代』世界思想社、一九九二年、九一—一三八頁。

城戸光代「もう一つのファミリー・ロマンス——ハウス・キーピングの物語として読む『七破風の家』」日本ナサニエル・ホーソーン協会九州支部研究会編『ロマンスの迷宮——ホーソーンに迫る15のまなざし』英宝社、二〇一三年、四三—六〇頁。

齋藤純一「まえがき」齋藤純一編『親密圏のポリティクス』ナカニシヤ出版、二〇〇三年、一—八頁。

佐々木雄大「〈エコノミー〉の概念史概説——自己と世界の配置のために」『ニュクス』一号、二〇一五年、一〇—三七頁。

中西佳代子「『手堅い現金』と『泡のごとき巧妙』——ホーソーンの創作と報酬」吉田恭子・竹井智子編著『精読という迷宮——アメリカ文学のメタリーディング』松籟社、二〇一九、五七—八〇頁。

古井義昭「アサイラム・ファミリー——『七破風の屋敷』における家族・国家・未来」巽孝之監修／下河辺美知子・越智博美・後藤和彦・原田範行編著『脱領域・脱構築・脱半球——二一世紀人文学のために』小鳥遊書房、二〇二一年。

マルクス、カール『経済学・哲学草稿』長谷川宏訳、光文社、二〇一〇年。

メルヴィルの家計／家庭の問題とフランクリン批判

真田満

はじめに

一八四六年に『タイピー』でデビューしたハーマン・メルヴィル（一八一九―九一）は人気作家となり、翌年の『オムー』も好評だった。両作品とも、南海での体験を基にした小説である。一八四七年八月に結婚し、家庭をもった後、ロマンス的な意欲作の『マーディ』（一八四九）を発表するが不評だったため、売れる作品が必要になる。そのため、彼は商船と軍艦での体験を基にそれぞれ『レッドバーン』（一八四九）と『ホワイト・ジャケット』（一八五〇）を四か月で書き上げた。一八四九年十月六日、『ホワイト・ジャケット』の校正刷りを携えてロンドンへ出発する際に、メルヴィルは妻の父に手紙を書く。イギリスへの旅行がどれくらいの期間になるのかは財布との相談によって決まると述べ、「しかしながら、エコノミーが私のモットーです」と書き記した(*Correspondence* 138)。この一文は、義理の父に娘の結婚生活を安心させる効果があったはずである。しかし、メルヴィルは同じ手紙で続けて、最新二作は金のために書いた作品にすぎない、と正直に本心を開陳している。近代資本主義社会に生きる作家や詩人は、金銭の問題を無視した生活を送ることはできない。本当に書きたい本があってもそれは十全には叶わず、生活する中で常に直面する問題に対処しなければならない、つまり、エコノミーをモットーとせざるを得ないことを、この一文はよく表わしている。

家庭生活において作家を悩ますエコノミーの問題は金銭のみでない。時間の配分《エコノミー》も悩ましい。家庭生活の時間と創作の時間は幸福に調和しないからである。一八五〇年十二月、編集者のエヴァート・オーガスタス・ダイキンクに宛てた手紙で、メルヴィルは一日の過ごし方を紹介している。起床は八時頃、家畜に餌を与え、自身の朝食を終えてから執筆。その後は、午後二時三十分に自分がドアに出るまでノックしてもらうよう、家族と約束していた。どれだけ興に乗っていても、それで著述から自分を「引き離す(wean)」ことができる、という言葉から、家庭の時間と創作の時間を調和させる困難さが分かる(*Correspondence* 174)。芸術活動は生計と相性が悪いことは言うまでもないが、家庭生活との相性も明らかに悪い。それゆえ、資本主義経済に包摂された社会において、理想の芸術創造を目指す文学者として家庭を支える苦労を嘗《な》めたメルヴィルが、政治経済界における成功体験を誇らしげに『自伝』(執筆一七七一―八九、完本出版一八六八)として残した代表的セルフメイドマンのベンジャミン・フランクリン(一七〇六―九〇)に批判の矛先《ほこさき》を向けたことは当然であろう。アメリカ建国の象徴となった彼は、よい面も悪い面もその起源として近代資本主義国家アメリカを代表しているためである。

エコノミーといえば、経済、家政、配分、節約が主な意味の使用例であろう。本稿では以下、メルヴィルの家計と家庭の問題を論じるにあたり、彼の台所事情をまず取り上げる。また、彼の代表的な失敗作が一八五一年の『白鯨』であることから、メルヴィルのエコノミーを論じる対象作品を『白鯨』出版後の三作品に絞る。一つは、メルヴィルが家庭・家族を扱った最初の作品『ピエール』(一八五二)、次にフランクリンを登場させ、激しく批判した『イスラエル・ポッター』(一八五五)である。最後に、短編「ジミー・ローズ」(一八五五)を取り上げ、テキストに織り込まれたメルヴィルの自画像を読み取る。最後に、創出された典型的なフランクリン像を補助線とし、メルヴィルが統御しえなかったエコノミーの問題について考察する。

一 メルヴィルの台所事情

ウィリアム・チャーヴァットによると、デビュー以降人気作家となったメルヴィルの収入は、最初の五年間は順調だったようだ。当時の作家たちと比較すると、彼にはかなり高額の収入があったようである（Charvat 254）。とはいえ、不評の失敗作に続いて売れる小説を二作も書いたことに対し、先に紹介した手紙の中で、メルヴィルは妻の父に素直にその思いを告白している。

> これら二冊の本『レッドバーン』と『ホワイト・ジャケット』のどちらの本も、私を満足させる評判を与えてくれないでしょう。これら二冊は賃仕事です。お金のために書きました。そうしなければならず、お金のために材木を切る人のようなものでした。自分が書きたい類《たぐい》の本を書くことを慎まねばならないと感じていたのですが、これら二冊を書くうえで、自分自身をあまり抑圧せず、実際これらは、かなり書きたいように書きました。このように書いた本なので、私の本の（いわゆる）「成功」の唯一の欲求は懐の中から出たものであり、心から出たものではありません。個人的なことを言えば、お金を別とすれば、私が心から望むことは、失敗作と呼ばれる類の本を書くことです。このような自己中心をお許しください。（*Correspondence* 138–39 傍点筆者）

金銭のためとはいえ、これら二冊から相当な収入を手にしたゆえに、メルヴィルの思いは複雑だったはずである。しかし、『白鯨』で失敗した後、出版社に宛てて次作の『ピエール』を大々的に売り込んでいることを考えると、もう一度、当時流行の家庭小説の体裁を纏《まと》った作品で、上記の海洋もの二作のように経済的な挽回が可能だと皮算用したのかもしれない。

この書簡が示すように、『白鯨』は意図的な失敗作となった。この書簡をメルヴィル家の台所状況と突き合わせると、興味深いことが見えてくる。妻の父、レミュエル・ショウの寛大さのおかげで、メルヴィル一家は一八五一年より家賃の支払いという経済問題から解放された生活をしていた (Charvat 260)。ローリー・ロバートソン－ロラントによると、一八五〇年の九月半ばにメルヴィルはショウから三千ドルを借りて住宅アローヘッドを購入した (Robertson-Lorant 257)。メルヴィルが書く小説からの収入は減ったが、アローヘッドはその後、ショウによりメルヴィルの妻の信託財産となった (371)。またハーシェル・パーカーによれば、一八五三年五月三十一日、ショウが遺言書を作成し、メルヴィルに貸している全額を娘（メルヴィルの妻）へ譲渡する遺産の前払い金としている (Parker 2: 157)。一八四九年にショウへ書き送った手紙は、妻の父に向けた経済援助の懇願にもなっていたと読むこともできるのではないだろうか。

二　『ピエール』――二人の女性、二通の手紙と二挺の拳銃

デビュー作以来、海洋小説を発表し続けたメルヴィルは、一八五二年に作品の舞台を一変させ、家庭小説を発表した。『ピエール』である。この方向転換は読者を驚かせたであろうが、メルヴィル本人は「家庭生活や女性作家たちの小説世界にかなりの知識があった」(Kelley 93)。

『ピエール』は当時流行の家庭小説の枠に収まる物語として始まりながら、後半はその流れを大きく逸脱する。独立戦争の英雄を輩出した名門家系出身のピエールは、美しい田園の邸宅でいつまでも若い母と姉弟のように暮らしている。ルーシーという許婚《いいなずけ》もいるが、父の隠し子で異母姉だと名乗るイザベルとの出会いが人生の歯車を狂わせ、物語も読者が容易に受容しがたい方向に進み始める。父の名を汚すことなくイザベルを救うため、姉と自称するイザベルとの結婚を選択し、許嫁だったルーシーと田園の豪邸を捨て、ニューヨークを想起させる都市へ移り、作家として生計を立てる決心をする。近親相姦を思わせる結婚生活が始まった後、許婚だったルーシーが加わり、従姉妹と偽って三人で暮ら

すようになる。田園と異なり資本主義の論理に包摂された都市で、人々に改めて福音を説こうと奮闘しながらも、出版社の理解を得ることができず、完成すらままならない状態で苦悩しながら執筆を続けるピエールに、作者メルヴィルの精神的自画像を読み取ることは容易である。

物語の最後で、ピエールはイザベルとルーシーを海へ誘う。

「準備ができたのね。じゃあ、先に歩いて」——従順なルーシーは言った。「後について行きます」

「いや、ひとりずつ僕と腕を組んで行こうよ」——ピエールが言った——「さあ!」(*Pierre* 349)

ピエールは、姉および従妹を自称するふたりの女性と両腕を組み、出かける。作品を締め括る第二十六の書だけでなく、『ピエール』には数字の二が印象的に登場する。物語前半、第九の書においてピエールがイザベルを救う決心をしたとき、偶然開いた『ハムレット』の頁で目にする二行が、「時間の蝶番《ちょうつがい》が外れている——ああ、なんと忌々《いまいま》しいことか/俺が生まれたのは、それを正すためだったとは!」である(168)。もちろん、ピエールは二つの蝶番を繋ぐことができない。このことを象徴するかのように印象的な二が要所に登場する。

主人公が破滅に至る悲劇の発端は、二通の手紙を受け取ることである。理解不能の本を書くピエールとの契約破棄を伝える出版社からの手紙と、本来ピエールが相続するはずだった財産を得た従兄弟のグレンとルーシーの兄フレデリック連名の激怒の手紙である。読み終えた後、ピエールは出版社からの手紙を折り畳み左足の踵《かかと》の下に入れ、グレンとフレデリックの手紙を右足の踵の下に入れる。「そして両腕を組み、二つの手紙を足の下に踏んで立った」(357 傍点筆者)。激情に駆られたピエールは続いて、「上着の胸元にピストルをそれぞれ押し込み、裏の廊下を通って裏通りへ出、市の大きな中央大通りを目指して足早に急いだ」(359 傍点筆者)。その後のことである。

両腕を左右のふたつの胸に置いたピエールは、自分に向かってくる二人の女性が彼を摑もうとする思いがけない白い手を払いのけ、二挺のピストルを抜き出して、グレンに向かって突進した。

「貴様が俺を打ったお返しに、ここでお前を二度殺してやる！ 手前を殺すのは、本当に最高だ！」（359 傍点筆者）

悲劇に至る『ピエール』を演出する光景が、常に二つのもので彩られていることが興味深い。なによりも印象的なことは、資本主義の論理で営まれる都市生活の敗残者ピエールの両脇にある二挺の拳銃である。このとき作者メルヴィルの念頭にあった映像は、その後『イスラエル・ポッター』において皮肉をぶつけることになるベンジャミン・フランクリンが、『自伝』で誇らしげに描写した両脇のロールパンだったかもしれない。若いフランクリンがフィラデルフィアに入り成功への、富への道を歩み始めるときの象徴となったロールパンである。三ペンス分のパン（"a three-penny Loaf"）が欲しいと若いフランクリンが告げたとき、「［パン屋は］私に、言われたとおりに、三つの大きなロールパンを渡した。私はその量に驚いたが、買うことにした。ポケットに入りきらないので、両腕にひとつずつ抱え、残りを食べながら歩き始めた」(Franklin 1329)。このエピソードを考えると、少なくとも、フランクリンを苦々しく思っていたメルヴィルのテキストに、これらロールパンが皮肉に重なり合うと言える。

この印象的なふたつのロールパンのイメージが、十九世紀以降、独立と出世を志すアメリカ北部の起業家の象徴になったことは注目に値する。たとえば、格安の時計でイギリス市場に進出し、価格ダンピングの廉《かど》で抗議されたチョーンシー・ジェロームなる企業家がいる（角山『時計の社会史』二一八—一九）。彼は、一八一二年に成功を求めてニューヘイヴンに入ったとき、「服を入れた包みひとつ、そしてパンとチーズを両手にもち、毎朝早く通りを歩いた」と書いている (Wood 243)。メルヴィルの脳裏にも、この両手に二つのパンをもつフランクリンのイメージがあったとしても不思議ではない。

フランクリンのような人物の成功の秘訣は、『ピエール』において、標準時時間と地方時時間という言葉で仄《ほの》めかされる。グリニッジに基礎を置いて計った標準時の時刻は、遠く離れた地方では異なる時刻に調整される。標準時時間を神の時間とすれば、人間の時間は地方時時間である。有限な人間は、無限なる神の標準時時間を生きることができない。「右の頬を打たれたら左の頬を向けよ」や「貧者には汝《なんじ》が持つものすべてを与えよ」という標準時の教えを、地方の時刻で実践する人はいない。しかし、標準時を調整することはできる。「貧者に寛大な親切心で施しを行ない、だれに対しても悪を行なわず、人類全体に対して一般的なやり方で善を行なうよう支障のない程度に最善を尽くし、妻、子、親類、友達を愛し、考えが違っても完全なまでに寛容に接し、正直に商いをし、誠実な市民になる」(*Pierre* 213–14) ことは可能である。この一文はまるで、フランクリンが『自伝』で述べていることを要約しているかのように響く。

社会生活の真実を炙《あぶ》り出す際にメルヴィルが比喩として選んだ時間を、神学的に見てみよう。「『旧約聖書』の「創世記」によると神は混沌から光と闇、水と天、陸と植物、太陽と月と星、魚と鳥、獣と人間を六日間でつくった。そのとき同時に時間もつくった。だから、時間は元来神の所有である」と「キリスト教が支配していた中世において、教会法学者たち」は考えていた（角山『時間革命』四六）。このような時間理解からの解放が、フランクリンのような、標準時時間を調整する人物を生み出すといえる。彼のモットーは、毎朝「いかなる善行をなすべきか」を考え (Franklin 1389)、他者に「寛容に応対し、正直に商売し、誠実な市民になる」ことだ。フランクリンが優秀な商人でもあったことは偶然ではない。「これ［神の時間］に対し、商人にとっての時間は、神の支配から離れた時間である。（中略）新しい時間観念は商人階級と貨幣経済の勃興を促し、『タイム・イズ・マネー』がブルジョア階級の新しい経済倫理として定着してゆくのである」（角山『時間革命』四六）。フランクリンが抱えた二つのロールパンと歩きながら食べたパンは、本人が意図しないところで、天の時間と世俗の時間、これら二つを抱えバランスをとりながら生きていく（パンを食べる）彼の人生哲学を表わしている。

【図版1】1830年頃に制作されたフィラデルフィアにてパンをもつフランクリン像（National Museum of American History所蔵）

ピエールが本来住んでいた田園は「歴史的な変化を受けつけない」(Clymer 181) 理想郷のような場であった。神の支配から離れ、利子を生みながら直線的に進む商人の時間を想起させない場である。実際、この田園にピエールと住む、時の変化を受けないかのような美しい母はアマランスの花に譬《たと》えられている (*Pierre* 5)。しかし都市が舞台となる物語後半で、アマランスは印象的にも否定的な文脈で登場する。畜牛が食べないほど嫌な味のこの花が「毎年どの斜面にも所かまわず生い茂り、これら高台で農業を営む者にはなんら役に立つことはなかった」(342-43)。それゆえ地主であるピエールの母に対し、小作農たちが農地の地代の減免を懇願する (343)。このエピソードに関しロジャー・W・ヘクトは、一八三九年にニューヨークで始まり、『ピエール』執筆の頃に下火になっていった地代支払い抗議運動の影響を指摘している (Hecht 142)。『ピエール』の物語は、時が止まったかのような田園を離れ都市に入ると、途端に現実的に、「タイム・イズ・マネー」をスローガンとする金銭に塗《まみ》れるようになる。言うまでもなく、芸術家メルヴィルの創作活動を抑圧した、活発な商業活動に支えられた近代都市の代表的成功者像がフランクリンである。

三 『イスラエル・ポッター』におけるフランクリン像

メルヴィルがフランクリンを『イスラエル・ポッター』に登場させ、以下のように形容したことは有名である。

印刷業者、郵便局長、暦製作者、エッセイスト、化学者、雄弁家、鋳掛屋《いかけや》、政治家、ユーモア作家、哲学者、談話室の人気者、政治経済学者 (political economist)、家政学教授、大使、計画立案者、格言の行商人、薬草医、知者——ようするに何でも屋であり、それぞれに熟達《マスター》するが誰にも統《マスター》べられない——彼の国の典型であり天才。フランクリンは何にでもなったが、詩人にはなれなかった。(48 傍点筆者)

フランクリンを紹介する文章中、まるで二連版《ディプティク》のように並置されている「政治経済学者」と「家政学教授」という二つの形容に注意したい。政《まつりごと》であれ、家政であれ、フランクリンは二つをバランスよく保つ人物であることが分かるからだ。このフランクリンのイメージは、十九世紀以降、人口に膾炙《かいしゃ》した二つのロールパンのイメージに顕著に表われている。ここでメルヴィルによるフランクリン批判を検討する前に、十八世紀と十九世紀におけるエコノミーについて簡単に概観する。

本書所収の諸論文で紹介されているように、経済の語源はギリシア語で家または家庭を表わす語オイコス、あるいは家政を表わすオイコノミアに遡《さかのぼ》ることができる。ヨーロッパでは近代に入り、本来は家政を意味したエコノミーの意味範囲が拡大した。***OED***（『オックスフォード英語辞典』）の“economy”の項に“political economy”の定義が紹介されている。フランス語の“économie politique”を語源とするこの語は、「元来は、国家の物質的な財産を増やすために富・資源を管理・運営する技術、あるいは実用的な科学である。より最近の用法では、富の生産や配分を統制する法を扱う理論科学」であり、初出例は一七六七年である。また『ウェブスター辞典』の“political economy”の項では、「十八世紀における統治の技術のいち支流。国家や共同体全体の富の促進のために、国家政策の管理に関わる」と説明されている。国家運営のための政策を研究する学問として政治経済学が生まれた時代に、国民国家が成熟すると同時に資本主義経済が成長し、文学者たちが不可避的に金銭と格闘せざるをえない社会が形成されるようになる。***OED*** が用例として挙げるアダム・スミスの『国富論』（一七七六）で有名なこの語は現在、政治学と経済学に分離され、後者は“economics”と呼ばれている。[1]

十八世紀に政治家を務めたフランクリンをメルヴィルが政治経済学者と呼ぶのはそのとおりであり、また、エコノミーが本来は家政を意味していたことを考えると、『貧しいリチャードの暦』（一七三二—五八）（以下『暦』）等で効率的、経済的な家庭の運営を説いていたフランクリンを家政学教授と呼ぶことも納得がいく。

フランクリンの『暦』からいくつか格言を拾ってみよう。一七三六年版『暦』に、「得た金額よりも少なく使う方法を知っている人は、賢者の石をもっている」とある (Franklin 1200)。一七四六年版には、「絹とサテンは台所の火を消す」と贅沢を戒《いまし》める格言が書かれている (1237)。

健全な家政のために勤勉と倹約を説く『暦』は、同時に、一七四三年の格言に見られるように、これら二つの徳を国家運営に重ね合わせる。「豊かになりたければ、得ることよりも貯めることを考えなさい。インド諸島はスペインを豊かにしていない。スペインの支出が収入に等しいからだ」(1230)。

『イスラエル・ポッター』には、一七五八年版の『暦』所収の『富への道』が登場する。『富への道』冒頭、貧しいリチャードの格言を紹介する老エイブラハムへの最初の質問は、「この時代をどう思うのか？　重税がこの国を潰《つぶ》すのではないか？　どうやって私たちは税金を払えばよいのか？　あなたの助言はどのようなものなのか？」である。それに対し老エイブラハムの返答が以下である。

政府によって課せられた税金だけが私たちが払わねばならないものなら、私たちは簡単に払うことができよう。しかし私たちには他にもたくさんの税金があり、それがかなりの負担になる人もいる。怠惰によって二倍の税金を課せられ、見栄によって三倍の税金を課せられ、愚かさから四倍の税金を課せられる。役人たちはこれらの税金を減額し、私たちを楽にしたり救ったりはできない。(Flanklin 1295)

重税は認めたうえで、そこから話題を逸らしているようにも読めるが、人がよりよく生きることができるよう、視点の転換を勧めているところがフランクリン的である。勤勉と倹約の徳でもって暮らさねば、さらに生活は苦しくなるからだ。十三の徳目を樹立した人物らしい、自己統制の必要性を説く文章である。興味深いことは、国民が勤勉と倹約で得た所得から国が重税を得ることで国家経済が富むと説明する文章にも読めることだ。家庭の経済の効率化と世帯収入の最大化による重税が国家経済を豊かにする、と暗示するフランクリンのテキストは、その作者が、メルヴィルが書いたように二連版のごとく政治経済学者であり、家政学教授であったことがわかる。

イスラエルはアメリカ独立のための書類を靴に隠し、フランスへと渡りフランクリンに会う。その際の会話に興味深い箇所がある。


「（前略）私があなたからお金を受け取ったのは、あんな風に親切に差し出されたものを突き返すのはよくないだろうと思ったからです」

「正直な友よ」と博士［フランクリン］が言った。「私は君のまっすぐな接し方が気に入った。お金を返してもらおう」

「利子なしですね、博士。そうお願いしたいです」とイスラエルが言った。（*Israel Potter* 42–43 傍点筆者）

利子に注目するのはフランクリンの抜け目なさに注意を向けるためだけではない。彼らが、政治経済学という学問に支えられた時代に生きる近代人であったことを確認するためだ。利子は近代経済の象徴である。利子は時間が経つと発生し、時間が進むごとに増殖する。先に紹介したように、時間は本来神のものであった。それゆえ「利子はこの神の所有である時間を商人が盗むことによって得たものである。この商人の不法行為およびそれによって得た利子は、したがってこれを認めるわけにはいかない（中略）こうして教会はしばしば利子禁止法を出し、利子の徴収を取り締まった」（角山『時間革命』四六）。イスラエルがフランクリンにさりげなく投げかける利子という話題は、フランクリンが神の教えと俗世間の知恵の二つをもち、調整しながら生きる近代商人であったことも示している。

続けて彼らの食事場面を見てみよう。


「一杯のポートワインはいくらだと思う？」

「およそ英国の三ペンスです、博士」

「それは安いポートワインの値段だ。英国の三ペンスでどれくらいのよいパンを買うことができると思う？」

「一ペニーのロールパン三つです」（44 傍点筆者）

フランクリンが『自伝』で誇らしげに書き記した三ペニー分のロールパンが想起される。同時代の起業家と同様に、メルヴィルにとっても、両脇の二つのロールパンのエピソードは印象的だったに違いない。

この後、イスラエルがその夜を過ごす部屋をあてがわれる。用意された品々を物色していると、フランクリンがやってくる。アルコール飲料のオタールを知らないイスラエルに対し、「オタールは毒だ」と嘯《うそぶ》くフランクリンは続けて、「ただちにこの部屋から取り除くとよい」と述べる(51)。オタールを片腕で、さらにオーデコロンの瓶をもう片方の腕で「二つのボトルを脇の下で水泳用の浮袋のように」、あたかも『自伝』でロールパンを抱えたように携え、それらをイスラエルから奪う(51)。

『イスラエル・ポッター』においてフランクリンは、「生涯と功績の両者の点において、アメリカの大使のこの第一人者は、牧歌的なふるまいの単純さと同じくらい精神の思慮深い優雅さにおいても有名であった。(中略)外交官と羊飼いが混ざり合っている」と形容されている(46 傍点筆者)。メルヴィルが『ピエール』で描いた標準時時間を地方時時間で調整する人物像、二つの時間、聖と俗の二つの世界のバランスをとる振る舞いは、フランクリンに似つかわしい。世間に膾炙したフランクリンのイメージ、二つの価値観を両脇に抱える、バランスをとる彼が、この賢者を理解する鍵である。

ひとり部屋に残されたイスラエルがテーブルに『富への道』とパリの案内書を見つけつぶやく。「パリは富への途上にあるのだろうか。もしそうなら、俺はその途上にいる。いや、より適切には、二つの道の分岐点だ。俺の手にこれら二冊を置くことで何やら狡猾《こうかつ》なことを博士が企んでいたとしても、驚きはしない」と述べるように、イスラエルは富を手にして成功した羊飼いのような外交官としてパリに駐在する人生を送ることにはならない(54)。メルヴィルがホーソーンに告白したように、「自分が書きたい本は禁じられている」(*Correspondence* 191)のだから、失敗作を書くしかないのだから、「彼［フランクリン］の知恵はある種の狡猾さを持っている」といえる(*Israel Potter* 54)。

四 「ジミー・ローズ」における自画像

先に述べたように、一八五〇年代、メルヴィル一家の経済は妻の父頼みであった。このような作家の立場を考えるうえで興味深い作品が、資本主義社会の勝者から敗者に転落した人物の物語、「ジミー・ローズ」である。

語り手によると、かつてジミーは交易で財を成し、豪勢なパーティで客をもてなしていた。一七三三年版『暦』の格言に、「ごちそうするのは愚か者、それを食べるのが知恵ある者」がある (Franklin 1187)。ジミーは自国のロールモデルであるフランクリンの忠告を無視した生活を送り、運悪く、財産を失う。ジミーは一時的に姿を消すが、二十五年後、再び町の人々の前に現われ、生活を始める。その生活は、お茶の時間の少し前に裕福な家庭を訪ね、そこで提供されるお茶とパンを食べて飢えをしのぐというものであった。

アンダース・M・ガレスタッドはこの短編を、興味深くも、ギリシアやローマの文学に登場する、無償で食事に与《あず》かる招かざる客としての食客《しょっかく》(parasite) の視点から分析している。メルヴィルが売れない作品を書き、妻の父の金銭援助に頼ったことを考えると、メルヴィルがこの作品に意図的、あるいは意図せずに織り込んでしまった自伝的要素として参照すべきは、食客である。しかも、食客としてのジミーだけでなく、語り手もそうであることが興味深い。

「ジミー・ローズ」の冒頭部分で述べられることは、語り手が大きな古い屋敷を相続したことだ。家をもらっているのと同義だといえよう。さらに読者が注意すべきは、ガレスタッドが指摘するように、食客としてパンをむさぼっているジミーを語り手が描写した箇所である。

なんと侘《わび》しいことであろう。寛大にも提供された紅茶を次々に飲み、香りのよいバター付きパンを次々に食べるジミーを見ることは。彼以外の人たち ("the rest") は晩餐《ばんさん》の時間が遅いこともあり、また堂々とした食事があるため、ジミーだけがバター付きパンに手を出し、スーチョン〔紅茶の一種〕を二杯以上飲んでいる。このことがよく分かっているジミーはいつも、自分の空腹を隠しながら満たそうとしていた。その家の女主人と活発な会話を続けようと一生懸命骨折りながら、あたかも空腹のためでなく、習慣のために食べているかのように見せかけることで、うわの空の様相を醸《かも》し出しつつ熱心に口いっぱいに頬張りながら、である。(“Jimmy Rose” 343)

ガレスタッドはこの場面に注意を向けながら、語り手も、ジミーが去った後の食事に無償で与かる席にいたのだ、と指摘する(45)。家を相続し、無償の食事の招待を待ち、出かけてゆく短編「ジミー・ローズ」の語り手に、「失敗作と呼ばれる本を書きたい」と義理の父に金銭的な援助を請うメルヴィル、家賃の心配をすることなく生活する作家の姿を排除することは難しいのではないだろうか。

「ジミー・ローズ」のもう一つの特徴は、ガレスタッドの指摘のように、語り手の貴族的な性格である。短編「私と私の煙突」(一八五六)同様に、語り手には肉体労働を忌避する貴族的な価値観がある(44)。貴族主義的な側面は、メルヴィル自身のメンタリティにもあるものだといえよう。「ジミー・ローズ」には、成熟しつつある資本主義社会への嫌悪感と、以前の時代への憧憬《しょうけい》そのものが描かれている。マーヴィン・フィッシャーも指摘するように、応接間を“drawing room”でなく“parlor”と呼ぶ語り手に、フランス趣味、しかも旧体制《アンシャンレジーム》のフランスに対する強い憧れが表わされている(Fisher 137)。「ジミー・ローズ」の語り手は、相続した家で「長い年月のためぼやけているが、壁紙にはルイ十六世の時代の模様を今でも見ることができる」(“Jimmy Rose” 337)と旧体制のフランスに思いを馳せながら、貴族的な態度で過ごしている。ここに見られるのは変化に対する嫌悪であり、この変化を否定的に捉える価値観は、時間の流れの影響を受けない『ピエール』の明るい冒頭部から、流動的な資本主義社会を背景とした暗澹《あんたん》たる後半部への移行を想起させる。そしてフランクリンが、新世界の共和国アメリカという変化の象徴であることは言うまでもない。

五　メルヴィルのフランクリン批判から見えるもの

歴史的に見ると、ブルジョワ的な道徳家のセルフメイドマン、資本主義の代弁者フランクリンは、本人の死後に生まれたイメージである(Wood 13)。死後に『富への道』を含む著作がアメリカで再版され、働いて自己形成を行なうアメリカ人にフランクリンの人生がなじみのものとなった。ウッドはさらに、このようなフランクリン像が愛されるようになった一因が、貴族的な階層への中間層の怒りであると説く。労働者は生活のために働く必要があるという理由で、貴族的な階層は彼らを軽蔑していた(Wood 235–36)。数の上では労働者が圧倒的である。また、アメリカといえば機会と平等の国であり、勤勉に働いて成功するアメリカン・ドリームの国であるはずだ。それゆえ、「十九世紀初めまでに、少なくともアメリカ北部では、ほぼすべての人が自身を労働者と自称しなければならなくなった。貴族的な奴隷所有者の大農園主ジョージ・ワシントンですら、生産的な労働者として描かれねばならない」ないという事態が生じた(Wood 237)。立身出世後、フランクリン自身は肉体労働をしないジェントルマン階級となったが、貧しい蝋燭屋《ろうそくや》に生まれ、印刷屋の仕事で功成《こうな》り名遂《と》げた彼のイメージが、十九世紀以降多くの野心的なアメリカ人に愛されるようになったのだ。メルヴィルが非難したフランクリン像は、十九世紀におけるそれだといえる。

メルヴィルはフランクリンを描写する際に、エコノミーの負の側面を強調したといえよう。ここでこのエコノミーの語の定義が、管理や運営、そして統制という意味を含み持つことに注目したい。杉山吉弘によれば、この語の意味には変遷があるが、「エコノミー概念にはある一貫した了解事項が内包されている」。それは「共同体の管理運営や統治を基本的な意味としつつ、統御、統御の術(または学)、(被)統御系(つまり秩序)という複合的な意味内容をもつ」ことだ(三八)。

アメリカ植民地と独立後の建国の統治に関わったフランクリンは、十三の徳目を樹立し、自らを内側からも統御しようと、その術を考え実践した人物である。芸術家がフランクリンに批判の眼を向けるのは、政治経済学者であり家政学教授でもあるこの人物に、自由な創作を許さない類の、国家や社会の統治、統御、秩序といったエコノミー概念の負のイメージが見出されるからだ。ドリュー・R・マッコイが指摘するように、フランクリンを含めアメリカ革命後に共和国建設に携わった人たちは、古典的な共和制の精神を抱いていた (McCoy 606)。フランクリンは、商業活動が中心の、社会において横の繋がりが重要な近代社会に人々がよく生きるために、勤勉や節約の徳を説いた。しかし、資本主義経済が大きく進展した結果、巨大化する卑俗な商業世界が古典的な共和国建設の理想を覆うようになると、アメリカの成功者の代表フランクリンに否定的なイメージが負わされるようになるといえる。

十九世紀社会の家政において、メルヴィルは商業的な失敗から家計だけでなく、円満な家庭運営にも失敗した。一八五一年のクリスマスにメルヴィル家を食事に招待したセアラ・モアウッドは、「彼は今、新作『ピエール』にとりかかっており、夕方暗くなるまでほとんど部屋を出ず、その時刻にその日初めての固形食を食べるのだと聞いた」(Leyda 441) と書いている。彼が家族に迷惑をかけたのは生活の時間だけでない。先に述べたように、家長が担うものとされている経済問題は、妻の父頼みだった。さらにメルヴィルは母、姉妹、妻、娘に、原稿の清書や校正、社交生活の段取り、交際までまかせっきりだったのである。このような家庭生活を送っていたメルヴィルが娘たちとうんざりするような衝突を起こしていた (Shultz and Springer 3) のは自然だといえよう。家庭で彼は、統治や統御ができなかったのだ。

メルヴィルは「ホーソーンと苔」(一八五〇) を、「他の住まいから一マイル離れ、軒先まで葉に覆われた、山々や原生林、それに先住民の池に囲まれた申し分のない古農家にある壁紙を貼った部屋、これこそがホーソーンについて書く場所だ」(*The Piazza Tales* 239) と書き始め、家庭生活から分離された領域を掲げる。それは芸術家が、ホーソーンのような天才たちの輪に加わるための領域である。創造の時間と家庭の時間を調和させる家政に苦慮し、創作活動では金銭的に親族に頼らねばならなかったメルヴィルにとって、家庭から分離された領域は必要不可欠なものであったのだ。

おわりに

本稿では、理想の文学創造と家庭生活との両立に失敗したメルヴィルの自伝的な側面を、彼の作品から読み解くことを試みた。メルヴィルが、アメリカ資本主義社会のロールモデルであるフランクリンを揶揄するのは当然のことだ。十八世紀を生きたフランクリンは、アメリカ植民地と新しい共和国の政治経済に加えて家政という、二つの世界のエコノミーを器用に操る人生の成功者のイメージと切り離せないためである。

◉注

（1）今日でもポリティカル・エコノミーという表現は使われる（深貝　一一一）。

◉引用文献

Charvat, William. "Melville's Income." *American Literature*, vol. 15, no. 3, 1943, pp. 251–61.

Clymer, Jeffory A. "Property and Selfhood in Herman Melville's *Pierre*." *Nineteenth-Century Literature*, vol. 61, no. 2, 2006, pp. 171–99.

Fisher, Marvin. *Going Under: Melville's Short Fiction and the American 1850s*. Louisiana State UP, 1977.

Franklin, Benjamin. *Benjamin Franklin: Writings*. Edited by J. A. Leo Lemay, Library of America, 1987.

Gullestad, Anders M. "A Parlor of One's Own: On Spotting the Parasite in 'Jimmy Rose.'" *Leviathan: A Journal of Melville Studies*, vol. 19, no 2, 2017, pp. 37–51.

Hecht, Roger W. "'Mighty Lordships in the Heart of Republic': The Anti-Rent ubtext to *Pierre*." *A Political Companion to Herman Melville*. Edited by Jason Frank, eBook, UP of Kentucky, 2013, pp. 141–61.

Kelly, Wyn. "*Pierre*'s Domestic Ambiguities." *The Cambridge Companion to Herman Melville*, edited by Robert S. Levine, Cambridge UP, 1998, pp. 91–113.
Leyda, Jay. *The Melville Log: A Documentary Life of Herman Melville 1819–1891*, vol. 1. Gordian Press, 1969.
McCoy, Drew R. "Benjamin Franklin's Vision of a Republican Political Economy for America. *The William and Mary Quarterly*, vol. 35, no 4, 1978, pp. 605–28.
Melville, Herman. *Correspondence*. Edited by Lyn Horth, Northwestern UP / Newberry Library, 1993.
——. "Hawthorne and His Mosses." Melville, *Piazza Tales*, pp. 239–53.
——. *Israel Potter: His Fifty Years of Exile*. Edited by Harrison Hayford et al., Northwestern UP / Newberry Library, 1982.
——. "Jimmy Rose." Melville, *Piazza Tales*, pp. 336–45.
——. *The Piazza Tales and Other Prose Pieces, 1839–60*. Edited by Harrison Hayford et al., Northwestern UP / Newberry Library, 1987.
——. *Pierre: Or, The Ambiguities*. Edited by Harrison Hayford et al., Northwestern UP / Newberry Library, 1971.
Parker, Hershel. *Herman Melville: A Biography*. Johns Hopkins UP, 1996. 2 vols.
Robertson-Lorant, Laurie. *Melville: A Biography*. U of Massachusetts P, 1996.
Shultz, Elizabeth, and Haskell Springer. "Melville Writing Women/Women Writing Melville." *Melville and Women*. Edited by Elizabeth Shultz and Haskell Springer, The Kent State UP, 2006, pp. 3–14.
Wood, Gordon. *The Americanization of Benjamin Franklin*. Penguin Books, 2004.
杉山吉弘「エコノミー概念の系譜学序説」『札幌学院大学人文学会紀要』九七号、二〇一五年、二五—四二頁。
角山榮『時間革命』新書館、一九九八年。
——『時計の社会史』中央公論社、一九八四年。
深貝保則「エコノミー、経済統治、あるいは自然均衡——オイコノミアからの複線的伏流」『ニュクス』創刊号、堀之内出版、二〇一五年、一〇八—一九頁。

「煙突」の構造
——メルヴィルにみる家計と創作のディレンマ

西谷 拓哉

はじめに

ハーマン・メルヴィル（一八一九―九一）の小説を家庭や家計の視点から論じようとするとき、まっさきに取り上げるべきは「私と私の煙突」（一八五六）と「林檎材のテーブル」（一八五六）という二つの短編である。メルヴィルは『白鯨』（一八五一）、『ピエール』（一八五二）の売り上げが不振に終わると、その後は雑誌を発表媒体《ばいたい》とし、一八五三年から五六年まで次々と短編小説を発表していく。その中には巧妙な作品が多くあり、一八五六年三月、『パトナムズ・マンスリー・マガジン』に掲載された「私と私の煙突」（以下「煙突」）と同年五月、同誌に掲載された「林檎材のテーブル」の二編も、当時流行していた家庭小説《ドメスティック・フィクション》の枠組みに添ったユーモラスなスケッチのように見えながら、その実、ジャンルの様式が作品自体の中で批判的に換骨奪胎《かんこつだったい》させられており、メルヴィル後期の創作上の戦略を考察する上できわめて重要な作品となっている。本稿で扱う「煙突」の魅力を端的に言えば、物語の中心を占める巨大な煙突の物体としての面白さと、その煙突への思い入れを述べる老人の諧謔《かいぎゃく》に満ちた語り口に尽きよう。しかし、作者の経済事情と南北戦争前《アンテベラム》の住宅建築という文脈から、作中の煙突と小説自体の構造を連関させて分析すると、一見たわいもないこの短編にも複雑な奥行きが備わっていることがわかるのである。(1)

一 「煙突」の多義性

この短編の語り手は田舎の広大な屋敷に住む老人で、世間から変人扱いされている。家の中心には今にも崩れそうな古く巨大な煙突があり、何であれ古い物をこよなく愛する老人はそれに忠臣よろしく仕えているからである。この煙突のせいで家の使い勝手が非常に悪く、女性ばかりの家族はこれを快く思わない。特に進取の気象に富み、煙突を撤去してホールを造りたいと望む妻は、手を替え品を替え、激しく老人と煙突を攻撃してくるが、煙突と一心同体となった老人は絶対に降参すまいと孤軍奮闘する——そういう家庭喜劇である。

老人はこの煙突を死守することの正当性を主張するために、さまざまな比喩やほら話を用いて懸命にその崇高さを伝えようとする。煙突はヘンリー八世やロシア皇帝と呼ばれたり、ロッス卿の怪物的な大望遠鏡、ヨシュアがヨルダン渡河を記念して建てたギルガルの岩に擬せられたりするのだが、それでも、

> 凡俗の目ではその威容を完全に捕捉することはできない。というのも一度に一つの側面しか見えないからであり、その側面も直線距離で十二フィート［三・六メートル］しか示してくれないからである。しかるに(But then)、他の一辺も長さ十二フィートであり、かつ(and)全体は明らかに正方形を成している。よって(and)、十二かける十二イコール百四十四となる。したがって(And so)、この煙突の大きさを十分に理解するためには、恒星間の驚くべき距離を計算するのに類した高等数学の方法を用いるしかないのである。("I" 358)

この引用から、煙突が一つの巨大な謎であり、その全体像や本質を正確に把握するのは困難だということがわかる。ここには、物事はある一面だけからしか捉えられず、超越的な謎を理解するには十二かける十二などという低級な算数ではなく、「高等数学 (the higher mathematics)」すなわち世俗的な認識よりも一段高い視点が必要になるという、メルヴィル特有の主題が現われている。煙突の偉大さを認めようとしない隣人たちは、それを「天辺がちょん切られた展望台」、「煉瓦《れんが》造りの大釜」、「蠟《ろう》でできた鼻」などと呼んで馬鹿にするが、老人に言わせれば彼らには廃墟や異形《いぎょう》の物を愛でる心、「古びた画趣《ピクチャレスク》のある物に対する眼識」がないのである (355–56)。

これまでこの煙突の謎に数多《あまた》の批評家が挑戦し、「煙突」は「バートルビー」(一八五三)、「ベニート・セレーノ」(一八五五) に次いで論じられることの多い短編となっている。マートン・M・シールツ・ジュニアが一九四一年の画期的な論文で、崩れかけた煙突を執筆当時のメルヴィルの深刻な精神的危機に結びつけて以来 (Sealts, “Herman Melville's ‘I’” 13)、伝記的解釈が広く支持されてきた。しかし、Q・D・リーヴィスは危機説に異議を唱え、この短編はむしろ作者の陽気で健全な精神の証明だと述べたし (Leavis 210)、スチュワート・C・ウッドラフは伝記的な読み方を真っ向から斥け、煙突は時間と歴史という現実を表わすのだと主張している (Woodruff 285)。批評史の詳細はシールツの「再検討」(Sealts, “Melville's Chimney”)、リー・ベルターニ・ヴォザール・ニューマンの概説 (Newman 229–54) に譲るが、煙突を男性のシンボルと見る精神分析的解釈、語り手の保守主義の表われと考える立場、“abolish” という言葉が反復されることから南部奴隷制度の象徴だとする政治的解釈、また近年では、妻エリザベスをはじめとするメルヴィルと家族との関係を交えた考察やジェンダー論的解釈が目立っている。

多様な解釈の存在は「煙突」の豊かな象徴性の証でもあろうが、別の見方をすれば、語り手の老人が煙突について指摘した認識の限界という状況が、小説の外側においてもこの短編の真意を理解することの難しさという形で反復されているのだと言える。ウィリアム・B・ディリンガムは解釈の並立について、煙突は一種のダブルーンになっていると述べている (Dillingham 277)。ダブルーンとは『白鯨』のエイハブ船長以下、ピークォッド号の乗組員がその図柄の意味を読みとろうとするスペイン金貨のことだが、各人の意見が並列されるだけで決定的な解釈は出ないままに終わる。そのような事態が「煙突」の批評にも当てはまり、まさに私たちは「煙突」の「一つの側面」しか見ることができない。メルヴィルは、物や人間を見、その本質を理解することの難しさとテクストを読むことの難しさを、常に小説の内外で対応させたのであった。

物語内での認識の問題に戻ると、老人は煙突をめぐる意見の相違を「絵画的美(the picturesque)」と「金銭(the pocketesque)」の対立と考え、世間では後者の勢力が強いことを歎いている。金銭面から物事を見る者の代表は、老人の妻と気脈を通じ、煙突を壊そうと測量にやってきたスクライブという男で、この煉瓦職人の親方はこんな煙突を残しておくのは土地の無駄使いというだけでなく、相当の元金と利子の損失だと忠告する。

「よろしいかな、旦那」スクライブ氏はポケットから赤いチョークを取り出すと、煙突の白塗りの壁の上で計算(figuring)しながら言った。

「二十かける八はこれこれ、四十二かけることの三十九はこれこれ、そうですな? さて、これらを足して、そこからこれを引くとこれこれになる」と、なおもチョークで書き続ける。

要するに何やらさんざん計算(ciphering)したあとで、スクライブ氏はこちらが気恥ずかしくなるほど多くの何千という高価な煉瓦が使われていると教えてくれた。

「もう結構」わしはそわそわして(fidgeting)言った。「さあ、今度は上を見ようじゃないですか(Let us have a look above.)」("I" 366)

スクライブにとって煙突の価値はその煉瓦を売って得られる金にしかない。彼の怪しげな計算と詐欺師めいた口ぶりが老人を「そわそわ」させたのだろう。「上」を見ようという台詞《せりふ》は、文字どおりには地下室から上がり、煙突の階上部分を測量してもらいたいという意味だが、スクライブの「計算」に、老人の言う「高等数学」すなわち超越的な視点がないのは明らかである。スクライブという奇妙な名前はマタイ伝七章十五節の「偽預言者(the Scribe)に心せよ、羊の扮装して來れども、内は奪い掠《かす》むる豺狼《さいろう》なり」に由来している。

しかし、老人の「高等数学」も信頼できるとは限らない。老人が煙突の巨大さを説明する箇所で、私たちはスクライブに似た口調をすでに聞いている。そこで多用される「しかるに」、「かつ」、「よって」といった接続詞は数学の証明を思わせる。老人は煙突の威容を理解する上での「高等数学」の必要性を論理的に導き出そうとしているのである。その論理をたどり直してみると、一度に一辺十二フィートしか目に入らず、正方形で考えても百四十四平方フィート、その程度にしか煙突の大きさを理解することができない、「したがって」より複雑な「高等数学」が必要になるのだという読み方が一つ。しかし、特に「しかるに」、「よって」が曲者《くせもの》であり、文章の続き具合に隙間というか別の解釈を生む余地がある。つまり、十二単独では小さな数だが、かけ算をすれば百四十四という大きな数になり、「したがって」煙突の巨大さが理解できるとも読める。むしろそちらが正しいだろう。老人は何度もこの等式を持ち出して、煙突の偉大さを強調するのである。大した「高等数学」もあったもので、これではスクライブの怪しげな「計算」と五十歩百歩と言うしかない。老人の言葉も所詮、妄想かもしれないのだ。そのことに老人自ら気がついて「そわそわ」し始めたのだろうか。もっともらしい論理を描くという点で見事なほどに喜劇的な一節である。

煙突は深い象徴性を蔵した超越的存在に見える。しかし、老人の認識に疑わしさが残るとすれば、それはただの崩れかけた煉瓦の寄せ集めにすぎず、煙突に対する二つの見方のうち、どちらかが優位に立つことはなくなるのである。先行する「煙突」論において、批評家たちは意味を一つに決定しようと性急になりすぎているように思われる。リチャード・ハーター・フォーグルが指摘するように、煙突はどの一つの意味よりも、あるいは意味の総体よりも大きいのであり、論じ尽くされたあとでも一個の煙突としてその独自の個性を守り続けるからである(Fogle 73–74)。言い換えれば、煙突はナンセンスになる危険をはらみつつ、あらゆる意味を許容する巨大な謎に他ならない。

この煙突はそれ自体が一つの謎であるだけでなく、その外側にも謎を生み出し、さらに内側にも別の謎をはらんでいる。つまり、三重の謎になっているのである。前者については、老人の家の迷宮性が物語の中で何度か言及されている。この家は、中心にある煙突の四辺に暖炉が設けられているせいで、周りの部屋が必然的に煙突ににじり寄る恰好になり、「その結果、ほとんどすべての部屋が、いわば一つの哲学体系のように、それ自体他の部屋に入るための入口であり通路である」("I" 364) という複雑で不便な構造になっている。また、「二階では各部屋が考えられる限り雑然とした様相を呈しており（中略）正確に (mathematically) 正方形をした部屋はただの一つもない」(374)。煙突に起因する屋敷の謎めいた性格は台所において顕著に見られ、そこには九つもの扉があって、不慣れな客人は（不慣れな読者は、と言い添えてもよい）どこから玄関に出たものかわからず堂々めぐりをする始末である。

家の中を歩いていると、いつまでもどこかに向かっているようでいてどこにも着かないように思われる。まるで森の中で道に迷ったようなもので、煙突の周りをぐるぐる回り続ける。どこかにたどり着いたとしても、それは元の出発点にすぎず、再び歩き始めても、またもやどこにも行き着けない。あら探しのつもりで言うわけではないが、実際これほど迷路に似た家はかつて存在したためしがない。(364)

迷宮に関連して螺旋《らせん》のイメージも数多く見られる。玄関の真正面にある煙突の側面には二階に通じる階段があり、それが急激に三回曲がって昇っていく様子は高い塔や燈台《とうだい》を思わせるとされている。また老人はいかにも可愛いくてならないという口調で、その階段の上のバルコニーで蜘蛛《くも》の巣を育んでいることをこっそり私たちに教えてくれる。実際、老人が好むのは曲がりくねったものばかりで、たとえば「鈎爪《かぎづめ》足の古い椅子」、「彎《わん》曲《きょく》足のディーコン老執事」、「ねじくれた古い葡萄蔓《ぶどうづる》」などである (361)。この家は、当時メルヴィル一家が住んでいた農地付きの古い屋敷「アローヘッド」（近くで発見された先住民の鏃《やじり》にちなむ）がモデルだと言われている。しかし、誇張されているとはいえ、これほど複雑怪奇な家が現実にあるとは思われず、むしろ老人の錯綜《さくそう》した精神の投影だと見なすのが適当だろう。あるいは逆に家の方が老人に作用を及ぼしていると言ってもよく、エドガー・アラン・ポーの「アッシャー家の崩壊」(一八三九)のごとく屋敷とその住人が相互に浸透しているのである。

さらに言えば、家の雑然とした様子とこの短編の構成の間にも照応が見られる。前半では老人が脱線を重ねるために物語の主筋がなかなか始まらず、スクライブが登場するあたりからようやく展開し始めるのである。前半と後半には明らかに乖離《かいり》があって短編としての緊密感に欠けており、それは上述のポーの短編と比較すれば一目瞭然である。この差は作家の資質の相違にもよるが、ポーの語り手がアッシャー家という異世界から逃れ、理性を取り戻した状態で物語っているのに対し、老人は迷路のような家の影響をまともに受けながらしゃべっているという、語り手の位置の違いにも由来している。

二　メルヴィルの戯画的自画像

家の影響は老人の語り口に明瞭に現われている。ことに老人の脱線的議論は挿入句やコンマで細かく区切られて構文が複雑になっており、洒落《しゃれ》や言葉遊びもそれにひと役買っている。次の引用はその例証となる、作中で最もウィットに富んだ件《くだり》である。

こんな風に煙突が常にわしに先んじているものだから、中にはわしが哀れにも後ろに引っこんでしまった (sad rearward way) とさえ考える者がいる。つまり古ぼけた煙突の後ろ (behind) にばかり立っているせいで、わしがすっかり時代遅れ (behind the age) になったばかりか、他の何ごとにおいても後手に回り (running behind-hand)、貧乏になったというのだ。しかし本当のところ、わしは進歩的でずうずうしい老人 (a very forward old fellow) であったことなど、あるいは近隣の農夫が言うところの手回しがよく裕福な男 (a forehanded one) であったことなど一度としてないのだ。実際、何かにつけて後手に回る (my behindhandedness) という噂は、わしが時々手を後ろに組んで (with my hands behind my back) 歩き回る癖を持っているという限りにおいてまったく正しいのである。(353)

『パトナムズ・マンスリー・マガジン』の編集者ジョージ・W・カーティスが評したように、この一見くつろいだユーモアは多くの読者に歓迎されるだろうが (Layda 507)、それだけでは済まされないものがある。滑稽《こっけい》な口調の裏には老人の生活の内実——世間から馬鹿にされ、坐骨《ざこつ》神経痛を患い、借金にも苦しんでいるという哀しい孤独感が感じとれる。逆に言えば、世間との関係がうまく行っていないからこそ言葉遊びにふけるのだ。老人を陽気な現実主義者、正常で成熟した精神の持ち主と見なす批評家もいるが (Dillingham 274)、老人の言葉遣いは明らかに普通人のそれではなく、過剰なまでの地口《じぐち》が示している偏執狂的な性質は見間違えようがない。老人は自分のおしゃべりを「哲学的たわごと」(376) と呼んでいるが、その特質は「哲学体系」のように入り組んだ家の空間的な歪みと共通するものであり、語り手の信頼性に対して疑念を生じさせる。そればかりか、この言葉には『ピエール』の失敗で世間から狂人扱いされて孤立を深め、経済的窮境にも陥っているメルヴィルの自己戯画が隠されているように思われる。

メルヴィルの特に中後期の創作は、作家自身の経済的状況を抜きにして考えることはできない。メルヴィルは手紙や作品の中で何度も自身の逼迫《ひっぱく》した家計と執筆状況のせめぎあいを伝えている。最も有名なものは『白鯨』の執筆に関する一八五一年六月一日付と思われるナサニエル・ホーソーン宛ての手紙であり、そこには「ドルが私を破滅させるのです。底意地の悪い悪魔がドアを細く開け、私を見ては歯を剥《む》きだしていつまでも笑っています。ああ、背筋がぞくぞくします——ついには古いナツメグ削りのように、擦《す》り切れ消滅してしまうのでしょう。絶え間のない木の摩擦《まさつ》でこなごなに砕かれるあのナツメグのようにです」とある (*Correspondence* 191)。「底意地の悪い悪魔」とは当時メルヴィルが抱えていた借金のことである。メルヴィルは「煙突」の家のモデルと考えられるアローヘッドの屋敷を一八五〇年に六千五百ドルで購入したが、その際、岳父《がくふ》レミュエル・ショウから三千ドルを借りており、また一八五一年五月には旧知のターチュラス・D・スチュワートから九パーセントの利子で二千五十ドルを借り受け、それを家の購入費用の返済と改装費用にあてた (Parker 1: 778, 839; 2: 281)。その直前の一八五一年四月末、メルヴィルはハーパーズ社に『白鯨』の前借りを求めて拒絶されたばかりか、それまでの負債約七百ドルを請求されており、当時、家の抵当と合わせて非常に重い負債を抱えていたと考えられる (Robertson-Lorant 271)。

『白鯨』は出版後の一か月で千五百部、その後の一年半で二千三百部が売れたが、出版社への前借りと相殺《そうさい》されて五百五十六ドル余りがメルヴィルの得た印税であった(その他にイギリスの出版社から七百ドルの前払いがある)。次作の『ピエール』では読者受けを目指し、当時流行のセンチメンタル・ノヴェルに範をとるがまったくの不評に終わり、メルヴィルは雑誌短編に活路を見出そうとする。『ハーパーズ・ニュー・マンスリー・マガジン』と『パトナムズ・マンスリー・マガジン』に計十四作の短編を掲載し、合計で約千三百三十ドルの稿料を得たが、メルヴィルの経済状況は改善されたとは言い難く (Thompson 14)、この期間も常に家計的に悩まされていたことは、雑誌短編の中に貧困の主題が頻出することからもうかがえる。

たとえば、「コケコッコー」(一八五三)でも語り手が借金取りに悩まされている様子が描かれている。語り手から痩せこけた「悪鬼」呼ばわりされる借金取りは「日曜日の教会の行き帰りにまでつきまとって催促をする。教会では私と同じ座席に陣取り、適切な箇所を開いた祈禱《きとう》書を丁重に手渡しながら、お祈りの真っ最中に私の鼻先まで請求書を突き付ける」("Cock-A-Doodle-Doo!" 270) のである。これが実際の債権者の戯画化であるか否かはさておき、「コケコッコー」執筆の二年後、一八五五年四月には先に言及したスチュワートから完済を迫られることとなる。このときメルヴィルには新たに子どもが生まれたばかりであり、妻と母、子ども四人、妹たちを養い、かつ月々の抵当支払いにも追われ、農作業をせねばならないのにリウマチの発作にも見舞われるという非常に厳しい状況にあった (Robertson-Lorant 348)。「コケコッコー」はこの窮状を先取りして描いていたといっても過言ではない。

メルヴィルはアローヘッドの購入時のみならず、岳父のショウからの金銭的援助に一度ならず頼っていた。メルヴィルはアローヘッドの屋敷には大変な愛着を持っていたが、その一方で自身の創作によって家族を養っていくことができないという現実は心中に屈折した思いを生じさせたかもしれない。「煙突」で描かれる煙突は男性的・家父長的権威の象徴とも解釈できるが、煙突を死守しようとする老人の滑稽な身振りや過剰な言葉遊び、あるいは煙突自体の崩落の気配には、家長であり作家であるメルヴィルが抱える経済的、存在論的不安が色濃く反映している。実際、作中の屋敷は抵当に入っており、煙突の「不健全な状態がそのままなら保険は無効になる」("I" 357)とされているのである。

その不安は「煙突」の秘密の小部屋をめぐるエピソードにもうかがえる。ある日、スクライブから奇妙な手紙が届く。先日の調査の結果、煙突の中のどこかに「特別に設けられ、しっかりと密閉された空間、要するに秘密の部屋というか納戸《なんど》に近いもの」(369)が隠されているのは明らかだというのである。その用途は財宝を隠すこと以外には考えられないと煉瓦職人は仄《ほの》めかす。この屋敷を建てた、老人の親戚のデイカーズは元海賊だったらしく、近隣で宝の隠匿《いんとく》に関する噂が囁《ささや》かれていたのである。この手紙は、おそらく妻とスクライブが共謀し、噂を利用して老人の好奇心を刺激し、煙突の取り壊しに同意させようという策略である。老人は一瞬黄金の光が目に浮かぶとはいえ、二人の魂胆《こんたん》を見抜き、その荒唐無稽さを一笑に付す。ところが、それに先立つ部分で、老人は煙突の土台を掘り返しているところを隣人に見咎《とが》められ、「金塊《きんかい》掘りですか」と言われている。「いや、わしはただ、その、えへん、ただ、そのですな、煙突の周りをですな、掘り返していただけで」(358)という老人の慌てようは図星を突かれてのもので、実は金銭に大いに関心があったことを示唆している。「煙突」と登場人物やその環境を共有する「林檎材のテーブル」にも隠された財宝のモチーフがあり、メルヴィルはこれら二つの家庭喜劇に自身の経済的窮状を半ば自虐的に織り込んだものと思われる。

三　間取りをめぐる夫婦の対立

次に、「煙突」を考察する際のもう一つの重要な文脈である家の間取りについて見てみよう。本作における螺旋ないし曲線のイメージは先に確認したとおりだが、老人に対抗する妻は直線のイメージによって描かれる。妻はリウマチの家系にもかかわらず、「背は松のようにまっすぐ」(360)であり、老人の思いが常に過去に遡《さかのぼ》るのとは対照的に、新しい物を好み、未来に目を向ける。時間の直線的進行を信じているのである。妻は家の中が雑然とするのに我慢ならず、煙突を一掃して部屋を整然と区切ろうと計画する。「存在するものはすべて間違っている。だから改良せねばならない。今すぐに」(360)をモットーにする妻にとって、自分の手が加わっていないものは侮辱《ぶじょく》と映り、理性によって謎を解消しなければ気が済まないのである。

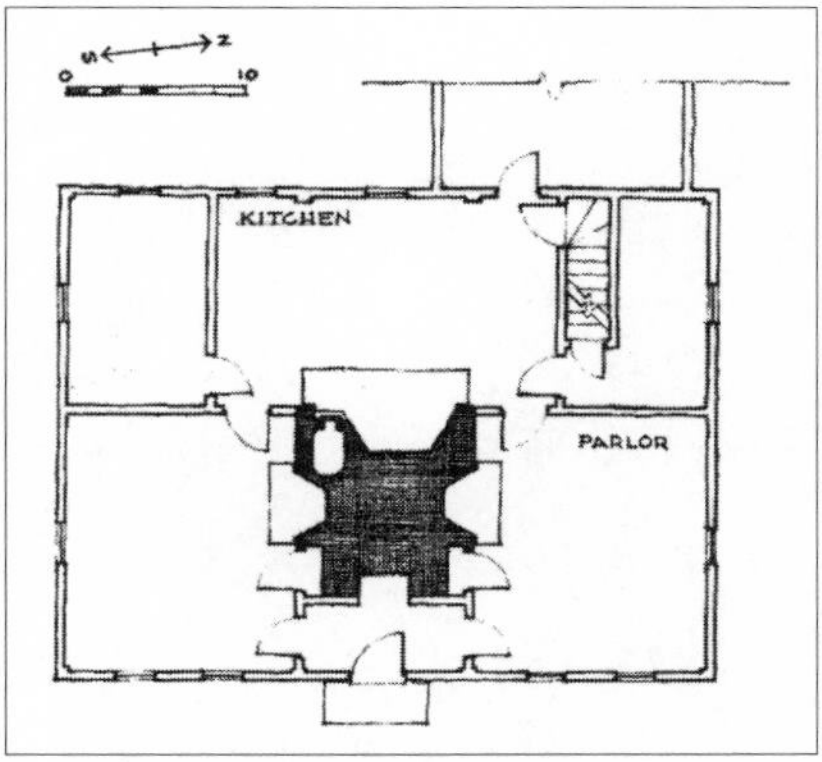

【図版1】煙突が中央にあるニューイングランドの農家。台所に６つのドアがあり、「煙突」の屋敷に近い間取りが見られる [New England Center-chimney farmhouse (Hubka, *Big House*)]

この夫婦の対立は老いと若さ、曲線と直線、非合理的精神と合理的精神の対立だと解釈できるが、そこには同時代の住宅建築のあり方も大いに関わっている。妻が煙突を敵視するのは、それが邪魔となって理想的な間取りを実現できないからである。妻の最大の目標は玄関から一直線にホールを通すことで、それによってその両側では個々の部屋が区切られ、ある部屋に行くために別の部屋を通るという不便さが解消され、台所に関しても九つも扉があるため客人が混乱するという難点が解消されるのである【図版1】。妻が求めるのは実用的で整然と美しい家である。その具体例は、老人自身も作中で触れている「ダブルハウス」に見ることができる。これは「家の中央にホールが通り、暖炉が通常、ホールとは反対側の壁に付いている」(353)形式の住居で、片方の部屋の暖炉が北向きであれば、もう片方の部屋の暖炉は南向きに付いていることになる。家の中央に煙突がある場合、その四辺に暖炉があり、家族はいわば向かい合って暖をとる形になるが、ダブルハウスでは背中合わせになる。老人に言わせれば、これは「喧嘩が絶えない家族に悩まされた建築家が発明したに違いない」(353)ということになる。

サラ・ウィルソンは老人と妻の対立の背景に、アンドリュー・ジャクソン・ダウニング（一八一五―五二）による住宅デザインの流行を見て取っている(Wilson 72)。ダウニングの『コテージ風の住まい』（一八四二）はアンテベラム期のアメリカの住居建築に大きな影響を及ぼした書物であるが、ダウニングはその序文で住宅の「改良」を強く訴え、「美しい住宅形式が持つ優美さ、エレガンス、絵画的美《ピクチャレスク》(the grace, the elegance, or the picturesqueness of fine forms)」が最重要視されるべきであり、「巧妙に配置され、調和のとれた住宅プランは、ぞんざいで不器用に設計された(carelessly and ill-contrived)プランよりも多々利点を備えていることは明らかである」と述べている(i–ii)。「ぞんざいで不器用」とはまさに「煙突」の老人の家を想起させる表現だが、ダウニングが志向するのはそれとは正反対の、住宅における機能美である。『コテージ風の住まい』には簡素なものからピクチャレスク風のものまで、郊外向けの住宅デザインが十編収められているが、「デザインⅠ　小家族のための郊外型ファームハウス」【図版2】や「デザインⅤ ブラケット型コテージ・ヴィラ」【図版3】といった設計を見ると、まさに家の中央にホールが通り、その左右に配置された客間《パーラー》と台所にそれぞれ暖炉が設置され、煙突が二本あることがわかる。こうした設計は、家の規模は別としても、作中で言及されるダブルハウスに通ずるものと言える。また、スクライブの家は老人の形容によると、「木と化粧漆喰《しっくい》でできたグリフィン怪獣のような家」で、「最高の装飾芸術の様式で造られ、龍が立ち上り鼻孔《びこう》から煙を吐き出しているという態《てい》の煙突が四本」ある「エレガントで現代風」(368)の建物である。スクライブの住居がダウニング流の設計に忠実なものかどうかは即断しがたいが、「デザインⅢ　尖頭《せんとう》あるいはチューダー様式のコテージ」【図版4】に見られる切り妻や六本の煙突は確かにグリフィンの頭部を思わせなくもない(Downing 60; Wilson 72)。

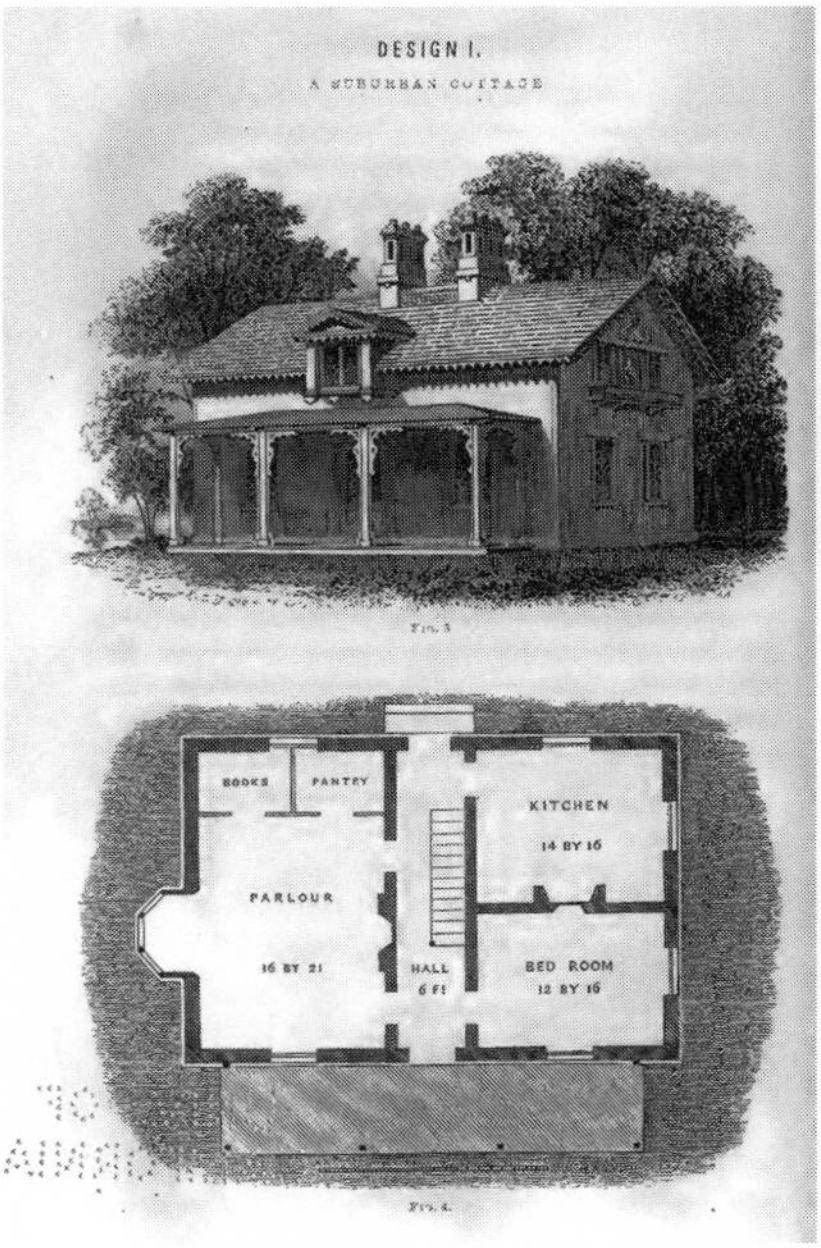

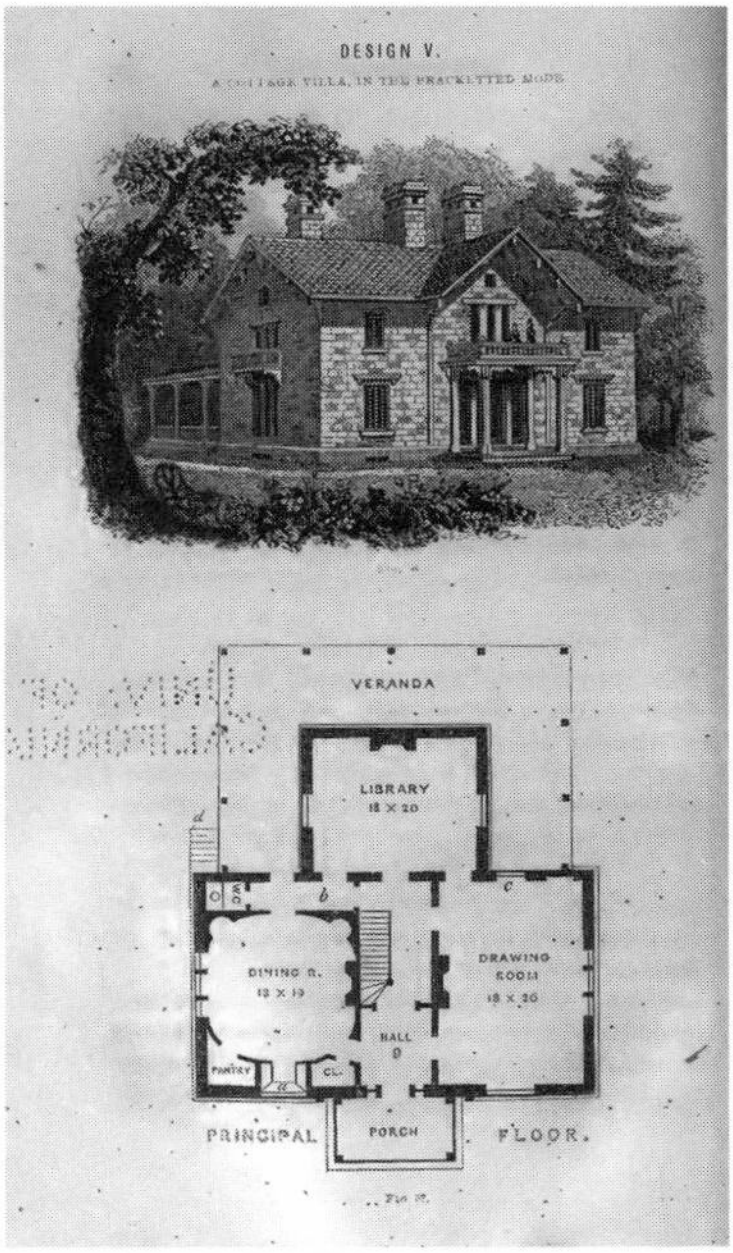

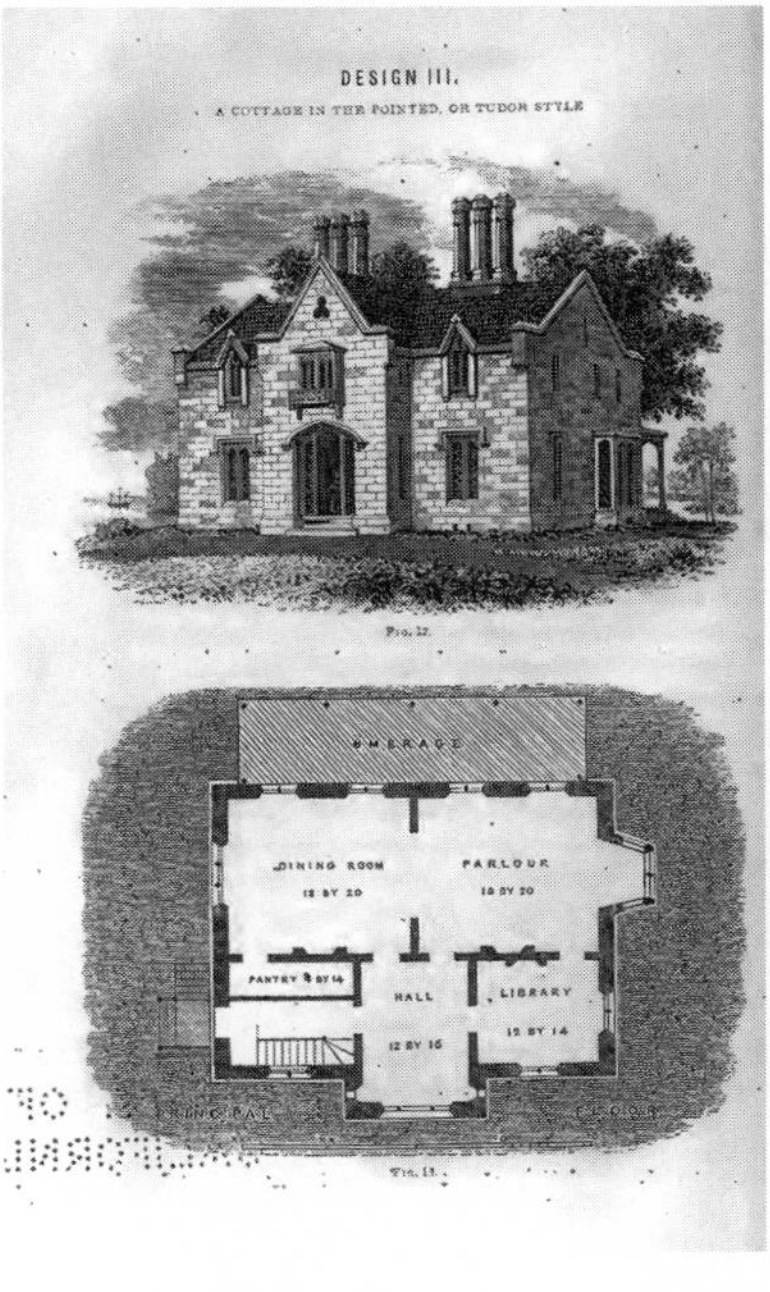

（左上）【図版2】「デザインⅠ　小家族のための郊外型ファームハウス」[DESIGN I. A suburban cottage for a small family (Downing, *Cottage Residences*)]

（右上）【図版3】「デザインⅤ　ブラケット型コテージ・ヴィラ」[DESIGN V. A cottage-villa in the Bracketted mode (Downing, *Cottage Residences*)]

（左）【図版4】「デザインⅢ　尖頭あるいはチューダー様式のコテージ」[DESIGN III. A cottage in the Pointed or Tudor style (Downing, *Cottage Residences*)]

いずれにせよ、老人の妻とスクライブは明らかに当世風の住宅建築を追求している。それは、妻が「最新流行を求めて『婦人雑誌』(the Ladies' Magazine)」("I" 362)を講読していることからもわかる。当時の有力な婦人雑誌の一つである『ゴーディーズ・レディーズ・ブック』を創刊したルイス・アントワーヌ・ゴーディ(一八〇四—七八)はダウニングの住宅設計に感銘を受け、同誌で「ヴィラやコテージなどのデザインを特集し、『マイホームづくり』("own-your-own-home")のキャンペーンを実施」し、多数のモデルを掲載した(石塚 一〇)。メルヴィルが「煙突」執筆の際に『ゴーディーズ』そのものを参照したのかは実証できないが、当時の婦人雑誌や家庭小説に見られる女性読者の嗜好《しこう》を強く意識していたことは間違いないだろう。(2) ダウニングの設計では、各部屋に「客間」や「台所」「図書室」といった明確な機能が付与され、老人の妻が求めたジェンダー役割別に分離した領域(separate sphere)とプライバシーが実現している。このことについて、十九世紀前半のアメリカ文学における家庭空間を論じたミレット・シャミールは、二十世紀の批評家は「煙突」をアレゴリカルに、あるいは伝記的に読む傾向があるが、同時代の読者はこの短編を字義どおりに受け取り、そこに「私的空間の構造が変化しつつあることとその変化が持つ意味」(Shamir 80)を読み取っただろうと述べている。

四 引退か挑戦か

しかし、現代の読者として再度アレゴリカルな読みに立ち戻り、先述した秘密の納戸、謎めいた煙突の中の謎について今しばらく考察してみよう。煙突は基礎部分が一辺十二フィート、開口部が一辺四フィート[一・二メートル]という四角錘《すい》になっており、老人はそれをエジプトのピラミッドになぞらえて大いに自慢している。誇張もいいところだが、無視しがたい比喩である。ピラミッド型の煙突の中にある秘密の小部屋とはいわば王の棺を納めた玄室であり、『ピエール』では王の棺が世界の究極的な意味を象徴していたからである。

私たちは大変苦労してピラミッドの奥深くへと掘り進む。すさまじい手探りに手探りを重ね、ようやく中心の部屋に到達し、石棺を見つけたときの何という喜び。だが蓋《ふた》をあけてみれば――そこには死体などなく、広漠たる人間の魂と同じく驚くほどの空虚があるばかりだ。(*Pierre* 285)

『ピエール』の語り手は、世界は幾重もの表層の積み重なりであって確固とした実体などないとし、世界の意味の追究が徒労に終わることを指摘している。

この一節と照らし合わせれば、本短編における煙突も実体のない空虚として、あるいは意味の空白として機能することが判然とする。スクライブの手紙によって煙突の秘密を初めて知った（ふりをする）妻は夜な夜な、探検家よろしく煙道にもぐり込み、その壁を叩いて「墓場のような響き」("T" 375)を追い、隠し部屋を見つけようとするが、老人は無益な探求を諦めるよう忠告する。

「なんてうつろな響きなのかしら」妻は自分もうつろな声をあげる。「そうよ、絶対に」と力を込めて叩きながら、「絶対ここに秘密の納戸があるに違いない。ここよ、ほら、よく聞いて。なんてうつろな響きなんでしょう」
「おろかなことを。うつろにきまっておるじゃろう。中身の詰まった煙突なんて聞いたこともない」(375)

また老人は、煙突の中にはスクライブの手紙と同じように煙があるだけだとも言って、実体のないものを執拗《しつよう》に追い求める妻をからかっている。煉瓦職人は再度屋敷を訪れ、煙突の念入りな測量によって納戸の存在を証明しようとたくらむが、老人に計算間違いを指摘されたあげく、意に反して、秘密の納戸はないという逆の証明書を書くはめになる。隠し部屋など初めからスクライブの空想《スモーク》の産物なのかもしれない。ならば、手紙の日付が四月一日（エイプリルフール）とあるように、煙突は一個の巨大な冗談と化してしまうのである。

この冗談は読者にも向けられている。というのは、動機はどうであれ、私たちも老人の妻やスクライブと同様、いわば煙突の奥に入り込み、何らかの意味を探ろうとする者だからである。先に"Scribe"という名前の由来に触れたが、それはまた、「煙突」について書く者＝批評家を暗示してもいる。もし煙突の中が空虚で煙しか詰まっていないのなら、どのような解釈もこの短編の構造によって支えられないばかりか、ことごとく無に帰すであろう。つまり、作中の煙突は意味が空無化するこの作品そのものを表わしているのである。ただし、隠し部屋の存在は結末に至っても完全には否定されず、謎のまま残ることには留意しておきたい。

この短編には多様な読み方が施されてきたが、煙突の空虚な構造、探究が徒労に終わる喜劇性について言及したものがほとんどないのは不思議である。この短編を、謎とその本質の認識に失敗する者の、さらには作品自体の真の意味を把握することに失敗する者のアレゴリーとして読む試みがきわめて少ないのである。フォーグルは部分的にこの短編を批評家に対する教訓と受けとめているが (Fogle 76)、上のような解釈を明確に述べているのは、私の読んだ範囲ではジョン・シーリーと鈴木一生であった。シーリーは煙突を「〈白鯨〉のように、そっとしておくに限るもの」と定義した後で、「これ以降、メルヴィルの作品はどれも〈煙突〉の変形であり、絶対的な意味を求めて掘り進む者を挫折《ざせつ》させる謎となる」と続けている (Seelye 92–93)。また、鈴木は隠し部屋の場所を考究した上で「そこへたどり着けるかは別問題」とし、この短編を「ひとつの意味に回収されることのない巨大な煙突のモチーフと、それに翻弄される人々を通し、確実な意味へ到達しようとする行為がいかに空虚であるかを描いた小説である」としている（鈴木 二八）。

そのことで見逃せない点は、「煙突」の語り手が、エイハブやピエールのように謎を追究する側ではなく、むしろ謎を守り、謎と一体化しようとする人物であるということだ。老人は妻を強く諫《いさ》め、秘密の小部屋の有無にかかわらず、煙突を壊すことは屋敷を建てたデイカーズの心臓を破るに等しい暴挙だと語る。このような老人の姿勢を今一度、執筆当時のメルヴィルが置かれていた状況――このたびは創作をめぐる文脈――に置いてみよう。

アン・ダグラスはこの短編を当時の文学界の動向に照らし、スクライブと老人の妻を同時代の女性作家（いわゆる

scribbling women) とその読者と見なし、彼らが煙突を撤去しようとする計画を「男性の経験を無効にし、それを破壊する」(Douglas 318) 行為と解釈した。シャミールはこの見解を受け継ぐとともに、ウィリアム・チャーヴァットがメルヴィルの「省略の戦術」と呼んだものに言及し、メルヴィルがこの短編で守ろうとしているのは、「物語の表面的なアクションと物語の意味を同一視しようとする一般読者を挫《くじ》く」(Charvat 260)「隠蔽《いんぺい》の美学」だと述べている (Shamir 84)。シャミールはこの美学を男性的と称しているが、それは当時の女性文学あるいは家庭小説が物語の裏側に何も隠し持っておらず、登場人物の内面を明白かつ客観的に描写するのを旨《むね》としていたこととの対比からである (Shamir 44)。このような女性文学や家庭小説の美学には、ダウニングの機能的で整然とした住宅建築と相通じるところが多分にある。だとすれば、メルヴィルは家庭小説というジャンルに依拠しつつも、モダンな建築様式を追求する妻に対抗する老人の姿を通して、自分が依拠する芸術観を守ろうとしていたことになる[3]。「煙突」はこれまでしばしばメルヴィルの引退表明、あるいは引退の準備として読まれてきた。しかし、これまで検討してきた文脈に即して考えるならば、「わしとわしの煙突は決して降参するものではない」("I" 377) という結末の一文は、苦しい家計事情ゆえに原稿料を稼ぐべく雑誌短編へとジャンル転換したにもかかわらず、そこにおいても、当時流行していた家庭小説の潮流に抗して、自らの小説美学を守り抜こうとするメルヴィルの挑戦的芸術宣言と受け取っていいはずのものである。

◉本稿は「「煙突の構造」――メルヴィルの "I and My Chimney"」*Kobe Miscellany* 第一四号、一九八八年、五九―八七頁を基に、作家の経済事情と当時の住宅建築に関する部分を加筆修正したものである。

◉注

(1)「林檎材のテーブル」と家庭小説との関係は、拙論「メルヴィル「林檎材のテーブル」における家庭小説の実験――ジャンルとの親和と軋轢」成田雅彦・西谷拓哉・髙尾直知編著『ホーソーンの文学的遺産――ロマンスと歴史の変貌』開文社出版、二〇一六年、五一―七六頁で考察した。

（2）グレアム・トンプソンはメルヴィルと『ゴーディーズ』の関係について、一八五〇年八月にレミュエル・ショウが同誌からメルヴィルの住所を尋ねられたこと、一八五一年一月号の広告に同誌に未寄稿の作家の一人としてメルヴィルの名前が挙がっていることから、おそらくショウが住所を教え、メルヴィルも作品掲載に向けて肯定的な返事をしたのだろうと推測している (Thompson 4)。結局、掲載はされなかったが、両者の関係をうかがわせる状況証拠である。

（3）これに関連して、ナンシー・フレデリックスは、一八五〇年代の女性作家が日常生活を簡潔な言葉で描くことを強調していたのに対し、メルヴィルは『白鯨』に見られるような崇高《サブライム》の美学を信奉していたことを指摘し、メルヴィルは「煙突」においてリアリズム対ロマンティシズムの緊張関係をジェンダーの観点から描いたと論じている (Fredericks 118–19)。

◉引用文献

Charvat, William. *The Profession of Authorship in America, 1800–1870*. Ohio State UP, 1968.

Dillingham, William B. *Melville's Short Fiction 1853–1856*. U of Georgia P, 1977.

Douglas, Ann. *The Feminization of American Culture*. Papermac, 1996.

Downing, Andrew Jackson. *Cottage Residences, or, A Series of Designs for Rural Cottages and Cottage Villas, and Their Gardens and Grounds: Adapted to North America.* 1842.

Fogle, Richard Harter. *Melville's Shorter Tales*. U of Oklahoma P, 1960.

Fredericks, Nancy. "Melville and the Woman's Story." *Herman Melville*, New Edition. Edited by Harold Bloom, Infobase, 2008, pp. 113–26.

Hubka, Thomas C. *Big House, Little House, Back House, Barn: The Connected Farm Buildings of New England*. UP of New England, 1984.

Layda, Jay. *The Melville Log: A Documentary Life of Herman Melville 1819–1891*, vol. 2. Gordian P, 1969.

Leavis, Q. D. "Melville: The 1853–56 Phase." *New Perspectives on Melville*. Edited by Faith Pullin, Edinburgh UP, 1978, pp. 197–228.
Melville, Herman. "Cock-A-Doodle-Doo!" *Piazza Tales*, pp. 268–88.
——. *Correspondence*. Edited by Lynn Horth, Northwestern UP / Newberry Library, 1993.
——. "I and My Chimney." *Piazza Tales*, pp. 352–77.
——. *The Piazza Tales, and Other Prose Pieces, 1839–1860*. Edited by Harrison Hayford et al., Northwestern UP / Newberry Library, 1987.
——. *Pierre; or, The Ambiguities*. Edited by Harrison Hayford et al., Northwestern UP / Newberry Library, 1971.
Newman, Lea Bertani Vozar. *A Reader's Guide to the Short Stories of Herman Melville*. G. K. Hall, 1986.
Parker, Hershel. *Herman Melville: A Biography*. Johns Hopkins UP, 1996, 2002. 2 vols.
Robertson-Lorant, Laurie. *Melville: A Biography*. Clarkson N. Potter, 1996.
Sealts, Merton M. "Herman Melville's 'I and My Chimney'." *Pursuing Melville*, by Sealts, Jr., pp. 11–12.
——. "Melville's Chimney, Reexamined." *Pursuing Melville*, by Sealts, Jr., pp. 171–92.
——. *Pursuing Melville 1940–1980*. U of Wisconsin P, 1981.
Seelye, John. *Melville: The Ironic Diagram*. Northwestern UP, 1970.
Shamir, Milette. *Inexpressible Privacy: The Interior Life of Antebellum American Literature*. U of Pennsylvania P, 2006.
Thompson, Graham. *Herman Melville: Among the Magazines*. U of Massachusetts P, 2018.
Wilson, Sarah. "Melville and the Architecture of Antebellum Masculinity." *American Literature*, vol. 76, no. 1, Mar. 2004, pp. 59–87.
Woodruff, Stuart C. "Melville and His Chimney." *PMLA*, vol. 75, Jun. 1960, pp. 283–92.
石塚則子「アンテベラム期の『リパブリカン・ホーム』――住宅建築の発展とドメスティシティの構築」『同志社アメリカ研究』第五三号、二〇一七年、一―二〇頁。
鈴木一生「Through, or Around: Herman Melville の短篇 "I and My Chimney" における隠された小部屋」『英文学研究支部統合号』第一〇巻、二〇一七年、二一―二九頁。

家政学の誕生と家庭性神話の再考
——チャイルド、ビーチャー、ストウ

城戸 光世

はじめに

元来英語で「エコノミー (economy)」という言葉は、ギリシア語で家や家庭を意味する「オイコス (οἶκος)」という語と、規範や管理運営を表わす「ノモス (νόμος)」という言葉の複合した「オイコノモス (οἰκονόμος)」というギリシア語を由来とすることはよく知られている。古代ギリシア時代にソクラテスの弟子であったクセノフォンが著した『家政論《オイコノミクス》』では、国家の最小単位である家《オイコス》の運営、とりわけ健全な家計の実践が、健全な社会の基盤の一つになると説かれたが、十九世紀アメリカの女性たちの多くもまた、自分たちの時間や労力や知力といったさまざまなエネルギーを最大限注ぐよう期待されていた〈家庭〉という私的空間の正しい管理と運営は、公的空間である社会や国家の発展に深く結びつくものとみなしていた。

現在〈家政学《ホーム・エコノミクス》〉は、教育機関で教えられる教科として確立しており、調理から裁縫まで諸々の知識や技術を含む幅広い分野の科学であるが、アメリカで一つの科学や教科として学校教育に導入されるようになったのは十九世紀以

降である。しかし家を自身や家族にとって快適な空間とし、健やかな心身を保つための場として維持管理するための具体的な知識や技術を伝授する書き物の歴史は長く、たとえば中世ヨーロッパに書かれた家政の手引も今に残っている。[1]十六世紀半ば頃からは、印刷技術の向上と相まって、手稿ではなく印刷された料理や家政についての本が多く出版されるようになり、十七世紀には、ジャーヴェイス・マーカムの『イギリス人主婦』（一六一五）など何版も重ねたベストセラー本も登場する。しかしこの時代の調理法を中心とする家政指南書は、女性向けとされていながらも、当時のイギリスの女性の識字率が五パーセントからせいぜい十パーセントであったことから、主な読者は聖職者や教養のある男性たちであったと言われている。このような家政についての指南書が数多く登場し、普及するようになるのは、やはり印刷技術と女性の識字率が格段に向上し、余暇の登場とともに読者層が拡大した十八世紀以降であった。たとえばイギリス人女性の著した十八世紀でもっとも著名な料理レシピ本と言われる『素朴で簡単な料理の技』（一七四七）は、植民地時代のアメリカにも輸入され人気を博している。その人気の高さは独立戦争後も衰えることなく、一八〇五年には同書のアメリカ版も登場し、ベンジャミン・フランクリンやジョージ・ワシントン、トマス・ジェファソンらアメリカ建国の父たちも同書を所有していたほどであった。

このように植民地時代あるいは独立後のアメリカでも、家政の手引書はもっぱらイギリスからの輸入に頼っていたものの、十八世紀末から十九世紀にかけて、とりわけ一八二〇年代頃からは、アメリカ流の生活様式や生活環境に合わせた手引書が登場するようになる。その草分けとしてもっとも有名なのは、リディア・マライア・チャイルド（一八〇二―八〇）の『アメリカの倹約家の主婦』（一八二九）[2]や、キャサリン・ビーチャー（一八〇〇―七八）と当時『アンクル・トムの小屋』（一八五二）の作者として世界的にも有名となっていたハリエット・ビーチャー・ストウ（一八一一―九六）が姉妹で共同執筆した『アメリカ人女性の家庭』（一八六九）であろう。ビーチャーは、他にも『家政論――家庭および学校における若い女性の使用に向けて』（一八四一）をはじめとするさまざまな家政や家事の指導書を著しており、自身の経営する学校で家政学を教科として初めて導入した人物であることと相まって、十九世紀でもっとも著名な家政学の権威として知られている。

　本稿では、アメリカにおけるこのような家政学の誕生と、家政手引書を著した十九世紀を代表する著名な三名の女性作家たちを取り上げ、家の健全な管理運営や日々繰り返される家事についての女性たちへのアドバイスを通じて、これらの作家たちが社会や国家の基盤としての〈家〉という私的空間をどうとらえていたのか、また当時のアメリカ社会における女性の地位や自立とこのような家事手引書との関係をそれぞれがどのように考えていたのかを検討してみたい。

一　リディア・マライア・チャイルドの家事手引書

『リディア・マライア・チャイルド読本』（一九九七）の序文でキャロライン・L・カーチャーも紹介しているように、チャイルドは、有名な感謝祭の歌の作詞家、反奴隷制運動や人種平等思想の旗手、初期フェミニストの代表的思想家、人気のあった児童向け雑誌の編集者、優れたジャーナリスト、そして『ホボモック』（一八二四）をはじめとする革新的な小説の書き手として、半世紀の間ずっとアメリカで「おなじみの名前（household name）」(Karcher, *Lydia* 1) であった。その彼女の作家としてのキャリア形成の初期にあって、その知名度と人気を広めることとなったのが、主に女性や子どもなど家庭向けに書いたいくつかの著作である。「当時彼女は自らのペンによってどんな家族にとっても十分な読み物を提供していたようだった。客間には小説を、台所には料理本を、子ども部屋には『児童選集』を」(Higginson 108) とは、チャイルドと交流があり、彼女の最初の伝記を書いたトマス・ウェントワース・ヒギンソンの弁である。彼女の作家としての評価の中で、読者の人種差別意識を揺さぶりその変革を狙った著述や、ジャーナリストとしての活動に比べ、はるかに注目度や評価が低いのが、この初期に書かれた家政学の著書であるのは確かであろう。しかしヒギンソンは、「当時アメリカの女性たちが文学に入っていくには、まずはある種の料理本の編集を経ることが必要だと思われていたようだ。高度な立場に進む前の事前準備としては完璧だったのだろう」(117) と推察している。

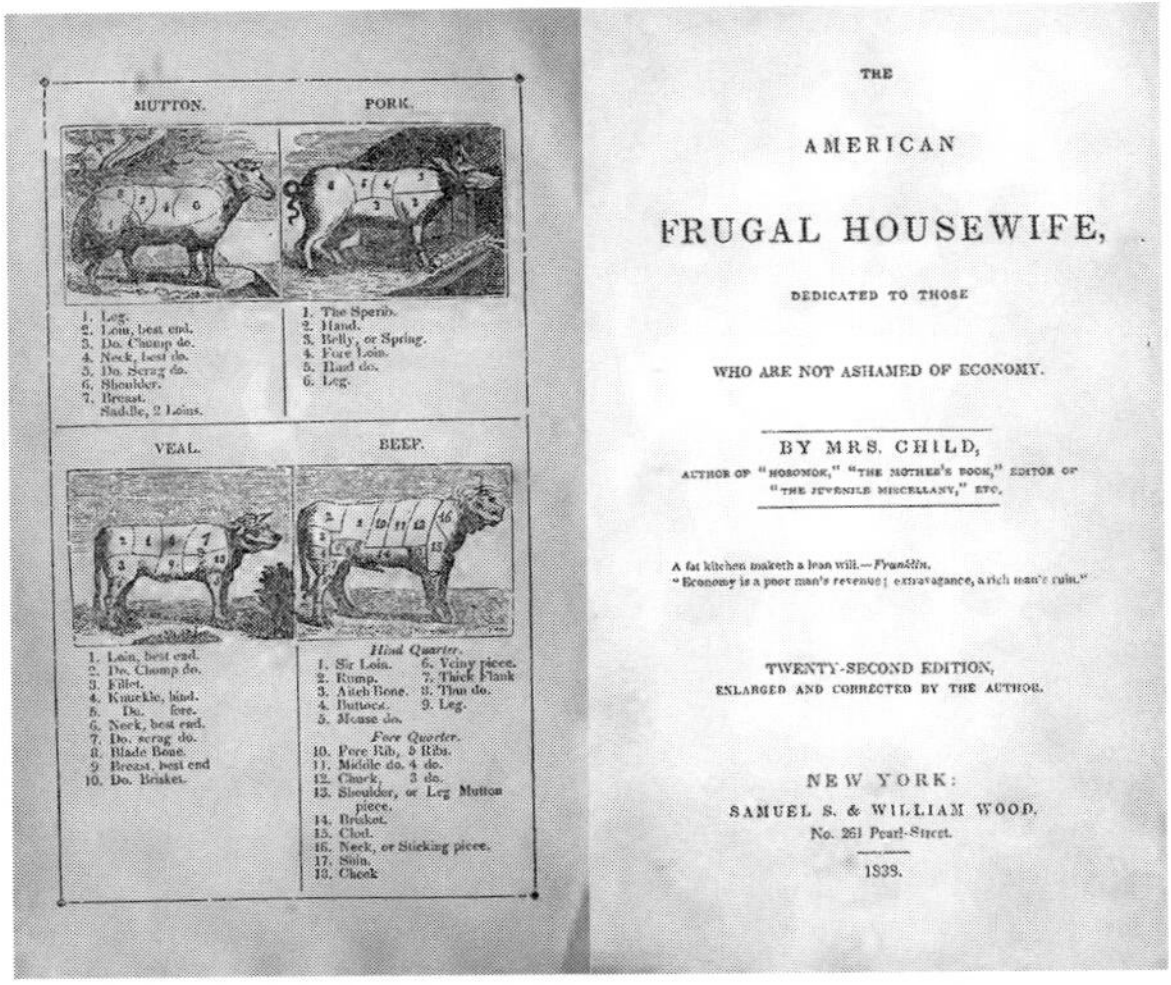

【図版1】リディア・マライア・チャイルド『アメリカの倹約家の主婦』第22版(1838)の中表紙(左)とタイトルページ(右)。中表紙の左上から時計回りに羊、豚、牛、子牛のそれぞれの肉の部位を図解している

十九世紀初頭において、このように女性作家たちの文学界への登竜門であったと考えられる料理本や家事手引書のうち、もっとも初期のアメリカ版家政書の一つとなったチャイルドの『アメリカの倹約家の主婦』は、「倹約を恥じない人たちに捧げる」とされ、ベンジャミン・フランクリンの『貧しいリチャードの暦』からの引用、「太った台所は痩せこけた意志を作る (A fat kitchen makes a lean will)」をエピグラフとしてタイトルページに掲げている【図版1】。実際この本は、貧困に苦しむ人たちに、いかにより少ないもので生き抜いていくかについて実用的な方法を提示する手引きとなっており、さまざまな肉の調理法やウェディングケーキの作り方といったいくつもの料理のレシピ以外に、洗濯や病人看護、旅行、娘への教育についての日々の家庭生活へのアドバイスから、いかに貧窮に耐えるかといった精神的助言まで、広範囲かつ簡潔に記されている。彼女のこの作品は当時非常な人気を博し、四半世紀のうちに三十版以上を重ねたと言われている。本書出版以前に先住民との異種間結婚を扱った小説『ホボモック』を出版していたリディア・マライア・フランシスは、弁護士で『マサチューセッツ・ジャーナル』の編集者でもあった八歳年上のデイヴィッド・チャイルドと、三年の婚約期間を経て一八二八年に家族の反対を押し切って結婚していた。しかし浪費家で借金をしばしば背負う夫のせいで、家庭生活が経済的に厳しくなりがちなところを、彼女の倹約精神と作家としての成功でなんとか切り抜けていたという。結婚翌年に出版した『アメリカの倹約家の主婦』には、婚姻当初の節約を旨《むね》とする実体験に基づく現実的なアドバイスが詰まっており、その冒頭は次のような一節で始まる。

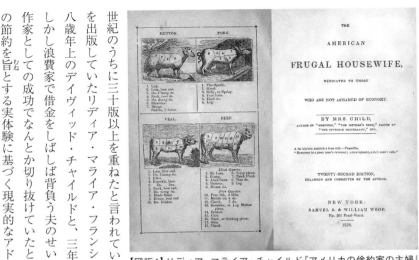

家計の真の節約とは、何ものも無駄にならないよう、すべての断片を集める技術のことです。断片というのは、素材のことでもあり、時間のことでもあります。なんらかの役に立つことができる限り、それがどんなに些細《ささい》な事であっても、何も捨ててしまうべきではありません。どんな大きさの家族であっても、どの家族の一員も、お金を稼ぐか、あるいは節約するか、どちらかに従事すべきなのです。(Child 3)

さらに「この種の本はたいてい裕福な人向けに書かれていますが、私は貧しい人たちのために書いています」(6)と断言するチャイルドは、「倹約は人を狭量《きょうりょう》で自分中心にしがちなので、低次の徳として一般に蔑《さげす》まれています」が、「真の倹約とは、博愛に仕える注意深い会計士であって、二つが結びつくところでは責任と繁栄と平安がもたらされるのです」(7)と読者に説いた。

チャイルドがこの本を執筆した一八二〇年代当時のアメリカは、独立戦争終結から数十年が過ぎていたものの、独立戦争前後の「共和国の母」(3)の概念が、新生国家における女性の重要な役割や地位を示すものとしてその影響力をいまだ揮《ふる》っていた時代であった。愛国者の娘たちは、共和主義の理想や価値観を次世代に伝える大切な役割を担うべく育てられなければならず、なにより、個人もまた国家としての政治的な独立を反映するよう、合理的で、自立し、読み書きができ、流行の気まぐれに左右されないことが求められたという。独立時にはニューイングランド植民地の男性の識字率が約八割はあったのに比べ、植民地時代を通して約四十パーセントと、独立時には男性の半分しかなかったアメリカの白人女性たちの識字率が劇的に上昇したのは、このような女性の家庭における役割の社会的重要性に対する認識の高まりによって、一七九〇年から一八三〇年頃に女性の教育が大きく発展したことが要因でもあった。

チャイルドがこの家事手引書を執筆した背景には、このように女性、とりわけ未来の「共和国の母」となるはずの若い女性たちの知識や教養を高めることへの社会的な要請と実践があった。しかしそれは、女性たちの政治参加や公的役割の向上への期待ではなく、健全な共和国市民を育て安定した社会を支える〈家庭〉という私的空間を、理性的かつ合理的に管理運営できる存在を育成するという観点からであった。だからこそ家政手引書の大きな需要が生まれたのであろう。しかし一八二〇年代までは、前述のようなイギリス版の、主に金銭的に余裕のある中流階級の白人女性向けの手引書が流通していたため、この新しい共和国の女性たちの社会的経済的状況に合った書物の出版が待たれていた。主に経済的な理由からこれら家政の手引書を出版したチャイルドは、その時流に見事に応えたと言える。カーチャーも指摘するように、彼女の家政書を支配するイデオロギーは、家庭性の礼賛《らいさん》ではなく、勤労の倫理であり、節約精神や簡素な生き方であった(Karcher, *The First Woman* 129)。

このようにチャイルドは、経済的な家庭生活に向けてのさまざまな実践的アドバイスを記す一方で、教育、とりわけ娘たちへの家庭教育の重要性にも読者の注意を向ける。チャイルドは自ら子どもを持つことはなかったものの、親交のあったマーガレット・フラーやピーボディ姉妹、あるいはビーチャー姉妹ら十九世紀前半から中葉にかけて活躍した女性作家たちと同様、学校教師として女子教育に関わった経験があった。しかしフラーやピーボディ姉妹のように教育の実践や理念に深く関わるよりも、もっぱら文筆活動を通じて、若い女性たちを啓蒙することに関心を持ち続けた。先住民や黒人、女性など、当時の社会的弱者の権利擁護に強い関心を抱いていたチャイルドは、『ホボモック』や『共和国のロマンス』(一八六七)といった小説でも示されているように、遺伝よりもその人物が育った環境こそが、その人物の人格を規定するのだと考えていた。生まれよりも育ちが重要だと認識していたからこそ、そのような環境を育む家庭教育の重要性について、より強く意識していたのであろう。この『アメリカの倹約家の主婦』でもまた、女性たちの教育に関する章が含まれている。

「娘たちの教育」と題された章は、「個人の幸せと国家の繁栄に、娘たちの教育ほど関係深い題材はありません。一国の状況と展望はその女性たちの性格から正しく推測できるというのは真実であり、それゆえ昔から言われてきたことなのです」と始まるが、そのあと、女性たちが十分な教育を受けていると言えるだろうかと問い、いくつかの例外はありつつも、今のアメリカにおいては「女子教育の一般的な状況は悪いものです」と慨嘆《がいたん》する(Child 91)。そのもっともよく見られる大きな間違いが、少女たちに結婚の重要性を強調するような教育をしていることだとチャイルドは指摘する。そして若い女性たちに現在増えつつある虚栄心や贅沢《ぜいたく》や怠惰などの大きな原因が、女性たちを役立つ存在とすべき「家庭教育の不在」(92)にあると主張したのである。当時のアメリカでは多くの女性たちが、十六歳頃まで学校に通い、卒業すると遅かれ早かれ結婚生活に入るものの、その結果、家事の効率的な方法を娘時代にしっかり学び、年長者から助言を受ける機会を失ってしまう。そこでその間隙《かんげき》を埋めるよう期待されたのが、チャイルドやそれに続く多くの十九世紀女性作家たちが手掛けた家事手引書であった。

当時の家事手引書というジャンルには、家庭はもっぱら女性の領域であり、その空間を快適に維持管理することが女性の仕事であるとみなす同時代のドメスティック・イデオロギーに迎合し、これを補強するような側面がたしかにある。しかしカーチャーも指摘するように、チャイルドの家政や教育への手引書には、「チャイルドのドメスティック・イデオロギーへの忠誠とそこからの明確な逸脱の間の緊張関係」(Karcher, *The First Woman* 146)が散見される。サラ・A・レヴィットの言葉を借りるなら、このジャンルは小説と同様「政治的なメッセージを表現する場」(一一八)でもあり、共和国市民にふさわしい道徳教育や倫理を読者に直截《ちょくせつ》に示すことのできる効果的な媒体《ばいたい》でもあった。チャイルドはその後も『母の本』(一八三一)をはじめ、家政の知識や女子教育の重要性について著述を行ない続けた。社会における女性たちの地位を向上させ、正しくその影響力を行使するために、チャイルドは家事の効率化とその重要性を説き、とりわけ当時のアメリカで男性への教育に比べ明らかに劣っていた女性の教育の大切さを主張したのである。

二　家政学の母としてのキャサリン・ビーチャー

このように一八二〇年代、三〇年代に、若い女性たちの教育に家庭運営に関する知識や十分な情報が不足していると批判したチャイルドであるが、一方ボストンやフィラデルフィアといった大都市と比べ、教育水準が低いか不足気味のニューイングランドの地方や西部を移動しながら、女性たちが学べる学校を自らいくつも立ち上げ、家庭の管理運営を〈家政学〉という教科の一つとして教育カリキュラムの一部に組み込んだのが、十九世紀でもっとも有名な家族と称されたビーチャー家の長子、キャサリン・ビーチャーであった。

『アメリカの家庭と住宅の文化史』(二〇〇二)の中でレヴィットは、ビーチャーにとっては家庭こそが、「女性という存在のすべての領域の中で最も重要」であり、「おそらく彼女ほど家庭生活に関わる執筆に知的な心を注いだ人物は、後にも先にもいないであろう」(三三)と評しているが、後に家政学に関する権威と見なされるようになるビーチャーは、自らの家庭を持つことは生涯なかった。二人の妻の間に成長した息子七人と娘四人をもうけたニューイングランドのカルヴァン派牧師の長女として、若いときは父親について家族でボストンやコネチカット州、あるいは当時まだ西部であったオハイオ州シンシナティに移住し、また後年は教師や講演者や作家としての活動の合間に兄弟姉妹や友人知人たちの家々を転々としながら、ビーチャーは一か所に落ち着いた家庭生活とは無縁の人生を送った[4]。父親であるカルヴァン派の牧師ライマン・ビーチャーは、十九世紀でもっとも著名な聖職者と称された四男ヘンリー・ウォード・ビーチャーを筆頭に、七人の息子がすべて牧師となり、成長した四人の娘——最初の妻との間にできたキャサリン、メアリー、誕生後すぐに亡くなった娘にちなんで名づけられたハリエット、最初の妻を結核で亡くした後に再婚した二人目の妻との間にできた娘イザベラ——が、それぞれ著名な作家やフェミニスト活動家となり、あるいは孫娘が有名な作家になるなど、ビーチャー家は宗教界と文学界という二つの領域で、また反奴隷制運動や婦人参政権運動などの活動家としてもその名を轟《とどろ》かせ、十九世紀でもっとも有名な一家と言われた[5]【図版2】。そんな大家族のなかでも、頑固で厳格であると同時に愛情豊かでもあった父親の影響をもっとも強く受けたのが、第一子だったキャサリン・ビーチャーである。

自らは家庭を築くことなく、生涯移動や旅を続けたビーチャーが、そもそも家庭の管理運営についての著作を著すようになったきっかけとは何だったのであろうか。学校における家政学の教科書として、あるいは一般家庭における必携書として、南北戦争後のアメリカにおいて人気を博し、何版も重ねた『アメリカ人女性の家庭』を妹と共に出版する約四半世紀前にすでに、ビーチャーは別の家政手引書『家政論――家庭および学校における若い女性の使用に向けて』（以下『家政論』）を著していた。妹と共同で出版した十九世紀アメリカを代表する家政手引書『アメリカ人女性の家庭』は、これより前に出版されたこの家政手引き書の大部分を基とし、そこに妹ストウが書いた家政に関する既出の著述も組込みながら、加筆修正して完成させたものである。『家政論』は、第一章「アメリカ人女性の特異な責任」、第二章「アメリカ人女性特有の困難」、第三章「前述の困難さへの解決策」と始まり、過小評価されがちな社会における女性の役割の重要性を主張したものであった。また家族の健康管理、健康な食べ物や飲み物、掃除や洗濯、アイロンがけといった、女性の家庭内労働を構成するさまざまな事柄について細やかな助言を与えると同時に、理想の家の建築や庭造りにいたるまで網羅した、三十七章にも及ぶ広範な家事の手引書でもあった。その副題「家庭および学校における若い女性の使用に向けて」にあるように、ビーチャーはこの本が学校の教科書としても使用されることを意図して執筆していた。その出版の目的の一つには、コネチカット州での教職を辞し、家族とともに西部の町シンシナティに移ることで減ってしまった一家の財政補塡《ほてん》があったが、一方チャイルド同様に、その執筆は経済的な理由ばかりではなかった。

【図版2】ビーチャー家。前列左から、イザベラ、キャサリン、父ライマン、メアリー、ハリエット、後列右端がヘンリー・ウォード（マシュー・ブレイディ撮影、1859）（Harriet Beecher Stowe Center 所蔵）

ビーチャーはもともと、二十二歳の時にイエール大学教授であった婚約者を海難事故で亡くし、その遺言で受け取った二千ドルを資金として、父親の助言や弟エドワードや妹メアリーの協力を受け、一八二三年にコネチカット州ハートフォードに女学校を創設していた。この学校は、十二歳以上の女子学生を対象としていたが、女性たちも男性と同様に科学や哲学を理解する力があると考えたビーチャーによって、伝統的にこれまで男子学生のみに教えられてきた数学や地理学などの自然科学や古典や弁論術が教えられており、また科学としての家庭の管理運営、すなわち家政学を、初めて教科としてカリキュラムに取り入れたことでも知られている。この学校は大きな成功をおさめ、一八三一年にオハイオ州に家族で移住することになり、ビーチャー自身もこの学校を去るまでには、教師八名に百名を超える学生数を誇る、ニューイングランド屈指の女学校の一つとなっていた。ビーチャーの伝記を著したキャスリン・キッシュ・スクラーによれば、「ビーチャーの学校は初期十九世紀の女子教育におけるもっとも重要な進歩の一つだと同時代の人たちは信じ、歴史家たちもそのように主張してきた」(Sklar 59) という。実際、いまもアメリカの女子教育におけるパイオニア、家政学運動の唱道者としてしばしば言及されるビーチャーは、しかしスクラーも指摘するように、もともと教育の実践そのものは目的ではなく手段と捉えており、才能もあり広い人脈にも恵まれた女性にとっては「より大きく包括的な努力を要する領域」(52) があると考えていた。そんな彼女が、教育の実践以上に熱意を傾けたのが、教育の理念の普及、とりわけ女性教育の重要性を広く世間に訴えることであった。

ビーチャーは、このハートフォード女学校を運営していた一八二七年にすでに、新しく創刊された雑誌『アメリカ教育ジャーナル』において、「女子教育」と題する論文を発表しており、社会のためにも洗練され教育を受けた女性が必要だと主張していた。彼女はその後移り住んだシンシナティでも、女学校を設立することになる。二つの女学校において、家政学の導入を含む革新的なカリキュラムを導入し、教育実践の経験を経たビーチャーは、自ら家政学の教科書を執筆し、この分野の権威としての自身の評判を高めることになった『家政論』を、「アメリカの女性たちが、国家の民主的制度の支援に関心を抱くべき理由はいくつもある」(Beecher 25) と主張する一文で始める。「男性に対する正しい教育は、一個人の繁栄を決定づける。しかし女性を教育すれば家族全体にとっての確実な益となる」(37) と語るビーチャーにとって、家庭生活の健全な運営についての女性たちの教育とは、学校を出たあと彼女たちが築くことになる家族の健康と幸福に繋がるものであり、それはひいては社会全体、あるいは国家の益となるものであった。

「アメリカ人女性は他のどの国の女性たちよりも高い地位と目的意識を持つだけに、困難と試練も大きい」(39)と述べるビーチャーは、一八三一年にアメリカを旅して視察したフランス人政治家アレクシス・ド・トクヴィルが描写した、西部におけるアメリカ人女性たちの苦労と決意に言及しつつ、西部に運命を試しにいく男性たちが、必ず一家に一人や二人はおり、人生の浮き沈みや移動の多いこの国にあっては、女性たちは身体的強さと健康が必要なのだとも強く主張する。実際彼女のハートフォード女学校は、屋外スポーツを奨励し、教育カリキュラムとして体育を取り入れた初の女学校ともなった。またこのような移動性の高いアメリカ社会において、落ち着けない女性たちの苦境のもう一つの治療薬こそが、「家政《ホーム・エコノミー》」の科学と実践を女学校の正規科目として導入することであるとし、これを提案したのである(51)。そこには、西へ西へと領土を広げていく新しい国家と、その国家的企てに加担する男性たちに従い西部へと移住する女性たちの苦難に向ける視点があり、それはビーチャー自身の西部移住経験とさまざまな地域への学校視察訪問における観察から生じたものであった。

一八三二年から三三年にかけてビーチャー一家はシンシナティに落ち着き、ハートフォードの女学校校長の座を退いた長女キャサリンと八歳年下の三女ハリエットのビーチャー姉妹はそこで、地元の有力な人々との交流を、当時シンシナティで社会的にも知的にも強い影響力を持っていた〈セミコロン・クラブ〉という文芸サークルを通じて行なうようになる。妹ハリエットはこのシンシナティでの交流を通して、小説家としてのキャリアを開始し、奴隷制の実態を目の当たりにし、またのちに七人の子どもをもうけることになる夫カルヴィン・ストウと出会うことになる。しかしキャサリンがこのシンシナティで開き、ハリエットも教育に取り組んだ「西部女学院(Western Female Institute)」は、一八三七年の経済恐慌の影響もあって資金不足となり、二年ほどで閉鎖となる。しかしシンシナティにいる間にも、東部のあちこちで講演に呼ばれ、西部と東部の懸け橋として、全国規模の教育改革運動のスポークスマンとなっていたビーチャーは、『家政論』において、女性たちと彼女たちの健やかな家庭経営こそが、分断された社会を癒し、苦難を乗り越える道徳的力を持つと訴えたのであった。また教職は高い道徳性を持つ女性にとってふさわしい職業であるとして、人材が不足し続ける教育のために女性教員を育成する機関、「アメリカ女性教育協会 (American Women's Educational Association)」の設立にも尽力する。しかしシンシナティの学校閉鎖後は収入手段が途絶え、いくつかの著述出版を試みるも経済的な困難に直面する。しかし一八四一年に小さな出版社から出し、翌年改訂版を別の出版社から出版し直したこの『家政論』は、出版から十五年間、毎年新たな版を重ね、ようやくビーチャーの経済的な自立を可能にした。一八四六年には料理レシピ集を追加した版が新たに登場し、こちらも一八六九年に妹ストウとの共著『アメリカ人女性の家庭』が登場するまで十四回も再版され、「アメリカの家庭の精神状態と物理的安寧《あんねい》の全国的な権威」(Sklar 151) へとビーチャーを押し上げることとなったのである。

三　『アメリカ人女性の家庭』におけるビーチャー姉妹の戦略

『アメリカ人女性の家庭』は、基本的にはビーチャーの『家政論』が核となっていたため、「家庭でのマナー」や「心の健康」といったほぼ同じ内容や題の章が大きな割合を占めている。ビーチャー自身も以前の本の「拡大版」と呼ばれる可能性を認めているが (Beecher and Stowe 20)、ストウの家政についての論考を加えたり、新しい理論に基づき書き直されたりした以外にも大きな違いがある。一八四一年に出版された『家政論』では前述のように、アメリカ人女性がおかれた現状と特有の問題点から説き起こされ、その解決策として具体的な家庭管理や運営のアドバイスと心構えが幅広く紹介されているため、アメリカ社会に住む女性たちの苦境の改善に力点が置かれていた。一方、南北戦争が終結して数年後の一八六九年に出版され、「家政学の完全な百科事典」(20) と自らが呼ぶこの『アメリカ人女性の家庭』では、書名に「アメリカ人女性の」と記されてはいるものの、むしろ対象はより拡がり、家を管理運営するという女性の仕事そのものが、いかに男性たちの仕事に比べ過小評価されてきたのかが力説され、そのことが女性たち自身の自己評価の低さにもつながっているという現状を、できる限り科学的に、実践的に改善していきたいという意図がうかがえる。その序章では、女性の苦痛の主な原因は、家族の状態(family state)をきちんと維持する義務が正当に評価されず、男性の行なう商売や職業訓練と同様の訓練が女性たちの家事の実践に対しては行なわれないことにあるとして、「女性の職は、乳幼児期や病の時など大切な時期に身体の世話や看護をし、子ども時代の感受性の強い時期に精神を鍛え、使用人たちに対し指示や管理を行ない、家族の状態の行政や経済(the government and economy of the family state)のほとんどを司ることが含まれるが、これらの女性の義務は、男性が担う義務と同じだけ神聖で重要なものなのだ」(19)と主張される。

白人中流階級の女性という限られた範囲ではあるものの、アメリカの東部や西部、戦後は南部も含めた各地域を広く旅し、『アンクル・トムの小屋』出版後は女性たちの国際的な反奴隷制運動のネットワークに深く関与し、実際にヨーロッパにも何度か赴くことで、さまざまな土地に住む多種多様な立場の女性たちに接して視野を広げたビーチャー姉妹は、分断された国家を再び一つの健全な家族的状態(family state)に戻すには、女性たちがその領域で行なう活動のすべて、すなわち家事の評価を、その労力に見合う地位へと高め、家事を担う女性もまた家族の中で尊敬される立場になることが肝要であると考えた。そのような社会の極小単位である家族と国家との強い連関は、ビーチャーの著した序文の「行政」や「経済」という言葉の使用にもうかがうことができる。またその視点や対象の広がりが如実に反映されているのが、『アメリカ人女性の家庭』で冒頭に付された「キリスト教徒の家族」「キリスト教徒の家」という二つの章である。

第一章の「キリスト教徒の家族」では、神の子でありながらも、地上では小さな村で低い身分の両親から生まれ、大工として家族を長く支え、その後人類のために磔刑《たっけい》となったイエス・キリストを自己犠牲の模範とし、「家族の状態の原則とは、より強く賢いものが、家族のなかでより弱いものたちを高め支えるために日々自らを捧げること」(24)だと語られる。そして家族こそは、「天上の王国のもっともふさわしい地上での実例であり、そのなかでは女性が主要な大臣(minister)なのだ」と述べられる。この『アメリカ人女性の家庭』のタイトルページ左横には、そのようなキリスト教徒の家族の挿画【図版3】が付されているが、この主張を視覚的に補強するかのような構図が採用されている。母親らしき女性が家族団欒《だんらん》の輪の中心にいて本を読む小さな少女を膝にのせ、一方、年かさの女の子は次世代の家族という

【図版3】ビーチャー姉妹『アメリカ人女性の家庭』(1869)
中表紙(左)の挿画

単位の担い手となるべく一人母親のそばから少し離れ、人形の世話を焼いており、母親はそれを優しく見守っているという構図である。ビーチャーは、自らが築いた家庭はなかったものの、若いときに母親が亡くなったため、義母を助けつつ十人を超える幼い弟妹の世話をし、家族を支えてきたという自負を序文で語っているが、第一章でも、「家族の状態の祝福された特権は、自分自身の子どもを育てている人たちに限るものではない。どんな女性もそのような訓練を受けるべきだが、自ら生活費を稼ぐことができる女性は、適切な資格をもった女性の仲間を受け入れることができ、その天から賜《たまわ》った影響下に、孤児や病人や家のない者や罪びとを受け入れることで、自らの家族を作ることができ、母親的な献身でもって(中略)キリストの自己滅却《めっきゃく》の模範に従うよう訓練することができる」(25)のだと論じている。

スクラーも指摘しているように、ビーチャーは女性の領域を家に限定する伝統的な見解を擁護するような議論をしつつも、その議論は詳細に見ればより複雑な様相を呈している(Sklar 135)。自己犠牲の精神をもった自立した女性を育成することに情熱を傾け、そのような女性たちが支える家という私的空間、家族という単位を、社会や国家へと接続しようとするビーチャーの議論は、〈真の女性らしさ〉神話を支持しつつも、その「制約を常に破る」(Sklar 195)側面を併せ持っていたと言えるだろう。実際に戦争の傷跡とともに各地に遺族や孤児や寡婦《かふ》が数多く存在し、分断してしまった国家を一つに繋ぐのが、キリスト教の理念に則った拡大家族であり、それを支えるのが自立した女性とされたのである。

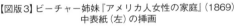

四　『アメリカ人女性の家庭』におけるストウの役割と家庭性の再考

一方、『アメリカ人女性の家庭』におけるストウの役割は、姉に比べきわめて少ないように思われるが、実際に家庭性や家政についてストウはどのような見解を抱いていたのだろうか。この姉妹の共著が出版される十七年前に『アンクル・トムの小屋』出版によって国内外で作家としての地位を確立したストウは、姉であるビーチャーに、その作家としての知名度を宣伝に活かすために共同執筆者に誘われたとしばしば見なされる。『アンクル・トムの小屋』出版後も、同じく反奴隷小説である『ドレッド』を一八五六年に、『牧師の求婚』や『オアズ島の真珠』をそれぞれ一八五九年と一八六二年に、『アメリカ人女性の家庭』出版と同年には『オールドタウンの人々』を刊行するなど、ストウは当時作家としての活動も多忙をきわめており、『アメリカ人女性の家庭』のほとんどが過去の姉の著作に依拠していることは確かである。実際ストウは執筆活動に専念するため、家事や家政や育児のほとんどを、この時期雇っていた使用人や同居の姉に頼っていたほどであった。しかしストウ自身もまた、家庭という女性特有の領域とされる空間や女性の仕事と見なされがちな家事について、多くの見解を持っていた。ストウは南北戦争中の一八六四年から、クリストファー・クロウフィールドという男性名で、『アトランティック・マンスリー』誌に「家と家庭論 (House and Home Papers)」と題したコラムを定期的に寄稿していたが、そこで彼女は、『アメリカ人女性の家庭』(二〇〇二年版)に序文を寄せたニコル・トンコヴィッチの言葉を借りるなら、「家庭性と政治とを結びつけ続け」(Tonkovich vii) た。同コラムは『アメリカ人女性の家庭』出版前に一冊の本に纏《まと》められ、ティクナー・アンド・フィールズ社によって出版された。『アメリカ人女性の家庭』には、この『家と家庭論』からの部分的抜粋が加えられており、たとえば十三章の「よい料理 (Good Cooking)」は、『家と家庭論』の第十章「料理法 (Cookery)」からかなりの文章が使われている。ただしこの著書と、『アメリカ人女性の家庭』やその他姉ビーチャーの著述との大きな違いは、作者の匿名《とくめい》性とフィクションの枠組みにある。

姉キャサリン・ビーチャーの家政学の著書では、語り手自身に作者であるビーチャーの声がそのまま反映され、作者自らが読者に語り掛けるようなスタイルが取られているとしたら、ストウの家政学の著書は、家事の得意な妻と幼い子どもたちを持つクロウフィールド氏というフィクショナルな設定をもち、男性の語り手が読者に語りかけるスタイルを用いている。このような設定にした理由はいくつか考えられる。ストウの評伝を書いたジョアン・ヘドリックは、さまざまなジャンルで執筆活動を行ない、筆一本で大家族を支え、コネチカットやフロリダに邸宅を建てるだけの経済力をストウが持てた理由に、一般大衆の好みや時流をかぎ分ける彼女の鼻の良さを挙げ、彼女が家庭という題材を男性が語る設定にした修辞的な利点は特になく、むしろそれは男性中心的な『アトランティック・マンスリー』誌に掲載され、その執筆陣に加わる「対価」であったのだろうと推測している (Hedrick 314)。一方で、男性が客間のカーペットや家計や使用人や調理について語ることで、家事や家政を女性のみの仕事としている常識に一石を投じることを意図した可能性もあるだろう。実際、ストウ自身、「アヒルが泳ぐのと同じくらい書くことが私自身の要素なのよ。帳簿をつけたり、契約を成立させたり、交渉をしたり、特にちょっとした家庭の経済といった事柄は、私にとって自然なことではないの」(Hedrick 311) と娘に語っていたこともあり、女性の領域が家庭にのみあるという通念に身をもって反論する一方、家庭に関わる事柄が男性の仕事に比べ些少であるとも考えてはいなかった。それを女性ではなく男性の語り手に語らせたところに、ストウの小説家としての工夫があるのだろう。『家と家庭論』で語り手のクロウフィールド氏は女性の家事について次のように語る。

> どれだけ多くの女性たちの魂が、家事という単なる一連の作業を行なう以上に、広く、強く、英雄的な土壌でできていることだろうかとよく耳にする。実際、単なる家事を行なうよりも、ずっと偉大で、賢く、高潔な女性たちが、数多くいるのかもしれない。しかし家庭を作り上げることに身を捧げるには、偉大すぎる、あるいは高潔すぎ、賢すぎるという女性が、どこにいるだろうか。そのような家庭からあらゆる英雄性が、啓示が、偉大なる行為が生ま

れるのだ。そのような母親や家庭が（中略）英雄や殉教者《じゅんきょうしゃ》を作ってきたのだ。(Stowe 52–53)

懐古的に古き良き家庭と簡潔さを称賛しつつも、作家としての収入をハートフォードの豪奢《ごうしゃ》な大邸宅の建築費用につぎ込み、自身は家事に向いていないと家事一切を人任せにしつつも、男性の語り手に家庭性の大切さを語らせる。家事や家庭性に対するストウの二極性や複雑さ、その多面性は、彼女の情熱的な反奴隷制運動支持と裏腹のひそかな人種主義や階級主義に通じるものでもあるだろう。しかしそれもある意味、理想主義的で頑固で一本気な姉よりも、柔軟で混《こん》沌《とん》としたストウの豊かで幅広い小説世界にふさわしい物語作家としての資質の現われとも取れるのかもしれない。

おわりに

家事手引書という十九世紀アメリカにおいて人気を博したジャンルは、家庭こそが女性のいるべき場所であるという、同時代の白人中流階級の女性たちを縛ったドメスティック・イデオロギーの一産物であり、それを広く浸透させる媒体であったのは確かであろう。また読者層の想定そのものに（使用人なしでやりくりする家事の方法を記したチャイルドは別として）、階級意識や人種主義の問題も絡んでいる。しかし三人の作家たちは、そのような家政手引書を執筆することで、まさに筆一本で自分や家族の生活を支えることを可能にしたのであり、それを社会における女性の地位向上のための効果的な思想表現の場としていった。植民地時代から南北戦争後のますます産業化が進んだ「二百年の間に、女性の家事労働は、アメリカにおける経済生活の認められた一面としての足場を失っていった」(Boydston xi) が、彼女たちは、新しい国家建設や分断した国家の再建には、それを支える健全な家庭を築き、維持することが重要であるとし、その「大臣」として賢く自立した女性を教育する必要性を訴えたのである。彼女たち自身の作家人生もまた、家庭性の制約に、ときに囚われ、ときに大きくこれを破りながら、それを超える可能性を体現していたと言えるのではないだろうか。

◉注

（1）たとえば中世ヨーロッパの日常生活を伝える貴重な歴史的資料である『中世の家庭手引書』(*A Medieval Home Companion*) は、十四世紀末のフランスにおいて、年配の夫がはるかに若い妻に向けて書いた助言がまとめられたものであり、使用人の管理からベッドの整え方やお気に入りの料理のレシピまでさまざまな家庭運営に関する助言が含まれている。小柳康子は、「料理は日々の変哲ない行為の繰り返し作業であるため、この技術を文字で伝えるテキストが書かれたのは、他のジャンルに比べて遅かった」(一二二) と述べているが、従来ほとんど存在していないとされていた中世の料理についての手稿も、十六世紀に至るまでに二十を超える数が確認されていると指摘している。

（2）『アメリカの倹約家の主婦』はもともと、一八二九年に『倹約家の主婦——倹約 (economy) を恥じない人に捧げる』(*The Frugal Housewife. Dedicated to Those Who Are Not Ashamed of Economy*) と題して出版されたが、アメリカで最初に印刷された料理本のひとつと言われるイギリス人作家スザンナ・カーターの『倹約家の主婦——完璧な女性料理人』(*The Frugal Housewife, or Complete Woman Cook*, 1765) との混同を避けるため、タイトルに「アメリカの」をつけ、『アメリカの倹約家の主婦』(*The American Frugal Housewife*) として改めて一八三二年に出版された。

（3）「共和国の母 (Republican Motherhood)」とは、愛国者の娘たちは共和主義の理想や価値観を次世代に伝えられるように育てられるべきであるとする、独立戦争前後のアメリカ合衆国に浸透していた女性の役割を示す用語である。概念自体は古くからあったが、最初にこの言葉が使われたのは歴史家リンダ・カーバーの一九七六年の論文「共和国の母——女たちと啓蒙主義——アメリカの視点」とされる。

（4）スクラーによれば、八十歳近くになってようやく引退し、異母弟の家に落ち着いたものの、退屈で不満ばかり伝える姉キャサリン・ビーチャーに対し、ストウは「少なくとも弟トムのところでようやく姉さんが落ち着いたと考えるとほっとして嬉しい」と述べ、「何年もの月日が、宛名のついていないトランクのようにさまよう姉さんの頭上を過ぎて行ってしまったわね」と書き送ったという (Sklar 272)。

（5）次女メアリーは他の姉妹と違って表に出るのを好まず専業主婦として安定した家庭を築いたが、夫となったトマス・パーキンスの間に生まれた長男フレデリックの娘、シャーロット・パーキンスはのちに作家として有名となる。一方、四女イザベラは、コネチカット州憲法を起草したことで有名な植民地時代の聖職者トマス・フッカーの玄孫《やしゃご》ジョン・フッカーと結婚するが、のちに熱心な婦人参政権擁護者として、同時代の女権活動家たちとともに活躍した。

◉引用文献

Beecher, Catharine. *A Treatise on Domestic Economy: For the Use of Young Ladies at Home, and at School*. Boston. 1841.

Beecher, Catharine E., and Harriet Beecher Stowe. *The American Woman's Home*. Edited by Nicole Tonkovich, Harriet Beecher Stowe Center. 2002.

Boydston, Jeanne. *Home and Work: Housework, Wages, and the Ideology of Labor in the Early Republic*., Oxford UP, 1990.

Child, Lydia Maria (Mrs. Child). *The American Frugal Housewife*. Boston. 1832.

Hedrick, Joan D. *Harriet Beecher Stowe: A Life*. Oxford UP, 1994.

Higginson, Thomas Wentworth. "Lydia Maria Child." *Contemporaries*. *The Writings of Thomas Wentworth Higginson*, vol. 2, Houghton Mifflin, 1899, pp. 108–41.

Karcher, Carolyn L. *The First Woman in the Republic: A Cultural Biography of Lydia Maria Child*. Duke UP, 1994.

——, ed. *A Lydia Maria Child Reader*. Duke UP, 1997.

Kerber, Linda. "The Republican Mother: Women and the Enlightenment – An American Perspective." *American Quarterly*, vol. 28, no. 2, Summer 1976, pp. 187–205.

Sklar, Kathryn Kish. *Catharine Beecher: A Study in American Domesticity*. Norton, 1973.

Stowe, Harriet Beecher (Christopher Crowfield). *House and Home Papers*. Ticknor and Fields, 1865.

Tonkovich, Nicole. Introduction. *The American Woman's Home*, by Beecher, pp. ix–xxi.

White, Barbara A. *The Beecher Sisters*. Yale UP, 2003.

小柳康子「イギリスの料理書の歴史(1)――Hannah Woolley の *The Gentlewomans Companion* (1673)」『実践英文学』第六一号、二〇〇九年、二一一―二三三頁。

レヴィット、サラ・A『アメリカの家庭と住宅の文化史――家事アドバイザーの誕生』岩野雅子・永田喬・エィミー・D・ウィルソン訳、彩流社、二〇一四年。

第Ⅲ部　南北戦争後

我が風狂の兄
——トウェインが描いたオーリオン・クレメンズ

里内 克巳

一　ライヴァルとしての兄

マーク・トウェイン（一八三五―一九一〇）ことサミュエル・クレメンズの兄オーリオンは、クレメンズ家の長男で、弟とは十年もの年の開きがある。家計という観点から見れば、若い頃の二人は、それぞれがシーソーの両端に乗っているかのような浮沈《ふちん》を繰り返してきた。父ジョンが一八四七年に死去した後、オーリオンは、クレメンズ家の財政を支える働き手となった。家族がミズーリ州ハンニバルで暮らしていた十代の頃、サムは印刷所を経営する兄に従う立場だった。だが、この仕事はやがて行き詰まり、法律で身を立てようとしたオーリオンは、一八五四年に結婚した妻モリーが暮らしていたアイオワ州キオカクに移住した。一方、一八五七年、二十一歳になったサムは、高収入の蒸気船の水先案内人《パイロット》となり経済的な独立を果たした。これで一時的に兄をしのぐ稼ぎ手となったわけだが、南北戦争が勃発してパイロットの職を棄《す》てなければならなくなる。ネヴァダ準州の政務長官となり安定した給与を約束されたオーリオンに、サムはまた付き従い、金銭的な援助を仰ぐことを余儀なくされた。

だがやがて、二人の経済的な上下関係はまた逆転する。トウェインは旅行記『赤毛布《ゲット》外遊記』（一八六九）によって国民作家としての地歩を築き、ほぼ同時期に、裕福な東部出身の女性オリヴィア・ラングドンと結婚することで、揺るぎない経済的基盤を確保した。それとは対照的に、兄オーリオンの方は政治的失脚や娘の病死など、数々の不運に見舞われた。妻モリーや母ジェインを自力では十分に養えず、有名作家になった弟からの仕送りによって生活の安定をかろうじて得る、という面目のない次第となった。それ以降、オーリオンが死去するまで、二人の経済上の関係は変わることがなかった。サムが三十歳代に入ったとき、クレメンズ家の実質的な家長としての地位をめぐる争いには、早々と決着がついていた。

二人には、文学やものを書くこと一般について共通の関心事があり、晩年まで交流は途切れなかった。だが、人生の成功者としての優越意識がトウェインにあったことは確かで、兄に言及したり登場人物として利用したりする際には、軽んじるような形で扱う傾向が見られる。『苦難を忍びて』（一八七二）は、兄に伴われて赴いた西部での生活を振り返る作品だが、そこでのオーリオンの存在は、奇妙なくらいに希薄である。続いて出版されたC・D・ウォーナーとの合作小説『金ぴか時代』（一八七三）でトウェインは、兄をモデルとしてホーキンズ家の長男ワシントンを造形している。奇矯《ききょう》な発明に夢中になり、一獲千金を夢見るこのワシントンは、夢想家で現実感覚の薄い変わり者として描かれている。若くして蒸気船事故で死んだ弟ヘンリーが、トウェインにとって自らの言動を見守る〈良心〉としての役柄を果たすのとは異なり[1]、兄オーリオンの方は作家としてのトウェインに、皮相的な影響しか与えていないように見える。

こうした初期の作品や、やはり無能な変人として描かれた晩年の自伝的文章を例外として、オーリオンの存在は、一般読者の視野からかき消されている。そのため、トウェインにとって兄は重要性を持たない存在であったのか、という印象を私たちは抱きがちだ。しかし、フィリップ・アシュリー・ファニングは二〇〇三年に上梓《じょうし》した伝記において、一般に考えられている以上にこの兄がトウェインに深い影響を与えていたのではないか、という問題提起を行なった。ファニングの伝記は丹念な史料の収集と分析による労作であり、これによって私たちは、従来のトウェイン研究で空白地帯であったオーリオンの実像を知ることができる。そればかりかファニングは、いくつかのトウェイン作品を取り上げ、新しい角度から解釈を試みている。たとえば、『王子と乞食』のトム・キャンティとエドワード王子や、『不思議な少年、第四十四号』のアウグスト・フェルトナーとその分身であるエミール・シュヴァルツなど、トウェイン作品に頻出する男性登場人物のペアに、作家と兄との関係が読み込めるのではないか、とファニングは示唆している (Fanning 220)。

本稿ではそのような業績を参考にしつつ、トウェインの未発表作品、とりわけ晩年の未発表作品『それはどっちだったか』に描かれた〈兄弟〉の関係に、金銭という点に注目しつつ立ち入ってみたい。ファニングは著作の中でこの作品についても触れているが (18, 220)、肝心のポイントを見逃してしまっている。この小説では、サム・クレメンズその人を彷彿《ほうふつ》とさせる主人公ジョージ・ハリソンと奇妙な関係を取り結ぶ、ソル・ベイリーという人物が登場する。奇矯で独特の考えを持ったこの男こそ、オーリオンをモデルに創造された人物なのである。『それはどっちだったか』がトウェインの兄を描く試みの帰着点であり、最晩年の作家の思想を形作る契機にもなることを示してみたい。

二　兄を描く試みの系譜

『それはどっちだったか』は一八九九年の習作「インディアンタウン」を基盤として同年に起筆され、一九〇六年まで断続的に書き継がれていった未完の小説である。だがさしあたって、それに先立つトウェインの兄を描く試みの系譜を辿り、その延長線上にインディアンタウンを舞台としたこれら二作品を定位させてみることにしよう。

生前に出版された小説に限定して考えると、トウェインが兄を作中人物として利用したと明確に同定できるものは『金ぴか時代』のみである。だが、視野を未発表作にまで広げると、兄を描く試みにトウェインが持続的な関心を示していたことがわかる。なかでも注目すべきものは、フランクリン・R・ロジャーズが〈ヘルファイア・ホッチキス連作〉と名付けた遺稿群である。これらは二十年間にわたって断続的に書かれてきたものだが、アルバート・ビゲロー・ペインが「大馬鹿者の自伝」と名付けた一八七七年執筆の小説は、語り手兼主人公として兄その人を正面から描いた最初の試みとして重要である。

この作品は、ボリヴァーという名を持つ十八歳の印刷工見習いの手記、という体裁をとる。南部の村で一目置かれる存在だった父が死去したことで、ボリヴァーは宗教的なものに大いに関心を持ち始め、仕事を放り出すようになる。親方の怒りを尻目に、メソジスト派に改宗して日曜学校で勝手な説教を垂れる。そんなのめり込みようだったのに、些細なきっかけで無神論者やイスラム教徒になってしまうという無節操ぶり。そのように宗教的・政治的信条を次々に取り換える人間として、ボリヴァー＝オーリオンは描かれている。以後、トウェインはこうした特異な性格を有する人物の造形に大いに入れあげ、発展させる。

ほぼ二十年後の一八九七年の八月、トウェインは「ヘルファイア・ホッチキス」という未完の小説を書いた。タイトルになっている人物は、作品に登場する勝ち気で勇敢な少女レイチェルのことである。この小説では、女性でありながら〈男らしさ〉を備えたレイチェルと、オスカー・カーペンターという十七歳の柔弱《にゅうじゃく》な若者が、対照的なペアとなるが、オスカーはオーリオンをモデルとしている。「大馬鹿者の自伝」のボリヴァーと同様にこのオスカーも、何ごとにも長続きしない移り気な若者として描かれる。この小説でオスカーの父親は、息子を評して妻に次のように言う。

「三か月があいつの限界だ——大抵の場合はな。さもなきゃ三週間か三日か三時間かだ。お前もそのことに気づいたに違いない。あいつは三を単位にして回転してるんだ——それが性分なんだ。あいつは熱情で動く人間だ。燃えるような熱情だ。勢いよく燃えあがって周囲一帯を照らし出す、三か月か三週間か三日のあいだ。それから炎は消えてしまって、あいつは別の場所に火をつける。お前も憶えているだろう、あいつは七歳でメソジストの日曜学校の人気者だった——三か月のあいだ。それからキャンベル派の日曜学校の人気者になった——三か月のあいだ。それから洗礼派——三か月のあいだ。それから長老派教会——三か月のあいだ。それからはまたメソジストの役割

に戻ってきてリストをもう一巡。さらに一巡、また一巡、その繰り返しだ。（後略）」(*Satires* 177–78)

この物語の終盤には、オスカーとその父を語り手が評する次のような文章がある。「彼と息子の間にはほとんど接点がなかった。二人の間には共感の入り込む隙《すき》がほとんど、あるいはまったくなかった。父親は教会の塔のように堅牢《けんろう》だったが、息子はその塔のてっぺんに乗っかった風見(weather-vane)のように気まぐれだった」(201)。吹いてくる風の向きに合わせて動く「風見」という語が、この引用には出てくる。トウェインは兄オーリオンをモデルにした小説作品を一八九一年にも構想していたが、やはりその際にノートブックに「風見」という言葉を使って虚構化された兄を評していた。(2)「ヘルファイア・ホッチキス」でトウェインは、同じ言葉を使って、外からの刺激によって節操なく変化するオスカーの在り様を示すメタファーとしている。先ほどの引用に見られる、「三」を単位として周期的に「回転」するオスカーの造形には、「風見」のメタファーと重ねて、外的要因には関わりなく定期的に旋回する自動人形のような特質も付与されている。〈環境的要因〉と〈生まれもっての性質〉という双方向からオスカーを造形しようとするトウェインの姿勢がここには認められる。

「ヘルファイア・ホッチキス」はロジャーズが連作と見なした最後の作品だが、実はこの小説は、やはり一八九七年に書かれた「一八四〇―三年の村人たち」と密接に関係している。この特異な遺稿は、トウェインがハンニバルの住人たちを回想し短いコメントをつけるという体裁の、物語性を欠いた原稿である。描かれる人物の名前は本名と仮名が入り混じる。人物リストの二番目が、サム・クレメンズの父親、その妻、そして子どもたちだが、「ヘルファイア・ホッキチス」と同様、この家族はカーペンターの姓を持ち、長男はオスカーという名である。冒頭部で紹介されるカーペンター判事とオスカーは、遺稿の最後でも登場する。トウェインは仮名を用いながらも、自らの父と兄について、淡々と、そして率直に描いている。遺稿は、以下のようなオスカーについての記述を最後に、断ち切れるように終わっている。

オスカー。一八二五年、ジェイムズタウンに生まれる。一八四二年あたり、十七歳の頃にセントLに行き、ウスティックの仕事場で印刷工になるべく研鑽《けんさん》する。十八歳の時、故郷の母に宛てた手紙にこう書いた。フランクリンの生涯を書いた本を熟読して、そっくり真似るようにしている。下宿ではパンと水だけを摂るようにしている。それから努めて（*Hannibal* 40　強調原文）

このように、オーリオン＝オスカーについて本格的に書こうとする手前で「一八四〇―三年の村人たち」は終わっている。「ヘルファイア・ホッチキス」との連続性を勘案すると、この遺稿が書き続けられていたならば、オスカーについてもっと紙数が費やされた可能性は高い。そう考えると、「一八四〇―三年の村人たち」も兄を描く試みの一環として捉えることができる。

以上のように概観してみると、『それはどっちだったか』の前身作「インディアンタウン」は、唐突に起筆されたのではなく、兄を描こうとするトウェインの長い取り組みの延長線上に位置していることが分かる。この作品は、舞台となる村の様子を一望する記述を最初に置き、その後は住人を一人ずつ紹介していくという構成をとる。小説らしいプロットを最初から放棄したこの作品は、小説ならざる人物スケッチの様相を呈している。このスタイルは、それに先立って書かれた「一八四〇―三年の村人たち」の構成を踏まえたものだという見方もできる。

トウェインが先行作品で描いてきた〈兄〉の描写は、「インディアンタウン」においては、ジョージ・ハリソンという人物の造形に受け継がれることになった。町の名士の息子であるジョージは、高潔であると周囲の人々に見なされ、自分でもそうだと思い込んでいる。だが彼には、政治や宗教に関わる信条をすぐ翻《ひるがえ》してしまう傾向がある――「彼はこれまで長老派《プレスビテリアン》であり、洗礼派《バプテスト》であり、メソジストであり、米国聖公会会員《エピスコパリアン》であり、不信心者であり、イスラム教徒だった。三回このコースを行きつ戻りつして、今はまた長老派教会員になっていたが、十三か月目にはまた洗礼派になる予定だった」（*Which* 161; 四一一）。ジョージの性質を伝えるこの文章は、前節で示したオスカー・カーペンターの移り気な性質を語る父の台詞《せりふ》と類似している。

このようにトウェインは「インディアンタウン」において、〈ヘルファイア・ホッチキス連作〉の延長線上で兄オーリオンを描こうとしている。だが同時にトウェインは、同じこの作品の最後の章でデイヴィッド・グリドリーなる人物に光を当て、それを通して自分自身をも描こうとしている。変えようのない粗野な性質を持ったこのデイヴィッドは、教養があり洗練された女性スーザンと結婚することで、お上品なまがいものの自己を作りあげ、それを他人に対して見せることを強いられる。この夫婦の関係が、サミュエル・クレメンズその人と妻オリヴィアとの関係に材を得ていることは、ほぼ同時期に書かれた『自伝』に同様のエピソードを見出せることから明らかである〈里内『多文化』四〇三―〇四〉。

「インディアンタウン」でトウェインは、兄を描くと同時に自身の肖像を描くという新機軸を打ち出した。ジョージとデイヴィッドとの間には血縁も交流もない。それでも両者は、対外的なイメージと真の自己像とのギャップを抱え、そこからユーモアが生じるという共通点をもつ。これまでは兄を誇張してフィクション化し、一方的にからかいの対象にしてきたトウェインだが、ここに至って初めて自分と兄の双方を同じ作品の中に登場させ、共に笑いの俎上《そじょう》に載せたのだった。

クレメンズ兄弟が虚構化されて登場することは、『それはどっちだったか』でも変わらない。ただし興味深いことに、「インディアンタウン」を基に『それはどっちだったか』が執筆される過程で、兄の肖像と弟の自画像は、互いに乗り入れ、混じり合っていく。この長編では、短編に登場したサム・クレメンズ=デイヴィッド・グリドリーは姿を消す。だがその代わりに、短編でオーリオンをモデルとして描かれていたジョージ・ハリソンは、今度はサム・クレメンズ自身の姿を投影した人物として立ち現われる。そして、兄を投影する人物として、ソル・ベイリーが新たに起用される運びとなる。次節からは、『それはどっちだったか』に描かれた、より複雑で金銭が絡んだ〈兄弟〉の関係へと目を転じてみよう。

三　人種を異にする〈兄弟〉

トウェインの長編小説のなかで、『それはどっちだったか』ほど金銭の話題が物語の前面に出る作品はない。どの場面でもほぼ必ず、登場人物や語り手が金や遺産について口にし、考えを巡らせている。とりわけて金銭に翻弄《ほんろう》される人物はジョージ・ハリソンである。ジョージはインディアンタウンの人々から高潔さを称賛される人物だが、経済的な苦境に追い込まれたハリソン家を不名誉から救い出すため、やはり村の名士であるフェアファクスの屋敷に忍び込んで金を盗み出そうとする。だが、そこで同様に盗みに入った男と鉢合わせし、衝動的に撲殺《ぼくさつ》してしまう。必死の思いで札束を奪って逃げ帰るハリソンだったが、実はその札束はすべて、父親であるアンドリューがフェアファクスにつかませようとした偽造紙幣だったことを知り、絶望のどん底に突き落とされる。

小説前半部で前景化される〈偽札〉という趣向は、プロットを駆動させる道具立てであると同時に、ジョージという裏表のある人間の在り様を照らし出す役割も果たしている。たとえば、犯罪の発覚に過剰に怯《おび》えるジョージの挙動が、高潔さの表われであると周囲の人々に受け取られてしまう皮肉は、このように描かれている――「心の細やかさは、彼の性格の特徴と皆が認めるものだったから、それが本物であること (genuineness) は疑い得なかった。そんな事実があるがために、彼への評価は弱められるのではなくかえって強められた」(*Which* 251; 一一四)。このくだりは、後続する、無実の罪を着せられても毅然《きぜん》と構えるフェアファクス〈旦那〉を目の前にしたジョージの描写と対にして読める。

ジョージは心の中で独白した。「彼がこんな姿でいるのを見るのが、身を切られるようにつらい。しかも俺が原因なのだから。もし俺が男だったら、俺は……だが俺は男じゃない――男と言えるだけの品性を備えていない」。それから彼は、お粗末なまがいもの (counterfeit) だと自分で感じるような自信たっぷりの態度で言った。「君はそんな気

持ちでいては駄目だ。私たちは君の潔白を証明しなくてはならない。解決策を見つけなくては」(252; 一一五)

"genuineness" や "counterfeit" といった、紙幣や貨幣の真贋《しんがん》にも適用できる語を使ったこれらの引用部で、ジョージの人格は、高い額面で流通している偽造紙幣と等価であるかのように捉えられている。この作品に先立つ一八九九年に、トウェインは中編「ハドリーバーグを堕落させた男」を発表しているが、そこでもメッキを施した贋金《にせがね》が、高潔さで名高い町のお偉方たちの〈嘘〉を暴き出す小道具として使われていた。『それはどっちだったか』での〈贋金〉の主題は、この中編での趣向を発展させたものだと言える。

生ける〈贋金〉と化したジョージはまた、自分に降りかかった災難を巨大な〈負債〉と見なす発想も根強く持つ。『ヴェニスの商人』を踏まえた彼の独白は、その典型だ——「最初に犯した罪の小ささには不釣り合いなほどの災厄《さいやく》の多さだ。ああ、〈道徳律〉よ、お前は厳しい高利貸しだ。数あるシャイロックたちのなかでもとびきりのシャイロックだ。お前は胸の肉を百倍も多く取り立てようとする!」(235–36; 九一)。自分を襲う数々の悩みごとを検討し、その果てに「取引終了 (close the account)」(267; 一三八) を宣言したいとジョージは切望する。

彼の願いは、メンフィスに住んでいた伯父が死に、その遺産が転がりこんでくるという報《しら》せによって叶えられそうになる。ところが作品の終盤では、かつてハリソン伯父に惨《むご》い仕打ちを受け、白人種に対して復讐の念を抱くようになった混血男ジャスパーが登場し、ジョージを恐喝して自らの意に従わせる。そのジャスパーは、莫大な富を獲得する過程でハリソン伯父が自分を踏み台にしたことを、一種のクレジット(つけ払い)と見なし、その取り立てに異常な執念を燃やす——「下劣で卑しい白人種への勘定書き (bill) は長いぞ。それをお前は清算する (*settle*) ことになるんだ」(415; 三七三—七四、強調原文)。ジョージが抱える〈負債〉が極限に達し、幽霊 (spectre) のような存在 (423; 三八六) に変えてしまうところで、『それはどっちだったか』は終わる。

人生の浮沈を金銭的な発想に還元する傾向を共有するジョージとジャスパーは、互いに対を成す。ファニングが示唆するように(220)、この二人の登場人物に、かつて経済上のライヴァル関係にあったサミュエル・クレメンズと兄オーリオンとの関係を読み込むことは可能だろう。ジャスパーはハリソン伯父とその女奴隷との間に生まれた非嫡出子《ちゃくしゅつし》であり、間接的ながら、ジョージと血のつながりを持っている。血縁では従兄弟の関係を結ぶ二人は、遺産の継承権をめぐるライヴァル同士なのだ。

ジョージとジャスパーの〈兄弟〉関係は、物語内の遺産が持つ伝記的な含みに注目することで傍証《ぼうしょう》することもできる。奴隷たちを酷使して大農園を経営していたハリソン伯父。彼が遺した四万五千ドルの財産は、この小説においてさまざまな人々の垂涎《すいぜん》の的となる。これは多層的な意味を担った遺産である。筆者はかつて別の論考において、ジョージとジャスパーとの人種的な差異と、作中で扱われる奴隷制の問題に着目し、アメリカ合衆国が黒人を奴隷として使役することによって蓄積してきた富の寓意として、ハリソン家の資産を捉えた(里内『多文化』三九一)。

ハリソン伯父の遺産は、そのように国家的レベルでの解釈を許容する。しかしまったく同時に、書き手トウェインとその家族との関係をめぐる、きわめて私的な文脈から、この遺産を理解することも可能なのだ。よく知られるように、トウェインの父親は、子孫の将来の繁栄を願って、一八二〇年代に二東三文でテネシー州フェントレス郡にある広大な土地を購入した。(3) 〈テネシーの土地〉として知られるこの父の遺産は、息子であるサムとオーリオンには何の収益ももたらさず、かえって兄弟間でのいさかいの原因となった。父の死後にこの土地の法的所有者となったオーリオンは、期待に反して値上がりしない土地を売ろうにも売れず、資産税を払い続ける。そんな態度に業を煮やしたサムが兄に対して〈テネシーの土地〉の換金化を迫った事実が、一八六六年五月二十二日の書簡などからうかがえる(*Mark Twain's Letters* 341)。『それはどっちだったか』においてハリソン伯父の遺産をめぐるライヴァルであるジョージとジャスパーは、父の遺《のこ》した土地をめぐって対立するクレメンズ家の兄弟と重なり合う。

この問題と関連して、主人公ジョージ・ハリソンには、「ルイジアアナ・パーチェス」という、土地売買に絡んだ奇妙なミドルネームがあることも注目に値する。ルイジアアナ・パーチェスとはもちろん、一八〇三年に合衆国がミシシッピ川以西の広大な土地をフランスから購入し、領土を大幅に拡張した出来事である。トウェインはジョージという人物を造形する際に、潜在的なレベルで合衆国の領土との連想がはたらくように仕組んでいる(里内『多文化』三九〇)。その作家の想像力のなかで、自国がナポレオンから驚くべき安値で買い取った広大な領土は、自分の父が購入した〈テネシーの土地〉と重なり合っていたのではないだろうか。二つの土地は公的か私的かという性質の違いこそあれ、どちらも子孫の繁栄を見越してとびきりの安値で購入されたという共通性がある。しかし、それらの土地がその後の子孫にいかなる恩恵をもたらしたか——。トウェインがアメリカという国家と、父が遺した土地の双方に関して発したそのような自問と、その応答として湧きあがってくる苦い思いを、私たちはこの小説に読むことができる。

四　もう一つの兄弟関係

『それはどっちだったか』のジョージとジャスパーには、クレメンズ兄弟の関係が読み取れる。だがジョージにとって、〈兄〉と見なせる人物はもう一人いる。それが、物語の途中から姿を現わし、主人公ジョージのお株を奪うくらいの存在感を示すようになるソル・ベイリー、別名ハムファットである。この人物についてファニングが言及していないのは実に奇妙だ。なぜなら、『金ぴか時代』や「大馬鹿者の自伝」「ヘルファイア・ホッチキス」などに彼が認めたオーリオンの肖像に、ソル・ベイリーのそれは合致しているのだから。小説内でソルが初めて紹介される際のくだりを引用してみよう。

魅惑的な金額を耳にして、ハムファットの口によだれが湧きあがった。自分のお粗末な服に視線を彷徨《さまよ》わせながら、彼はため息をついた。ハムファットは揺りかごにいた時分から失敗者だったから。この世に生まれ落ちたのは神の計らいではなく偶然なのだと思いたくなるような、哀れな人間たちの一人だった。落ち着きがないこと、水のごとし。

何にでも挑戦してみるけれども――他人を犠牲にしてであるが――何に対しても適性がないし、一度たりとも成功したことはない。（中略）そして――ひと口で言うならば――こうした人間は、名前を付けることのできるあらゆる無価値な特質（間違った使われ方をすると無価値になる特質）で、はちきれんばかりになっている。言い換えると、こうした人間は空虚をめいっぱい抱えている。そして本人はそのことに気づかないのだ。（276; 一五二―五三）

生まれついての夢想家。ぼろ儲けをするため、さまざまなことに手を出すが、長続きせず失敗して、貧しい生活から抜け出せないでいる男。そして自らの愚かさや滑稽《こっけい》さには洞察が及ばない男。トウェインはソル・ベイリーをそんな人物に仕立てている。こうしたソルの性質は、ワシントン・ホーキンズ、ボリヴァー、オスカー・カーペンターなど、トウェインが描いてきた兄オーリオンの肖像の特徴に一致する。

政治的・宗教的な主義主張を次々に翻すという、戯画化された〈兄〉に共通する性格もソルは有している。たとえば、オーリオンが一日で支持政党を共和党から民主党へ、そしてまた共和党へと鞍替《くらが》えして人々を翻弄《ほんろう》するエピソードが、『自伝』の一九〇六年四月六日口述分にはあるが（*Autobiography* 42）、これはほぼそのまま、ソルの奇矯な性格を語り手が説明するくだりで利用されている[4]（*Which* 343–44; 二六〇）。また、そのような彼の節操のない性質を指して、作中人物の一人であるサイモン・バンカーが、「あの回転木馬、あの風向計（**weather-vane**）、あの精神の売春婦、あの宗教や主義を遠慮なしに投機売買する男！」（363; 二九〇）と独白していることも注目に値する。ここで出てくる、風向計や風見鶏を意味する"**weather-vane**"という語は、先述したように、「ヘルファイア・ホッチキス」でのオスカーの性質を表わすキーワードだった。そうした点から考えても、『それはどっちだったか』でトウェインが兄を意識して描いたのは、ジャスパーではなくソルの方であると言える。

そして、ソルもジャスパー同様、ジョージの手に渡るべき遺産を手にしようと陰謀を企む人物であることを忘れてはならない。ただし、ジャスパーがジョージを罠にかけて責め苦を与えるのに対して、ソルのジョージへの接し方は遥かにもってまわったものである。まず、ハリソン伯父にはかつてミリケン夫人という家政婦がいたが、これが実は伯父の隠し妻であり、遺産の本来の受け取り手であるにもかかわらず不当に排除されている、という前提をソルは勝手に作りあげる。その〈相続人〉ミリケン夫人を探し出し、首尾よく遺産を獲得できるよう援助することで、遺産のいくばくかを手数料としてもらい受けようと彼は考える。その妄想的な考えを餌にして、彼は自堕落な若者アレン・オズグッドを説得し、捜索員としてメンフィスに送り込む。アレン自身にも遺産の分け前を約束し、かつ調査費用も与える。この謀《はか》りごとは、過去にミリケン夫人と接点を持っていたバンカーや、夫人の息子テンプルトン・ガニングといった男たちをも巻き込み、ソルは彼らに対しても同様の金銭的関係を結ぶ。

だが、妻アンとの貧乏生活を耐え忍ぶソルにとって、これらの男たちに渡す〈経費〉は懐《ふところ》に響く。その彼が頼りにするのが、遺産をだまし取ろうとする当の相手のジョージである。ジョージはソルに吹き込まれて〈ミリケン夫人＝相続人〉説を信じ込んでしまい、財産相続の話がふいになることに怯える。自らの経済的窮境《きゅうきょう》を涙ながらに打ち明けたジョージに対してソルは、夫人が遺産を請求しにやって来るのを阻止することを約束する。そのお礼として、ジョージは二週間につき百ドルの〈給料〉をソルに約束する。

このようにソルはジョージに巧妙に取り入り、相手がもらうべき遺産をかすめ取ろうと画策する人物として描かれている。ジョージがソルと取り結ぶそのような金銭関係には、不如意《ふにょい》な暮らしを営んでいた兄夫婦を経済的に支援するため、トウェインが定期的に仕送りをしていたという伝記的事実が反映されている。しかしここで留意しておきたいのは、『それはどっちだったか』執筆時のトウェインは、かつてのように、一方的に兄を見下すような態度をとりえなかった、ということだ。ペイジ植字機への投資に失敗し、経営責任を負っていたチャールズ・L・ウェブスター出版社も破産することで、一八九〇年代のトウェインは自らも莫大な借金を背負い、経済的な窮境に追い込まれた。スタンダード石油会社の副社長ヘンリー・H・ロジャーズの支援を受け、また借金返済のため、世界をめぐる講演旅行を行なうことを余儀なくされた。経済的な辛酸《しんさん》を嘗《な》めた作家の経験は、その後に書かれた『それはどっちだったか』の隅々にまで影を落としている。だからこそ、トウェイン自身をモデルにしたと思《おぼ》しき主人公ジョージ・ハリソンもまた、金に憑依《ひょうい》され、それを失うことを過剰に恐怖する人間として描かれるのである。

先述したように、『それはどっちだったか』でのジョージとソルの二人は、その前段階の習作「インディアンタウン」では一人の人物に統合されていた。書き直しを経て独立した二人の人物となった後でも、経済的な苦境から這い上がりたいという望みを抱くその一点で、両者は対立するよりむしろ共振する部分を持つ。その際に発揮される捩《よじ》れた論理にも接点がある。

たとえば、利子(interest)をめぐって展開される二人の考えを並べてみよう。物語の序盤(第五章)で、水車小屋に放火して保険金をせしめる計画を阻まれたジョージは、フェアファクスの屋敷に忍び込んで金を奪おうと決意するが、その際に、後で利子をつけて返してやるからこれは盗みではない、と自らの行為を正当化しようとする——「そう、利子も払ってやる——最後の一銭までけちらずに利子を返してやろう。支払われる額より少なめにではなく、むしろ多めに返してやっていい。そして十二パーセントで——俺は十二で返してやるから——この投資なら、今のこの時勢にあいつがどんなところに金を預けたって、二パーセントはお得になるってものさ」(225; 七六)。実際には盗みであるものを「投資」であると自らに言い聞かせる際に、「利子」は良心をなだめる役割を果たす。同様のことが、兄であるベイリー牧師から金をもらい受ける際に、ソルがひねり出す屁理屈にも当てはまる。

ハムファットが兄に頼って生活する方途《ほうと》は、彼自身の言葉を使えば「金を借りる」ことだった。もっとも、これまでずっと一度たりとも返さないできたのに、どうして「借りる」などという言葉を使うのかは、彼自身の秘密だった。しかし、彼に対して公正な見方をすれば、「借りる」という言葉を正当化できるそれなりのもっともらしい理由は実際にあった。なぜなら、金を借りる時に彼はいつもすぐ、その三か月分の利子を払えるだけの金額を差し引いて、それを送り返し、受取証にサインしてもらったから。そして彼はずっと利子を払い続け、最終的には元金を返済するつもりでいた。だがいつも、神様のご意志が逆にはたらいていることに気づき、彼なりに断腸の思いで諦めてきたのだった。(277; 一五三)

実質的には「盗み」である行為を「借りる」と再規定して登場人物が自己正当化を図る場面は、『ハックルベリー・フィンの冒険』(一八八五)や『まぬけのウィルソン』(一八九四)などに見出せる。『それはどっちだったか』では、自らの良心を満足させるための理屈ならざる理屈を支えるうえで、利子というものが活用されている。そんなこじつけめいた発想をする点で、ジョージとソルは似た者同士だと言える。

とはいえ、ジョージの場合、ここに例として挙げた自己正当化の論理は、殺人を犯した後は効力を持たなくなり、彼は作品の最後まで罪悪感に苛《さいな》まれ続ける。一方のソルは、ずっと上手に自らの良心をなだめ、手なずける術《すべ》に長けている。その意味でソルは、ジョージにとって〈敵〉でもあり〈友〉でもあるという両義的な役割を担う。彼はジョージの金をかすめとろうとする後ろ暗い動機を持ちながら、同時に、悩めるジョージを救いへと導く潜在力を持った人物である。トウェインは兄をモデルにしたこの人物に対しては、必ずしも否定的な描き方をしておらず、むしろ愛着さえ抱いているようなのだ。

五　軽蔑と親愛の間

誘惑に抗うための人格を形成するためには、誘惑に屈するという試練を経なければならない——そんな奇怪な持論をジョージの父アンドリューが生前に持っていたことを、ここで思い出してみよう。『それはどっちだったか』という作品は、〈父〉のこの教えに対して、互いに血縁のない〈兄弟〉が反応した、その顚末《てんまつ》を見届ける物語だという読み方もできる。金という誘惑の試練にさらされ、実の息子のジョージはあっけなく人格を崩壊させてしまった。一方、ソルも同様の試練にさらされた過去を持つが、その結果はジョージと異なる。

「彼［アンドリュー］の意見は正しいですよ」と〈低能哲学者〉［ソル］が遠慮を示さず言った。「私は世間と人生についてては経験を積んでいますから、彼が正しいって分かるんです。若い頃に、私も誘惑されました。そして屈しました。そのことを悔やんではいません。そのおかげで今の自分があるんですから。本当に感謝していますよ」（279; 一五七）

ソルが過去にいかなる誘惑の試練に直面したのかは、詳《つまび》らかにされないものの、彼はその試練に屈することによって新たな人生哲学を身につけ、特異な人格形成をしたとされる。その意味でソルは、老アンドリューの思想の継承者たる資格を持つ。その立場から彼は、自らの良心に苛まれるばかりのジョージを救済し導く役割を果たすことができる。一般に信じられている〈道徳感覚〉なるものが、根拠のない幻想に過ぎないこと。人間が選択しうるあらゆる行動には利己的な動機が潜んでおり、純粋に自己犠牲的な行動などないこと。そのような持論によってソルはアレンの良心をなだめすかし、自らの陰謀に引き込む（第十三章）。さらにソルの議論は、相手役をジョージに代えて第十七章でも反復される。この時のジョージは、他の動物とは異なり〈道徳観念〉を唯一持つ存在である人間の気高さを称揚する立場をとるため、二人の議論は、人間の本質をめぐって正反対の立場をとる論者がぶつかり合う本格的なものになる。この議論は、途中でジョージが眠りこけてしまうため決着がつかずに終わるのだが、ともあれ章の結末で箇条書きによって示されるソルの人生哲学（384; 三二三―二四）は、『それはどっちだったか』の主題上の核心部となっており、それはトウェインが匿名で一九〇六年に出版した『人間とは何か』においても展開されていく。

当時としては過激な思想の書である『人間とは何か』は、老人と若者との対話から成る作品で、『それはどっちだったか』での同様の対話と突き合わせると、ソル・ベイリー＝老人、そしてジョージ・ハリソン＝若者という照応関係が認められる。『人間とは何か』で虚無的な〈人間機械論〉を披露する老人が、トウェイン晩年の思想の代弁者であることは疑い得ない。しかし、この作品の小説版とも言える『それはどっちだったか』の登場人物の由来を考慮してみると、トウェインが『人間とは何か』で登場する老人と若者に、兄オーリオンと弟である自分をそれぞれ重ねている可能性が浮上する。つまり両作とも、兄を自らの特異な思想の代弁者として振り当てていることになる。そこに私たちは、創作者としてのトウェインが兄に対して抱いていたある種の敬意を見出すことができないだろうか。

このように、オーリオン・クレメンズを作品内で扱おうとするトウェインの取り組みの軌跡を辿り直してみると、蔑みだけでは終わらない兄への関心が作家のなかに持続していたことが了解される。そしてオーリオンがこの世を去り、自らも深刻な経済的窮地に陥った晩年期になって、遅まきながらも兄に対して、トウェインは一定の理解を示すようになったのではないか。作品に描き込まれた兄弟の肖像を検分すると、時にそりの合わなかった二人の間に流れた負の感情だけでなく、親愛の情も見出せる。そこに注目することで、晩年におけるトウェインの人と作品をより良く理解する展望が拓《ひら》けてくるだろう。

●本研究はＪＳＰＳ科研費 JP16K02490 の助成を受けたものである。

●注

（1）サムと同じくパイロット見習いだったヘンリー・クレメンズは、蒸気船のボイラー爆発で一八五八年六月に死亡している。弟の悲劇的な死が作家トウェインに及ぼした影響については、拙論「川で起きた悲劇」を参照。

（2）トウェインの遺稿集『諷刺とバーレスク』において編集を手掛けたフランクリン・R・ロジャーズのコメントを参照（*Satires* 169）。

（3）〈テネシーの土地〉として知られる一族の地所を小説や回想録のなかで扱う際、トウェインは実態とずれた印象を読み手に与えようとしている。この点に関しては、ロレンス・ハウによる実証的な研究を参照（Howe 27–28）。

（4）『それはどっちだったか』に登場する人物たちのモデルについては、拙論「改訂される事実とフィクション」において詳細に論じた。特に七九―八四頁を参照。

◉引用文献

Fanning, Philip Ashley. *Mark Twain and Orion Clemens: Brothers, Partners, Strangers*. U of Alabama P, 2003.

Howe, Lawrence. "Narrating the Tennessee Land: Real Property, Fictional Land, and Mark Twain's Literary Enterprise." *Mark Twain and Money: Language, Capital, and Culture*, edited by Henry B. Wonham and Lawrence Howe, U of Alabama P, 2017, pp. 16–38.

Twain, Mark. *Autobiography of Mark Twain, Volume 2*. Edited by Benjamin Griffin and Harriet Elinor Smith, U of California P, 2013.

―――. *Hannibal, Huck & Tom*. Edited by Walter Blair, U of California P, 1969.

―――. *Mark Twain's Letters, Volume1: 1853–1866*. Edited by Edgar Marquess Branch et al., U of California P, 1988.

―――. *Satires and Burlesques*. Edited by Franklin R. Rogers, U of California P, 1967.

―――. *"Which Was the Dream?" and Other Symbolic Writings of the Later Years*. Edited by John. S. Tuckey, U of California P, 1966.（『それはどっちだったか』里内克巳訳、彩流社、二〇一五年）

里内克巳「改訂される事実とフィクション――マーク・トウェインの未発表小説『それはどっちだったか』の来歴を探る」『言語文化研究』第四三号、二〇一七年、七七―九六頁。

―――「川で起きた悲劇――マーク・トウェインは蒸気船事故をどう描いたか」『言語文化研究』第四六号、二〇二〇年、一二五―四二頁。

―――『多文化アメリカの萌芽――19～20世紀転換期における人種・性・階級』彩流社、二〇一七年。

親密圏のジェイムズとボサンケット
——タイプライターのエコノミーと書くことへの欲望

中村 善雄

はじめに

キャロリン・マーヴィンは現代メディア史の始まりを十九世紀後半に実用化されたメディアに求めた。そのメディアの一つが、ワープロ、パソコンと打鍵《だけん》による文字入力の歴史の中で、その原型を成すタイプライターである。現在パソコンに使用されているキーボード配列も、タイプライターの父であるクリストファー・レイサム・ショールズが発明した“QWERTY”《クワーティ》配列を継承したものである。その配列の仕方には異論があるものの、文字配置を体系化し、打鍵による文字入力を自動化したことは、書字行為の経済化《エコノミー》／統制と言える[1]。

タイプライター登場以前、書字に関わる仕事、つまり速記者、秘書、植字工や製本工などは男性の領域であった。特殊な記号で書き表わす速記や、インクの濃淡に注意を払い、文字と文字を流麗《りゅうれい》に繋げていく筆記体の手書き文字は特別な訓練を受けた一つの術であった。対して、女性は編針によって織物《テクスチャ》を紡ぎ出し、タイプライターの発明以前、男女は異なるテクストを編んでいたと言える。しかし、女性がタイプライターを手にしたことで、男性による書字独占の

【図版1】ショールズ・アンド・グリデン・タイプライターを前にした女性タイピストの広告(『サイエンティフィック・アメリカン』1872年8月10日)

時代は終焉《しゅうえん》を迎える。イヴァン・レイコフが、ピアノとタイプライターの類似性を論じ、後者を“literary piano”(Raykoff 169)と称するように、世界で初めて商業的に成功を収めたショールズ・アンド・グリデン・タイプライター、すなわちレミントン・ナンバー1のキーボードはピアノの鍵盤をモデルとしていた。それゆえ、ピアノで培われた手さばきはタイプライターの打鍵に有利に働き、特に女性の器用な指使いが注目されたのである。一八七二年にアメリカの科学雑誌『サイエンティフィック・アメリカン』に掲載された広告はそれを如実に物語り【図版1】、同時に若い女性がタイプライターの担い手となることを伝えている。タイプライター生産を担ったE・レミントン・アンド・サンズ社が当時ミシン製造で知られた会社であったことも、女性と織物とタイプライターの親和性を後押ししていよう。

このように女性の器用な指さばきが書く技術へと転用されることで、男性が占有していた書字の世界は女性の侵略を許すこととなった。フリードリヒ・キットラーがタイプライターは「書く者の性を転倒させる」(二八四)、「機械による自動筆記は、古典的な尖筆による男根ロゴス中心主義を無効にしてしまう」(三一六)と述べるように、タイプライターは書字行為の脱ジェンダー化をもたらしたのである。速記者よりも安く雇用でき、速記と同等あるいはそれ以上のスピードで文字入力をし、修飾的な筆記体の文字とは異なり万人に読みやすい文字を生み出すタイプライターの需要は急激に高まった。タイプライターは書字の統制《エコノミー》を図ると共に、時間と費用の節約《エコノミー》をもたらす媒体となったのである。書くことの脱ジェンダー化は、同時に女性の解放と、労働市場への女性の参入と彼女たちの経済力の伸長を促した。アメリカにおける速記者とタイピストの男女比における女性の割合は、一八七〇年には四・五パーセントに過ぎなかったが、一八八〇年には四十パーセント、一八九〇年には六十三・八パーセント、一九〇〇年には七十六・七パーセント、その後も女性が占める割合は増し、一九三〇年には九十五・六パーセントに達し、女性の寡占《かせん》状態が形成された(Davies 178)。結果、タイプライターはタイプする機械とタイプする女性の両方を意味し、この語は女性によって専有され、逆にジェンダー化されたのである。

一　作家の親密圏への参入と書くことの男女協同性

書字の統制《エコノミー》と費用の節約《エコノミー》を可能にしたタイプライターがオフィス・シーンの日常的光景になったのは必然の事象であった。と同時に、機械／人としてのタイプライターが書字を生業《なりわい》とする作家の親密圏の一員として加わったことは想像に難くない。新し物好きのマーク・トウェインが書くことの経済化《エコノミー》・効率化を求めて、最初の実用的タイプライターであるレミントン・ナンバー1を所有し、一八八三年には『ミシシッピの生活』の原稿をタイプライターで執筆したことは有名である。

トウェイン同様、同時代にタイプライターによる口述筆記を積極的に行なった作家としてヘンリー・ジェイムズ（一八四三―一九一六）が挙げられる。ジェイムズは長年の作家生活から職業病ともいえる右手首のリウマチに一八九七年から悩まされた。そこで兄ウィリアム・ジェイムズの勧めもあり、以後自筆による執筆を断念し、口述筆記による創作に切り替えている。と言っても、最初に雇われた筆記者は、女性ではなく、大人しいスコットランド人の男性ウィリアム・マッカルパインであった。この男性筆記者は速記術を駆使し、作家の口述を速記して、それからタイプライターで清書する方法を取ったが、これには不便さが伴った。特殊な記号・略語を使う速記は、口述者による即時的な確認を不可能にし、タイプライターによる文字起こしまで、速記者がジェイムズの言葉を「占有」するからである。ジョン・カルロス・ローは、この略語を用いた速記が、電報技手によって文字メッセージがモールス信号に変換・符号化される電信と類似している点に着目し、中編小説「檻の中」(一八九八)にて、電信を依頼する顧客が抱く心理的不安をジェイムズ自身が共有していたと指摘している(Rowe 157)。同時にジェイムズは、「彼はあまりにもばか高く、常に私の生活と経済においてあまりにも場所を取り過ぎている。半分[の賃金]でかなり有能な若い女性を確保することができる」(Edel, *Master* 91)と、この男性筆記者を雇う費用についても愚痴《ぐち》をこぼしている。

経済的負担が大きく、タイプライターによる直接の打ち込みより遅いマッカルパインの手法は、ジェイムズにとって最適な選択とはいえず、一九〇一年四月にはこの男性速記者との契約を解消している。代わりに彼の希望どおり、前任者より安い賃金で雇い入れた若い女性タイピスト、メアリー・ウェルドを創作の相棒とした。この男性速記者から女性タイピストへの交代は、前述した、書字産業における男性から女性への担い手の移り変わりを如実に反映していよう。以後、ジェイムズにとっての執筆活動はタイピストとの男女協同の作業と化したのである。

ロンドンのメアリー・ペサブリッジ秘書事務所から派遣されたウェルドは、イギリスにおける最も初期の女子教育機関の一つであるチェルトナム・レディーズ・カレッジで教育を受けた女性である。ジェイムズは兄ウィリアムに宛てた手紙で、「マッカルパインの女性後継者は彼より良いです。そして節約《エコノミー》です!」(Edel, *Master* 94)と、費用面での利点を強調している。ウェルドはジェイムズのタイピストとして、彼の後期三部作『鳩の翼』(一九〇二)、『使者たち』(一九〇三)、『黄金の盃《さかずき》』(一九〇四)の口述筆記を行なったが、一九〇五年から六年かけてのジェイムズのアメリカ再訪時にウェルドは結婚し、二人の協同作業は終わりを迎えた。そこで、ジェイムズはペサブリッジ秘書事務所に再度新しいタイピストを打診することとなる。

ウェルドの後任タイピストが本稿で中心に扱うセオドラ・ボサンケット(一八八〇―一九六一)である【図版2】。彼女は一八八〇年生まれで、父方の家系には、哲学者バーナード・ボサンケットや科学者にして音楽理論家であったロバート・ホルフォード・マクドウォール・ボサンケットがいる。母親はダーウィン家の出で、博物学者ウィリアム・ダーウィン・フォックスの娘であり、ウィリアムの従弟が進化論で有名なチャールズ・ダーウィンに当たる。教養ある家庭の出身であるボサンケット自身、当時の女性としては十分な教育を受けており、前任のウェルド同様チェルトナム・レディーズ・カレッジを経て、さらにユニヴァーシティ・カレッジ・ロンドンにて理学の学位を得ていた。その後、ペサブリッジ秘書事務所に一九〇七年に登録し、自ら志願して、週給二十五シリングでジェイムズのタイピストとして働くことに決めた。そのためサセックス州ライに引っ越し、ジェイムズが住むラムハウスからわずか三十メートルほどの距離のホランド夫人宅に下宿することとなった。

二　機械／人としてのタイプライターの効用

女性タイピストとの協同作業は問題なく進んでいったが、一方で彼の親密圏に新たに加わった女性に対してジェイムズが警戒心を募らせていたことは注目に値する。マーク・セルツァーによると、メアリー・ウェルドは口述筆記の間、自らが「機械の単なる一部」であったことを、セオドラ・ボサンケットは「心をもたないタイピスト」であったことを述懐している (Seltzer 195–97)。ジェイムズが彼女たちを「秘書」(secretary) とは呼ばず、「筆記者」(amanuensis) と称することに固執したことも (Rowe 163)、ジェイムズのタイピストに対する危惧を如実に反映しているであろう。というのも、「筆記者」の原義は *OED*（『オックスフォード英語辞典』）によると、「手書きに勤しむ人 (slave at hand)」であり、この語は純粋な筆記行為への特化を印象づけると共に、slave が使われているように、口述者と筆記者の間の、一種のマスター／スレイヴ関係を物語っているからである。逆に、secretary には当然ながら「秘密 (secret)」の意味が含意されており、雇い主の秘密を知り得る立場を示唆している。ゆえに、secretary という語に対するジェイムズの敬遠は、タイピストに自らの秘密を

【図版2】セオドラ・ボサンケット
(Harvard University, Houghton Library)

知られるという潜在的恐れを反映しているのである。ボサンケットが口述時のジェイムズを、親切で慈悲深くも「カエサルやナポレオン」(Bosanquet 32) に喩《たと》えたように、彼は口述者《ディクテーター》／独裁者の立場に拘《こだわ》り、なおかつ彼女たちを「心をもたない機械の一部」にすることで、女性と機械の両方を意味するタイプライターを、女性＝機械に一元化しようとした。逆に、ボサンケットが口述筆記に対して抱いた「当初、魅力的でもあり、気を使う (alarming)」(Bosanquet 34) という印象は、口述者《ディクテーター》／独裁者たるジェイムズに対する逆照射的な反応を映し出していよう。

ジェイムズはこのようにタイピストを警戒しつつも、他方でタイピストに彼の作品の良き理解者であることを求めている。ボサンケットの前任者たちを、「私が言わんとすることを明らかに理解していなかった」(Edel, *Master* 363) と語っており、逆にボサンケットを「教養あるタイピスト」と表わしている。一九〇七年十月十八日に兄ウィリアムに宛てた手紙では、「若くて、ボーイッシュなボサンケット」は「卓越した筆記者」で、「非常に強い助けとなり、真の節約《エコノミー》だ。比較しようがない」と語っている (Edel, *Master* 370)。要するに、ジェイムズは胸中の「秘密」を詮索するタイピストを警戒しながら、他方で彼の創作に共感することを望んでいるのである。ジェイムズ文学の愛好者であったボサンケットは、その点においても最良の選択であったと言えよう。ゆえに、ジェイムズは、彼女を「レミントンの女司祭 (priestess)」(Bosanquet 4) とまで賞賛している。

実際、ボサンケットのジェイムズ作品への卓出した理解力は、一九一五年一月二十三日の『サタデー・ウェストミンスター・ガゼット』に掲載された「その後」("Afterwards") と題したボサンケットの記事に特徴的に表われている。

> ロンドンが彼に提示した、言うならば (as it were) 彼の視野の前に突き出され、受け入れるのか拒むのかを迫られる、(といっても、いわば (so to speak) 彼はここにいるのだから受け入れることは必然であり、予め運命づけられた強制であるのだが) ――あまりに複雑な、彼にとって融合すらできない多数の事実から、ある外見上の輝き (brilliance)、煌《きら》めき (a scintillation)、価値とはいかないにしても、事実そのものを照らす、あまりにも粗雑な輝き (a radiance) の出現

が彼を襲った。(Bosanquet 6)

この引用文は、「その後」の冒頭部であるが、ジェイムズの晦渋《かいじゅう》な文体を想起させ、彼がよく使用する"so to speak"といった談話標識や名詞の積み重ねや挿入句が織り込まれており、ボサンケットは彼の文体の特徴を過剰なまでに表現している (Layne 120)。元々ジェイムズ作品の愛読者で、常時ジェイムズの文章に触れてきたボサンケットは、彼との協同作業を通じて、その複雑な文体を自然に会得《えとく》していったのである。

その技能を生かし、彼女はジェイムズの部分的な代筆も行なっている。ジェイムズはルパート・ブルックの『アメリカからの手紙』(一九一六)の序文を書くことに同意し、その校正版が一九一五年十二月に到着したが、その直前に最初の脳卒中に見舞われた。そこでボサンケットは編集人エドワード・マーシュの願いに応じて、彼の代わりに一頁分の文章を四十字ほどの一文に書き換えている。その文章は彼女と緊張関係にあったヘンリーの義姉アリス・ジェイムズでさえ、「ヘンリー自身も自分で書かなかったと決してわからないだろう」と驚くほどの出来栄えであり、ボサンケットは、彼の文体を自家薬籠中《じかやくろうちゅう》の物としていったのである (Bosanquet 18)。

ジェイムズにとって、人としてのタイプライターが必要不可欠であったのと同時に、機械としてのタイプライターも彼の創作の必需品であった。彼は字数制限のある劇や短編を除き、身近な手紙でさえも口述筆記を好んだ。ボサンケットによれば、ジェイムズは、言葉が「書くより話すほうがずっと効果的に、止めどなく生み出される」(Bosanquet 34) ことを実感していたのである。自筆行為から開放されることでジェイムズは自己をより開放しやすくなったのであろう。この感覚はトウェインも共有しており、彼は『自伝』(二〇一〇)の序章にて、『自伝』を書く正しい方法は自由奔放に語られる語りであり、「自筆の人工的な物語」から、口述筆記の「語りによる真の物語」への可能性について言及し、ウィリアム・ディーン・ハウエルズに口述筆記の効果および楽しさを書き綴っている (Twain 20–22)。

機械としてのタイプライターの効用はこれだけに留まらない。ジェイムズにとって、レミントン・タイプライターの打鍵音はその音と音が繋がり、それが一つの「音楽」を生み出し、その「音楽」が彼の創作の「確かな刺激」となっていた (Bosanquet 35)。ウェルドも、「彼にとってタイプすることはまさに歌手にピアノで伴奏をつけるようなものだった」(Hyde 152) とこの機械の音楽性に言及している。タイプライターによる音楽と言えば、ルロイ・アンダーソンの管弦楽曲、その名も「タイプライター」(一九五〇) を想起させるが、ジェイムズの創作世界でも打鍵音の連鎖が生み出す小気味よい音楽が奏でられたのである。逆に、故障したレミントン・タイプライターの修理のために、二週間代用した反応音の鈍いオリヴァー・タイプライターにジェイムズは不満を覚えたほどである。

タイプライターの打鍵音はジェイムズの精神に別の影響も与えている。一九一五年十二月の死が迫った状況を記録した「ヘンリー・ジェイムズの臨終ノート」(一九六八) に記されているように、ジェイムズは寝床にタイプライターと共にボサンケットを呼び寄せている。ボサンケットはその際、「彼［ジェイムズ］の心を安らかにすることのできる馴染みの機械音が熱に侵された時間の中にいるこの作家を落ち着かせる助けとなった」(Edel, "Deathbed" 103) と語り、打鍵音が一種の精神安定剤の役割を果たしていた。死の間際においてもタイプライターの打鍵音とその担い手にジェイムズは自らの精神を委ねたのである。一方でこの「臨終ノート」の注目すべきもう一つの点は、譫妄《せんもう》状態にあったジェイムズが、七通の手紙を同時に口述したナポレオンの芸当を真似て、二人のナポレオンの妹宛てに手紙を残して、ナポレオンと自署していることである (Edel, "Deathbed" 103–05)。この「ナポレオン」的発言にジェイムズが最後まで口述者《ディクテーター》/独裁者の態度を保持しようとした彼の心情を垣間見ることができよう。言うならば、ジェイムズはタイピストに対して独裁者としての立場を保持しつつも、機械/人としてのタイプライターは共に彼の創作活動に不可欠な「伴侶」と化したのである。

三　ジェイムズ家との確執と文学的遺産をめぐって

ボサンケットはジェイムズの執筆活動に不可欠な存在であったが、一九一五年十二月に兄ウィリアムの寡婦《かふ》アリスが、生前の夫との約束どおり、ロンドンのチェルシー地区にあるカーライル・マンションズ二十一番の病床の義弟ヘンリーの許《もと》に来てから、彼女の立場も変更を余儀なくされる。ジェイムズの病状悪化に伴い、数か月にわたり、ボサンケットは彼の看病や家政の多くを担い、ロンドン居住のヘンリーの知人に病状を知らせる連絡係を果たしていた。特にジェイムズの親友で、当時パリ在住のイーディス・ウォートンに対してはジェイムズの文学的管財人になる可能性も込めて、彼の病状を逐次《ちくじ》手紙や電報で伝えていたのである。しかし新たにジェイムズ家の家政を取り仕切るアリスは、彼女の働きはタイピストの範疇《はんちゅう》を超えていると判断し、「ヘンリーと世間との間に衝立《ついたて》あるいは盾《たて》を置いたのである」(qtd. in Anesko 48)。ヘンリーにとって心地良いタイプライターの打鍵音も、アリスにとっては神経を苛立《いらだ》たせる不快なノイズと化した。アリスに続き、彼女の娘ペギーと息子ハリーもロンドンに駆け付けると、ボサンケットの立場はさらに弱体化していった。デイヴィッド・ロッジの『作者を出せ!』(二〇〇四)では、ウォートンにヘンリーの容態の詳細を伝えるボサンケットを「差し出がましい」と断じる会話場面が描写されている(Lodge 357)。

しかし、ヘンリー亡き後の、彼が残した書簡の編集は、五年以上前に亡くなった兄ウィリアム・ジェイムズの書簡も未整理の状態にあって、ジェイムズ家の者には手に負えなかった。そこで遺言執行人であるアリスはヘンリーの著作権代理人であるジェイムズ・B・ピンカーに候補者の相談をしている。ピンカーはその任には内心ウォートンがふさわしいと考え、ジェイムズの友人でエッセイストのマックス・ビアボームも、ウォートンを有力候補として挙げた。ウォートンは長年にわたるヘンリーの親友であり、一九一一年にはハウエルズや批評家のエドマンド・ゴスにも呼びかけ、ジェイムズのノーベル文学賞受賞を画策し、一九一二年にはジェイムズの作品販売部数が芳《かんば》しくない状況で、彼の経済的不安を払拭《ふっしょく》するために自らの金を内緒でスクリブナー社に渡し、彼の執筆料を補った。ジェイムズに対するウォートンの貢献には目を見張るものがあるが、一九一二年出版の小説『砂礁《さしょう》』をはじめとする彼女の小説に描かれる奔放《ほんぽう》な道徳観や彼女の離婚に対するアリスの嫌悪感は根強く、ウォートンへの依頼は見送られた(Anesko 50–51)。結局のところ、一九一六年七月発行の『クォータリー・レヴュー』誌にヘンリーの若き崇拝者パーシー・ラボックが執筆した「ヘンリー・

ジェイムズ」と題した追悼記事にハリーが感銘を受け、アリスからの信任も得て、彼に書簡編纂《へんさん》の任が委ねられる(Gunter 315)。その際、ラボックは有能な筆記者を必要とし、彼が高く評価していたボサンケットを編集作業に携わらせようとしている。しかし、ボサンケットの介入に対するジェイムズ家の不信感は払拭しがたく、ラボックは両者の板挟みとなり、一九一六年十一月初旬に早くも二人の編集作業計画は頓挫《とんざ》することとなった。ピンカーはジェイムズの死後、二編の未完長編小説『象牙の塔』(一九一七)と『過去の感覚』(一九一七)、同じく未完の自伝的作品『中年』(一九一七)をスクリブナー社に送り、その際、創作現場を共にしたボサンケットによる「序論」を付すことを出版社に提案したが、このアイデアも噂を聞きつけたアリスによって退けられた(Anesko 66)。結果、ジェイムズの文学的遺産へのボサンケットの直接的な関与はジェイムズ家、特にアリスによって閉ざされ、彼女は創作活動の「伴侶」と認められることもなく、不可視な存在に追いやられたのである。

しかし、ボサンケットはジェイムズの死後、ウォートンからのタイピストとしての雇用の申し出を断り、ジェイムズの創作の第一目撃者として、自ら語り出すようになる。ピンカーがボサンケットの著作権代理人を引き受け、彼の尽力で、一九一七年六月にはラボックの論考と同名の「ヘンリー・ジェイムズ」と題した彼女の最初の記事が『フォートナイトリー・レヴュー』に、その後すぐにアメリカの雑誌『ブックマン』やイギリスの『リヴィング・エイジ』に再録された。一九一八年八月に『リトル・レヴュー』で企画された「ヘンリー・ジェイムズ」特集では、エズラ・パウンドやT・S・エリオットら著名な作家と共に、ボサンケットも執筆者に名を連ね、彼女自身がタイプをした『ニューヨーク版選集』(一九〇七―〇九)改訂を擁護する記事を執筆している。一九二〇年には『イエール・レヴュー』に「ヘンリー・ジェイムズの記録」という記事を掲載し、これら三編のエッセイを一九二三年に、自身もすでにジェイムズに関する記事を六編執筆していたヴァージニア・ウルフに対して送っている。ウルフはボサンケットに大変興味を抱いた旨の返書をし(Fogel 309)、夫レナードと共に設立したホガースプレスから、翌一九二四年にボサンケットの『ヘンリー・ジェイムズの創作現場』が出版された。この回想録はジェイムズの親密圏から発せられた、彼の創作活動を記した重要な資料となっている。

四　死後の声を聞くボサンケット

回想録を通じてボサンケットは生前のジェイムズの声の軌跡を辿ったが、彼の死後も、亡き作家の声を聞こうと試みたことは注目に値する。彼女は一八八二年にイギリスで設立された心霊現象研究協会の会員であった。一九三三年十二月十五日には、オスカー・ワイルドやシェイクスピアの霊と交信したとして有名なアイルランドの霊媒《れいばい》師へスター・ダウデンの降霊会に出席している。彼女はそこで、ラムハウスの庭師の名前を含む、ジェイムズの個人的生活に関する質問に答えることのできたジェイムズの霊と交信している。その中で、死者ジェイムズはボサンケットに対して、「心を委ねて、私の心に従うかあるいは私の作品と意図を進んで知覚する」ように求めている (qtd. in Thurschwell, *Literature* 102)。その数週間後に開かれた降霊会では、亡き作家はボサンケットに対して、残りの人生を「修道女」のように自己犠牲を払って、偉大な作品を生み出すための「手段」となることを期待している (qtd. in Thurschwell, *Literature* 104)。つまり、死者ジェイムズは生前同様、ボサンケットに対して、口述者《ディクテーター》／独裁者としてマスター／スレイヴの関係をなぞろうとしたのである。アンソニー・エンスはこの死者の言葉を生の世界の言葉に変換するその役割を、「人間タイプライター」あるいは「実践的な霊媒」(Enns 72) と称している。

タイプライターとスピリチュアリズム、この組み合わせは一見奇異に聞こえるかもしれないが、両者の親和性は例外的ではない。リサ・ギテルマンによると、一八九〇年代において「自動書記」(automatic writing) という語句は、タイプライターによる入力と降霊会での自動書記の、両方の意味で使用されていた (Gitelman 19)。またタイピストは口述者からの音声言語を文字言語へ変換する「媒介」であるが、「媒介」に当たる単語 medium は、*OED* に拠らずとも、「霊媒」という意味を有している。ボサンケット自身、タイプライターの仕事を「話される言葉とタイプされる言葉の間の媒介／（霊媒）《ミディアム》」と称している (Bosanque 247)。加えてジェイムズがボサンケットを priestess と称したことは先述したが、この語を言葉の仲介をする巫女《みこ》と捉えるならば、そこに霊媒としての medium と共通性を見出すことも可能であろう。ダレン・ウェルシュラー―ヘンリーはさらに一歩踏み込み、タイプライターは死者／生者を繋ぐ装置として機能し、死者から生者への語りと共に、生者と死者の対話を可能にすると言及している (Wershler-Henry 102)。

ボサンケットはその後ダウデンの降霊会に通う代わりに、「自動書記 (automatic writing)」によって、ジェイムズのメッセージを書き始めようとする (Wershler-Henry 103)。しかしここでボサンケットが無色透明の霊媒として、亡き作家の言葉を欲しているのか、あるいは彼女自身の願望が織り込まれているのか判然としない。というのも、ボサンケットはジェイムズの生前、日記の中で「明日も、そして何か月も何か月もジェイムズ氏の口述筆記に戻るという考えにはまったくうんざりする。書くことで生計を立てることはできないのか」と、自らの心情を吐露《とろ》している (qtd. in Thurschwell, *Literature* 105)。この場合の「書く」とは口述筆記のことではなく、自身が書き手として「書く」ことを意味しており、彼女が作家になる願望を秘めていたことがうかがえる。ゆえに、ボサンケットは生と死の世界を超えて、声を媒介にジェイムズと一心同体の関係になりたいという欲望と、名もなきタイピストから一個の作家として独立したいという欲望の狭間《はざま》にあり、パメラ・サーシュウェルは、その二つの欲望が一進一退を繰り返していると指摘している (Thurschwell, *Literature* 106)。

実際、後者の欲望を裏付けるかのように、その後のボサンケットは一九三三年同年にポール・ヴァレリー論を出版し、三五年から五八年の二十三年にわたって、フェミニズム運動の集団、シックス・ポイント・グループの思想を反映する雑誌『タイム・アンド・タイド』の文学部門の編集を務めた。またその間、雑誌創刊者で婦人参政権論者であったマーガレット・マックワースと、彼女が死ぬまで生涯の「伴侶」として共に過ごした。それらの事実を踏まえれば、「ボーイッシュな」ボサンケットは男性作家と女性タイピストという、創作とジェンダーを巡る二重のマスター／スレイヴ関係の軛《くびき》からの離脱を目指したとも言える。ゆえに、死後のジェイムズの声を求めたボサンケットは、単純に彼の声を聞きたいのではなく、ボサンケットが彼に語りかけ、彼女が書いたものをジェイムズが読むという、双方向的な対話空間の幻想を抱いていたのである。言い換えれば、ボサンケットは自らが書き手となり、逆にジェイムズが聞き手となる、両者の関係の転換を視野に入れていたと言えよう。

五　男性作家と女性タイピストが誘う文学的想像力

親密圏の中のジェイムズとボサンケットの関係はその近さと閉鎖性ゆえに、後世の作家の文学的想像力を掻《か》き立てた。ロッジの『作者を出せ！』ではボサンケットはジェイムズの病床場面に登場する端役であったが、その後、二人の関係を劇化・小説化した複数の作品が発表されたことは現代の作家たちの興味を物語っている。たとえば、戯曲の世界では、二〇一〇年にアメリカの劇作家でヴィラノバ大学の准教授であるマイケル・ホリンガーが、二人の関係を下敷きに『ゴースト・ライター』と題した戯曲を発表している。この戯曲はジェイムズをモデルとした著名な小説家フランクリン・ウルジーの有能なタイピストであるマイラ・バゲッジが、作家の死後、彼の未完の大作を完成させるために、その続きをタイプする物語であるが、そこに著者として名を残したいというタイピストの欲望が見て取れる。

小説の世界でも彼女を主要人物とする小説が続々と出版された。二〇〇五年には、ミヒール・ヘインズの『タイプライター物語』が、二〇〇八年にはシンシア・オジックの短編「口述筆記」が発表された。特にオジックの短編では、ボサンケットがジョセフ・コンラッドの実在のタイピストであったリリアン・ハローズと共謀し、互いの作家の執筆中の作品から一節を抜き出して、それを相手の作品中に挿入するという企てを実行する。それによって「心をもたない機械の一部」とされた単なる筆記者ではなく、密かに作家の協同制作者になることに二人は成功するのである。さらに、その執筆中のジェイムズ作品は「懐かしの街角」（一九〇八）、コンラッドの作品は「秘密の共有者」（一九〇九）で、共にドッペルゲンガーを主題とする作品であり、二人のタイピストは両作家が互いに相手の作品の中にオルターエゴを見出すというメタ関係を構築し、彼女たち自身がまさに「秘密の共有者」となるのである。と同時にボサンケットは男性作家の陰に隠れた女同士の絆を結ぼうとハローズに対してレズビアンの関係性を迫っている。その後の二〇一七年にはスーザン・ヘロン・シベットが『忠実な聞き手——ヘンリー・ジェイムズとセオドラ・ボサンケット——想像上の回顧録』を刊行しており、この出版状況をサーシュウェルは「小説におけるボサンケットのミニ・ブーム」(Thurschwell, "Typist's" 3)と称している。

タイプライターは、機械を使った口述筆記という新しい創作スタイルを生み出し、トウェインやジェイムズにみるように、自筆作業から作家を解放し、書くことの経済化《エコノミー》・効率化を助長していった。それに伴い、執筆作業は男女の協同作業と化したが、男性作家の陰で女性タイピストは不可視化された存在であった。しかし、ボサンケットは自らの回想録を通じて、不可視のタイピストから、子たる作品を生み出す作家の「伴侶」としての立場を明らかにし、そこからさらに、女性一個の書き手になり、女性参政権論者の「伴侶」となった。ドイツ語で「アンシュラーク」(Anschlag)は、打鍵と攻撃の両方を意味するが、ボサンケットはタイプライターの打鍵音《アンシュラーク》を射撃音として打ち鳴らしながら、尖筆という剣が支配した男たちの書字産業、そして男性作家の親密圏へと入り込み、執筆活動の効率化《エコノミー》を担いながら、女性の書くことの欲望を顕在化させたのである。ボサンケットが発した打鍵音と声は、いまや現代作家たちの創作意欲を掻き立てる「確かな刺激」と化しているのである。

◉本稿は日本ナサニエル・ホーソーン協会関西支部シンポジウム（二〇二一年三月二十七日）にて発表した原稿に加筆修正したものである。また本研究はＪＳＰＳ科研費 JP21K00353 の助成を受けたものである。

◉注

（1）エコノミー(economy)の意味は多義性に富んでいる。エコノミーの原義である「オイコノミア」(oikonomia)は、アリストテレスが用いたように、家（オイコス）を秩序をもって管理や統治すること、あるいはその術、つまり「家政」の意味で使用された。特に家長とその他の家族や奴隷との人間関係の統御を意味していた。その後、「管理や統御」の意味合いが強くなり、「宇宙」の整合的な秩序や、神による世界の統御という「神のオイコノミア」や、神学的な領域から地上の自然全体の配分秩序を表わす「自然のエコノミー」、動植物の諸機能のバランスと統制を意味する「アニマル・エコノミー」、社会体や諸個人の相互関係における相対的な規範である「モラル・エコノミー」、そして今日の経済学に繋がる、政治体の統御である「ポリティカル・エコノミー」を意味し、その「ポリティカル・エコノミー」は「政治経済学」と共に「経済政策」の意味合いでも使用されている。「エコノミー」が経済学の対象領域を指すようになってからも、「思考のエコノミー」、「一般エコノミー」、「権力のエコノミー」、「リビドー・エコノミー」等の概念が生み出され、エコノミーという語は領域横断的に利用されている。「経済」という意味も、フランソワ・ケネーやアダム・スミスの思考を経て、政治体の中の富に関する秩序や統御を表わし、「エコノミー」概念の系譜から俯瞰《ふかん》すれば、歴史的に比較的新しい概念の一つに過ぎない（杉山 二八―三八）。

◉引用文献

Anesko, Michael. *Monopolizing the Master: Henry James and the Politics of Modern Literary Scholarship*. Stanford UP, 2012.

Bosanquet, Theodora. *Henry James at Work*. U of Michigan P, 2006.

Davies, Margery W. *Woman's Place Is at the Typewriter: Office Work and Office Workers, 1870–1930*. Temple UP, 1982.

Edel, Leon. "The Deathbed Notes of Henry James." *The Atlantic Monthly*, vol. 221, no. 6, pp. 103–05.

——. *Henry James: The Master, 1901–1916*. Vol. 5. Lippincott, 1953.

Enns, Anthony. "The Undead Author: Spiritualism, Technology and Authorship." *The Ashgate Research Companion to Nineteenth-century Spiritualism and the Occult*, edited by Tatiana Kontou and Sarah Willburn, Routledge, 2012, pp. 55–78.

Fogel, Daniel Mark. "Theodora Bosanquet, Virginia Woolf, and the Missing Women." *The Henry James Review*, vol. 39, no. 3, 2018, pp. 307–13.

Gitelman, Lisa. *Scripts, Grooves, and Writing Machines: Representing Technology in the Edison Era*. Stanford UP, 2000.

Gunter, Susan E. *Alice in Jamesland: The Story of Alice Howe Gibbens James*. U of Nebraska Press, 2009.

Hyde, H. Montgomery. *Henry James at Home*. Methuen, 1969.

James, Henry. *Henry James Letters, Volume IV: 1895–1916*. Edited by Leon Edel, Belknap Press, 1984.

Layne, Bethany. *Henry James in Contemporary Fiction: The Real Thing*. Palgrave Macmillan, 2020.

Lodge, David. *Author, Author*. Viking, 2004.（『作者を出せ！』高儀進訳、白水社、二〇〇四年）

Marvin, Carolyn. *When Old Technologies Were New: Thinking About Electric Communication in the Late Nineteenth Century*. Oxford UP, 1988.

Raykoff, Ivan. "Piano, Telegraph, Typewriter: Listening to the Language of Touch." *Media, Technology, and Literature in the Nineteenth Century*, edited by Colette Colligan and Margaret Linley, Routledge, 2016, pp. 159–86.

Rowe, John Carlos. *The Other Henry James*. Duke UP, 1998.

Seltzer, Mark. *Bodies and Machines*. Routledge, 1992.

Thurschwell, Pamela. *Literature, Technology and Magical Thinking, 1880–1920*. Cambridge UP, 2001.

——. "The Typist's Remains: Theodora Bosanquet in Recent Fiction." *The Henry James Review*, vol. 32, no. 1, 2011, pp. 1–11.

Twain, Mark. *Autobiography of Mark Twain, Volume 1*. Edited by Harriet Elinor Smith et al., U of California P, 2010.

Wershler-Henry, Darren. *The Iron Whim: A Fragmented History of Typewriting*. Cornell UP, 2007.

キットラー、フリードリヒ『グラモフォン・フィルム・タイプライター』石光泰夫・石光輝子訳、筑摩書房、一九九九年。

杉山吉弘「エコノミー概念の系譜学序説」『札幌学院大学人文学会紀要』九七号、二〇一五年、二五―四二頁。

中村善雄「電信とタイプライターの音楽と駆動する情動――メディア・テクノロジーに囚われしジェイムズ」竹内勝徳・高橋勤編『身体と情動――アフェクトで読むアメリカン・ルネサンス』彩流社、二〇一六年、一四六―六二頁。

小説執筆という労働
――ヘンリー・ジェイムズ「ブルックスミス」と一貫性の呪縛

竹井智子

はじめに

一八七八年十月二十四日付の父親にあてた手紙の中で、ヘンリー・ジェイムズ（一八四三―一九一六）は借金を返済できていないことを詫び、たまっていた「仕立て屋の請求がきて、それがたいそうな額で喫緊《きっきん》に支払わなくてはならないのです」(*Letters* 2: 187–88) と釈明している。一八七五年、ロンドンの仕立て屋で洋服を誂《あつら》え、ジェイムズはパリに進出した。その翌年にはロンドンに居を移し、人脈を増やした彼の一八七九年の手紙には、前冬に百七回もディナーに呼ばれたと記されており (*Letters* 2: 240)、さぞかし仕立て屋を利用したであろうことが推察できる。国際情況譚《たん》の成功以降は慎ましい独身生活を維持するための収入を得られるようになったものの、社交界に出入りし続けるためには先立つものが必要であった。すなわちジェイムズは書き続けなくてはならなかったのである。(1)

多くの批評家が詳《つまび》らかにしてきたように、ジェイムズは財政や金銭の問題にきわめて敏感であった。職業作家として生きていくために雑誌連載契約や書籍出版において強気に金額交渉をこなし、父親の死に際しては兄ウィリアム不在の中で、遺言執行人として遺産の再分割を指揮した。また作品においても、豊富な資金によってヨーロッパ社会を闊歩《かっぽ》するアメリカ人を描いただけでなく、あらゆる登場人物の行動原理およびプロット展開にとって、金銭の問題はきわめて重要である。本稿では、ロンドンを舞台に上級使用人である執事を描いた中期の短編小説「ブルックスミス」（一八九一）を取り上げ、家政を司る執事の仕事と小説の家を統《す》べる語りを検証する。そのうえで、社交界とそれを維持する人々の営みとの関係性という点から、作家にとっての金銭を稼ぐという行為について考察したい。

一　階級社会とジェイムズ

「デイジー・ミラー」（一八七八）や『ある婦人の肖像』（一八八一）など、国際情況譚で名を知られるようになったジェイムズは、女性解放運動を描いた『ボストンの人々』（一八八六）と労働者のテロ組織を描いた『カサマシマ公爵夫人』（一八八六）を一八八〇年代半ばに相次いで手掛けた。そこには、差別や貧困といった社会問題も描けることを示さねばという作家の危機感が垣間見えるが、後者と一八九〇年代に発表された「ブルックスミス」および「檻の中」（一八九八）は、彼が下層の人々を描いた数少ない作品群としてしばしば併せて言及される。[2]「檻の中」とは異なり「ブルックスミス」は論じられる機会が少ないものの、ジェイムズは後年、作家としての集大成ともいえるニューヨーク版にごくわずかの修正を施しただけの本作を採録している。また、ミルトン・クレインが『傑作短編五十選』（一九五二）にジェイムズ作品から本作を選出した[3]ほか、近年でも本作を「傑作」(Gorra 30)と評価する声は少なくない。作者自身が本作の「統一性と簡潔さを称賛していた」(Rawlings xii)とされるが、事実、ジェイムズの全作品中で最も簡潔かつ一貫性のある短編の一つであると言える。

「ブルックスミス」のあらすじは次のとおりである。ブルックスミスは独り身のオフォード氏の執事であり、かつ氏の「最も親密な友」("Brooksmith" 759)でもある。オフォード氏のサロンは、その客の一人である語り手によって「アルカディア（理想郷）」と表現されているが、すべてに配慮されたそのサロンの居心地の良さの陰にはブルックスミスの采配《さいはい》があった。オフォード氏の死によってアルカディアが喪《うしな》われ、ブルックスミスは次の仕事を求めてさまようが、一度アルカディアを経験した彼はどの勤めにも満足することができず、落ちぶれ絶望した末に姿をくらます。語り手は、彼が自死したものと推測する。

　新田啓子は、ジェイムズが家に託した概念と家を統べる執事の物語である本作に注目し、家という領域の多層的な意味についてきわめて興味深い議論を展開している（一一―一八）。『ある婦人の肖像』の序文に記した有名な「小説の家」の比喩のみならず、ジェイムズはキャリアのほぼ全期間にわたって小説を家に譬《たと》えており、家は彼にとって「総体としての「小説」」であった(4)（海老根　一六二）。本稿でも、作家も執事同様に家を統べる者であるという点に注目する。ブルックスミスがテクスト内で「芸術家」と表現されていることもあり、ジェイムズが描いた労働者たちは芸術家の比喩的存在にすぎず (Drummond 396)、したがって作者は階級社会の本質を見ていないと批判されることがある。しかし、新田はブルックスミスの描かれ方に触れ、ジェイムズの「政治的正しさ」に対する判断を超えた評価を下している（一八）。本稿もジェイムズの政治的姿勢を問うことを目的とはしないが、作家・語り手・執事の立場を考察するうえで、階級社会に対する作家の認識については確認しておく必要がある。

　階級問題に対するジェイムズの無批判はしばしば指摘される。たとえばF・O・マシーセンは、「戦闘的民主主義者」であった父親や兄が、ジェイムズが出入りした社交的パーティに対して「強烈に反発し」、階級差別に基づく社会を蛇《だ》蝎《かつ》のごとく批判したのに対し、ジェイムズ自身は「何年も社交界に出入りした後」で、父や兄の見解を理解したと記している (Matthiessen 5–6)。またアラン・ロビンソンは、ジェイムズの社会的道義心や階級問題への関心は比較的薄く表層的であると論じている (Robinson 219)。さらに、ジェイムズがサセックス州ライに移住するにあたり、「もちろん」住み込みの使用人である「スミス夫妻と、犬とカナリアを連れていく」(qtd. in Kaplan 421) と手紙に書き記していることから、使用人は雇用者の所有物であるとする当時の認識を、彼が無自覚に追認していたという指摘もある (Burrows 78)。

一方で、民主主義国家アメリカからやってきたジェイムズは、イギリス階級社会における部外者としての立場から階級制度そのものに疑問を呈していた、との見方もある (DeVine 3, 9)。「ブルックスミス」についても、下層階級の主人公をロマンティックな芸術家として扱っているという非難がある一方で、イギリス階級社会の巧妙な告発であるといった評価もある (Kaplan 367)。また、政治的姿勢はともかく、使用人階級の現実についての精密な研究の産物であるという意見もあり (Drummond 396)、階級社会に対する作家の関心を読み取る向きは多い。

事実、ジェイムズは当時の階級制度に対して声高《こわだか》に意見したわけではないが、この問題についてむしろ高い関心を抱いていたと思われる。たとえば、一八七九年の手紙には「莫大な労働と貧困の総体の上に、イギリスのカントリー・ハウスのあらゆる贅沢《ぜいたく》や余暇が成り立っている」(*Letters* 2: 209) と記されており、ジェイムズがイギリスでの活動早期から階下の人々の状況や社会の構造を認識していたことがうかがえる。また、『ねじのひねり』（一八九八）の中でガヴァネス（女家庭教師）の雇い主が前任の家庭教師を「とてもリスペクタブルな人物」と評し、続けてブライの屋敷の「調理人もハウスメイドも、乳しぼり女も年老いたポニーも老馬丁も老庭師も、皆一様に完全にリスペクタブルです」（"The Turn of the Screw" 640 傍点筆者）と述べていることについて、市川美香子は、ガヴァネスの雇い主である「伯父にとっては、雇われる側の個別性など、一顧だに値しない。子供たちの養育環境は、リスペクタブルでありさえすれば、すなわち世間体さえととのえば、伯父にとってはどうでもよいことなのである」（七〇―七一）と指摘しているが、当時の中産階級の認識に対するジェイムズのこのアイロニックな距離感は看過できない。

加えて、当時イギリスでは社会変革への意識が高まり、特にエリート層を中心に社会主義についての幅広い議論が行なわれたという背景もある[5] (Chung 227)。「ロンドン・ノート」（一八九七）の中で、ジェイムズはジョージ・ギッシングによる下層中産階級や最下層中産階級の生活の描き方を高く評価しており ("London Notes" 1402)、人気を博した作家の作品を強く意識していたであろうことは想像に難くない。また、中産階級内の階層差をめぐっては、市川が「ジェイムズが社交界の人間関係に強い関心があったということ、および、それが階級差意識を中核としたことは確かだと見ていいだろう」と指摘し（一五二）、ジェイムズ作品に描かれる、中産階級内の階層構造に由来する不安定さについて論じている[6]（一五一—五八）。

「ブルックスミス」の語り手も、社会的に不安定かつ曖昧《あいまい》な立ち位置にいると言うことができる。本作の語り手はオフォード氏のサロンの客すなわち階上の人ではあるが、使用人ながら社交界を垣間見ることのできる執事に似て、「境界にいる人物」(Flannery 212) として設定されているからである。彼はブルックスミスに共感を抱いているだけでなく、二間しかない部屋に暮らしており、男性使用人など雇う余裕がないと記されている ("Brooksmith" 766)。執事を雇うことはかなりの贅沢であったという当時の事情を抜きにしても、決して財布の心配をせずに暮らせる状況ではなかったと考えられる。本テクストで語られている内容の「どこまでが語り手の想像によるものなのか確信を持つことができない」(Rawlings xii–xiii) とピーター・ローリングスは指摘しているが、こういった語り手の中間性や階級意識にも留意する必要がある。以上のことを念頭に、次節以降では、「ブルックスミス」の語りの精査を通して執事と語り手の比喩的関係を検証し、さらに、小説執筆という労働に要求された一貫性という観点から、作家と執事の比喩を超えた類似性を考察する。

二　家を統べる仕事と語り

マシーセンは、ジェイムズによる驚くほど簡素な創作ノートの記述に触れて、「素材と成果の隔たりが読者に衝撃を与える」、「彼の書き込みの多くが表面的な出来事をそのまま記録している」ように見え、「下らない噂話」から彼がまったく異なる質感の作品を生み出したと述べている (5–6)。このことは、ジェイムズが作家として社交界で見聞きした断片をつなぎ、小説の家を作り上げ、彼の想像力でもってそこに登場人物たちのドラマを肉付けしたことを意味している。そしてそれは「ブルックスミス」に描かれている執事の仕事に近似している。当テクストでは、ブルックスミスの役割について以下のように説明されている。

あれはどのようにしていたのだろう、たとえば我々は決して群衆ではなく、多すぎも少なすぎもせず、常に然るべき人々が然るべき人々といて――場違いな人々は全然いなかったに違いなかった――いつも出入りし、決して粘ることも長居することもなければ、無遠慮に飛び入りしたり急に出ていったりすることもなかったのは。どうやったらあんな風に我々みなが望む処に座り、望む時に動き、望む人に会い、そうでない人から逃げることができていたのだろうか。ふと気の赴くままに、話の輪に加わったり、お誂えのソファに掛けて二人っきりで話し込んだりできたのはどうしてだったのだろう。（中略）あれこれと思いめぐらすうちに、私は、どうもブルックスミスがこの謎の根底にいるようだという根本的な真実に導かれていかざるをえなかった。彼があのサロンを作った人でないとしても、少なくとも彼こそがそれを維持していたのだ。ブルックスミスが、要するに、芸術家だったのだ！私たちは、言葉にはしなかったものの、あの時、暗黙裡《り》にそのように感じていた（後略）。（761　強調原文）

客人と主人のかみ合わない会話も、ブルックスミスが如才なく整理することによって円滑に進行する（763）。しかもそこに彼の采配があったことが客人に気づかれることもない。すなわち執事は、彼がいなければ混沌《こんとん》とし、まとまりのないもろもろの事柄を、陰で――あるいは下で――まとまりのある状態に統べているのである[7]。

優秀な執事同様に、この作品の語り手もまた見聞きした事柄の断片を繋ぎ、一貫性のある物語を作っている。語り手がブルックスミスに直接会う機会は限られており、オフォード氏の生前には、サロンを訪れた際に目撃した執事の様子や主人から聞かされた話の断片、そして玄関ホールでの数度の短い会話だけである。また、オフォード氏の死後は、氏の葬儀後にブルックスミスの感情が吐露《とろ》される場面を除けば数度の邂逅《かいこう》があるだけで、ブルックスミスの実情を知る機会はきわめて少ない。これらの折に得た断片的な印象から、語り手は自分の想像力と技量（art）で「ブルックスミス」

の物語を組み立てるのだ。

上掲の引用は、その語り手の技量を端的に示している。ここで語り手は「どうもブルックスミスがこの謎の根底にいるようだ」（傍点筆者）と推測を口にするや否や、根拠を示すことなく「ブルックスミスが、要するに、芸術家だったのだ！」と断言し、さらに次の段落で「言葉にはしなかったものの」、語り手たちはみな、「暗黙裡に」そのように感じていたと畳みかけている(761)。このプロセスによって、語り手は、語り手個人の推測を事実へ、さらには皆が共有する事実へと変えてしまうのである。

同様に、ブルックスミスがオフォード氏のサロンを引き継ぐという語り手の願望をブルックスミスに仮託する場面も興味深い。オフォード氏が最初に病に伏した際、語り手は執事が自分にサロン存亡の危機について訴えてくるのを感じる。

> 彼は、私に相談したがっているように、そして何らかの形でそれを続ける責任を感じているように見えた。オフォード氏の二度目の病臥《びょうが》に際して――最初の時は何日間か続いたのだが――主が対応できないことを伝えねばならなかった時、ブルックスミスが「私めが、主人に代わっておもてなしした方がよろしいでしょうか」と言うのを私は半ば期待した――秋が巡ってきて、客間の暖炉に火をお入れしましょうかと尋ねたかもしれなかったように。（765 傍点筆者）

ここで直接話法で記されている発言は、実際には発言されていない、語り手の想像によるものである。しかし、その直後に、執事としての本来の業務である、暖炉に火を入れるというむしろ発言されてしかるべき申し出を間接話法および仮定法で表現することで、語り手の願望との遠近がぼやけ、それが事実であるかのような効果を生んでいる。さらにこの直後に続く段落の冒頭で、語り手はブルックスミスがいかに客の想いを汲むことができたかを説明する。これによって、「ブルックスミスがオフォード氏に代わってサロンを開くべきである」という語り手自身の考えが、あたかもブルックスミスに追認されたもの、すなわち共有の事実であるかのような印象を読者に与えるのである。

このほかにも、ブルックスミスが「「どうぞ私と目を見かわしてください、そうでなければ耐えられません」と私にむかって言っているように見えた」（767）、「彼の新しい場所は以前のものほど「人道的」ではなかったのだと思われた」（771）といった、ブルックスミスの考えや彼がおかれた状況についての描写が語り手の推測によるものであることを示す表現が多用されている。そして、こうした語り手の推測によって補われ装飾されることで、オフォード氏のアルカディアをなくした元執事が失意のうちに自死するという筋の通った、「ロマンティックな」（775）物語が完成する。ブルックスミスが最後に姿を消す理由が、果たして本当に語り手の言うように知的な会話を楽しむことのできる社交界を失ったためか、最愛のオフォード氏を失ったためか、あるいは語り手の態度が何らかの影響を及ぼしたためかは判然としないまま残される。当人の本心が、金銭のために働くことを「詩的」でないと考える語り手（774）の想像力によって糊塗《こと》されているためである。

三　階級社会と発話

執事さながら物語の家を差配する語り手であるが、語り手の考えが言葉に紡がれることで現実が形作られていくというこのテクストの語りは、物語が本来持っている虚構性を体現している。一方で、このテクストの語りは当時の現実社会の構造をも体現している。ジェイムズは本作のニューヨーク版序文で「会話の味」や「テーブルトーク」に言及しているが、発話や会話は本作品の根幹をなす行為であり概念でもある。(8) そして、この根幹に関わる部分で、語り手は自身とブルックスミスをこちら側、すなわち階上と、あちら側、すなわち階下に隔てる社会を暴き出す。そのことが明瞭に説明されているのが、ブルックスミスにとっての会話とは何であるかが語られる、以下の場面である。

別の機会に、オフォード氏が、「彼が好きなのは話だよ――会話に加わること(mingling in)なんだ」と言うのを聞いた時、やや戸惑ったのを覚えている。ブルックスミスがそういう自由な振る舞いを自分に許すのを見たことはないように思ったが、すぐに察しがついた。オフォード氏が言わんとしているのは、いかなる言葉によって表わされるものよりも強烈な仲間入りのことなのだった。すなわち、百ものもっともらしい口実や、用向きや必要性を理由にして常にその場に居合わせ、かの有名な人生批評の空気を吸うという仲間入りのことだ。(762–63)

この引用からは、語り手がどれほどブルックスミスに共感を抱き同情的であったとしても、自分たちと彼の間に明確な区切りがあることを語り手が当然視していることがよくわかる。"mingling"の第一義的な意味が「(異なるものが)混ざる」であることを考慮すると、会話に加わる行為を右のように表現していることは、ブルックスミス自らが発話をすることは階級の境界を踏み越えることであるという、サロン仲間の意識を示唆している。だからこそそれは「自由な振る舞い」と表現されているのである。

事実、語り手は、ブルックスミスの発話をめぐって、階上と階下を隔てる境界線をより可視化させる。オフォード氏の生前、彼の発話が直接話法で示されることがきわめて少ないだけではなく、直接話法で描かれるたびに、すぐさま彼を待ち構える過酷な運命、すなわち彼が実際に属する場所に戻らなくてはならないことが、語り手によって明かされるのである。ブルックスミスの発言が最初に直接話法で示されるのは、会話に加わるということについて述べられた先の引用に続く、次の部分である。

「すばらしい教育でございましょう」と、彼はある日私を送り出す時に階段の下で言った。そして私はその言葉と調子を、哀れなブルックスミスの運命に迫り来るドラマの最初の兆しとして絶えず思い出すのだ。(763)

この時点で、読者はオフォード氏の病と続く死については知らされていない。執事のこの発言について、リチャード・P・ゲイジは、ブルックスミスの発言の興奮ぶりに驚かされた語り手がそれを不吉な運命の先触れととらえていると指摘しているが(Gage 180)、ブルックミスの悲劇が初めて予告されるのが、読者が初めて彼の声を聴く場面であるという事実は興味深い。ブルックスミスがアルカディアには本来属さないことを知らしめる役割を果たしていると考えられるからである。つまり、語り手による物語に直接話法で加わるその「自由な」行為に対する、語り手の抵抗感が露わになっているとも解釈できるのだ。

病によってオフォード氏のサロンの扉が初めて閉ざされた場面も同様である。事情を悟った語り手が「なんと多くの者にとって——どんなに変わってしまうことか！」と叫んだのに対し、「私もその一人でございますよ」とブルックスミスは応じるが(764)、この発言の直後に語り手は、「そしてこれがあの終局の始まりであった」と続ける(764)。この文中の「これ」はオフォード氏の病気によって初めてサロンが閉鎖されたことであり、「終局」とはオフォード氏の死とサロンすなわちアルカディアの消滅と捉えるのが自然である。しかし同時に、この文章だけに注目すると、「これ」はブルックスミスの「私もその一人」という発言を、そして「終局」はブルックスミスの破滅と最終的な自死を指しているとも解釈することもできる。このように解釈するならば、ブルックスミスが自分たちサロンの客の仲間に入ることを咎《とが》めるような語り手の境界意識を、この部分に読み取ることが可能ではないだろうか。

語り手は、ブルックスミスにとって「会話とは相手に話しかける機会を差し上げること」で、ブルックスミスは対話者に「恭《うやうや》しい沈黙を捧げる」のだと説明する(767)。そして、発話の権利についてのこの絶対的な関係性を、語る権利を持つ人間とその権利を持たない人間との「根源的な相違」(767)であると繰り返す。そしてこの直後に、オフォード氏の永遠の沈黙すなわち死に触れ、この相違が意味をなさなくなったと続けてみせる。しかしながら、あたかも階級の違いを超越したかのようなこの言葉の後もなお、語り手はこの根源的な相違を堅持し、自分の望むとおりの元執事の物語を提示し続ける。すなわち、ブルックスミスにとってはオフォード氏が「すべてだった」(769 強調原文)のだという執事の言葉を歓迎した語り手が、その枠組みにそって選別した執事の声しか読者には届かないのである。

語り手とブルックスミスの最後の対話の場面において、ブルックスミスによるアルカディアへの追慕の情が直接話法で提示される。しかしこれは、ブルックスミス自身の声による発話ではなく、「彼の目がすべてを物語っていた」(773)という語り手の発言がいみじくも明らかにするように、語り手の想像力によって形作られた、語り手の声による「ロマンティックな」一元執事の告白なのである。

四　一貫性という呪縛

前二節では、執事が家を統べるがごとく、いかに語り手が自らの語りを統べているかを検証し、それによって「ブルックスミス」のテクストが、フィクションの構造そのものと中産階級からみた階級社会の双方を体現した、一貫性のある物語に仕上げられていることを指摘した。言うまでもなく、語り手の営みは小説家ジェイムズにとっての小説創作・執筆という労働そのものでもある。本稿の最後に、視線をテクストからその外へずらし、混沌を整理し筋の通った物語を紡ぐ作家の営みという観点から、ジェイムズの創作と彼がそれによって描いた社会との関係を考えたい。

「ブルックスミス」やその前後に書かれた小説論および作家論において、ジェイムズは一貫性を特に重視している様子はない。しかしながら、小説という構築物の中をまとまりのあるものに整理することは、意識の放縦な働きをとらえようとしたジェイムズにとっては常に頭を悩ませる問題だったと推察される。ジェイムズのテクストはどれも長大で、彼が自作を短く収めるために腐心したことはよく知られているからだ。「ブルックスミス」の七年前に執筆された小説論、「小説の技法」(一八八四)において、ジェイムズは、「小説の唯一の存在理由はまさしく人生の再現を企てること」であるとし、「小説の中に並べ替えられていない人生を見ることができれば、それだけ私たちは真実に触れていると感じる」

と述べている[9]（"The Art of Fiction" 46, 58; 九四、一一〇、強調原文）。さらに、「体験には限りがないし、それに決して完全なものとはならない。それは計り知れない感性である。いわば意識という部屋に張られたごく細い絹糸のような巨大なクモの巣のようなものである」（52; 一〇二）とも記し、作家が統一性のようなものに抗おうとしていたことがわかる。このように「意識の中心」や「反映者」などと呼ぶ特定の登場人物の意識に寄り添う語りを求めたジェイムズではあるが、彼らの意識が捉える人生の終わりのない広がりが、あたかも収まっているかのように線を引くことが小説家の仕事であると、ニューヨーク版の最初に収録されている『ロデリック・ハドソン』（一八七五）への序文に記している。

> ほんとうに、あまねく関係はどこにも終わるものではない。そして芸術家にとっての精妙な問題は、いつだって、彼自身の幾何学によって、まるでその中で関係が終わっているかに見える円い線を引くことである。芸術家は、物事の継続性が喜劇にしろ悲劇にしろ問題のすべてであるという、永久に脱しえない苦境に立たされているのである（後略）。（*The Art of the Novel* 5; 三、強調原文）

また、『ある婦人の肖像』への序文では「構築性がありすぎるよりは少なすぎるようにもっていきたい」（*The Art of the Novel* 43; 四四）と述べつつも、主人公の意識に一貫して寄り添ったことで完成度の高い構築物になったとして、この作品を『使者たち』（一九〇三）に次いで自ら高く評価している（51–52; 五四）。こういったことから、小説の家に生息する人々の自由で自律的な動きをいかにその家の枠組みに収めるかが小説家に要求される"art"であると、ジェイムズが考えていたと思われる。

一方、ジェイムズが描いた対象や社会へと目を転じると、一貫性からの自由な存在としてジェイムズが位置付けたのが、社会階級内のより上層に位置する人々であった。晩年の作品である「ビロードの手袋」（一九〇九）においては、社交界に集う人々のことを、作家である主人公の意識を反映する語り手が、「一貫性 (consistency)」という言葉を用いて説明している。

［それまで熱心に話していた文学の話を急に打ち切ってしまうという］それが、やはり高貴な人々の特徴なのだ。そのせいで人々は彼らに対して、その場に必要である以上の一貫性は露ほども求めなくなるのだ。どんな場であれ、目くるめくような彼らの社交性と適切な振る舞いにおいて、彼らのひとくさりのやりとりとしてはそれで十分なのだ。一貫性を求めたり全《まっと》うしたりといったことは無骨で二流のあかしであり、完全な自由の空気に比べれば、それはその場を台無しにしてしまうかもしれない。（“The Velvet Glove” 736　強調原文）

「ビロードの手袋」は、作家を主人公にした短編小説の中ではジェイムズ最後のものであり、ニューヨーク版の出版直後、したがって「ブルックスミス」よりも十八年ほど後に書かれたものである。しかしこれは一八七〇年代後半のパリでの経験など作家自身の長いキャリアを反映していると考えることのできる作品であり、本稿に関しても示唆を与えてくれると思われる。この晩年の作においては、パリの華やかな社交界は「オリンポス」に譬えられているが、一度だけ、オフォード氏のサロンと同じく「アルカディア」と称される場面がある。そこでは、「アルカディア」に場違いに現われた小説が「絶海の孤島」に流れ着いた「コダック」という譬えを用いて表現されている（745–46）。上掲の引用における「一貫性」の反復は、作家である主人公がいかに一貫性にとらわれているかということと、同時にそれにとらわれない社交界の人々の自由を表わしている。すでに触れたニューヨーク版序文におけるジェイムズの主張を踏まえると、アルカディアにもたらされた小説の異質さは指摘するまでもないだろう。すなわち一貫性という意味において、小説や小説家は上層の人々と対置されるものなのだ。

もちろん、晩年作と一八九〇年代初期に書かれた「ブルックスミス」の単純な比較は危険ではある。しかし、たとえば「ブルックスミス」の三年後に執筆された「流行作家の死」（一八九四）においても、小説家の作品ではなくその人物の有名性を流行のようにもてはやす、移り気で一貫性のない社交界の人々が批判的に描かれている。また、作家を描いたものではないが、「檻の中」や『ポイントンの蒐集品』（一八九七）でも、社会のより上層に属する人々の自由な振る舞いを下層の人々が交通整理し、滞りなく物ごとが流れるように奉仕する。前者で描かれる女性電報技師は、言葉を差配して一貫性を紡ぐ役割を担い、後者では、下層中産階級に属する主人公フレダ・ヴェッチがゲレス夫人とその息子の間を取り持とうとする様子が描かれている（ここでもまた、主人公は言葉を用いて奉仕する）。刹那《せつな》を気ままに振る舞う人々と、その社会を整理し円滑に運ぶように腐心する、より下層に位置する人々という認識、あるいはそうした社会の現実が、ジェイムズの小説には繰り返し描かれているといえる。その意味でも、職業として階上の人々のために家政を司る執事が主人公である短編小説「ブルックスミス」が、ジェイムズの全作品の中でもまれにみる一貫性と統一性を保持していることは興味深い。ジェイムズがその当時から、社交界に属する人々と小説家である自分自身を、一貫性からの自由／束縛という視点を軸に対置させていた可能性を示唆するからである。

社交界を描き続け、そのために自身もその世界に出入りし続けたジェイムズにとっては、そこで耳にしたエピソードをつなげ、一貫性のある話に仕立て上げることが生業であった。社交界や中産階級の人々は取材の対象であり、かつ作品が消費される場所であったが、文学や文化の保存者としての役割も担っていたことは言うまでもない。すなわちジェイムズも彼の作品も、多面的に社交界に寄生していたと言える。中期の短編「グレヴィル・フェイン」（一八九二）にも社交界に依存し翻弄《ほんろう》される作家が描かれるが、この登場人物同様、ジェイムズ自身も決して安心できる財政状況ではなく、彼がより多くの金銭的報酬が得られることを期待して劇作に傾注したこと、そしてその目論見が失敗に終わったことは有名である。(10)作品を描くために社交界に出入りし、その社交界に出入りするために、創作という金銭を得るための労働を続けざるをえなかった作家にとっては、小説家としての自身の在り方と階級社会を支える人々の立場は直結するものだったのではないだろうか。

おわりに

短編小説「ブルックスミス」では、物語の家を統べるという比喩的意味において語り手は執事であるブルックスミスとの類似性を帯び、その采配によって、この語りは小説執筆行為そのものと同時に、話す権利を持つ者と持たざる者から成る階級社会をも体現している。しかし、ジェイムズ自身が置かれた状況や、社交界を支える人々を彼が繰り返し描いたことを考慮すると、このテクストが提示するのはそれだけにとどまらない。社会のより上層で自由に振る舞う人々のエピソードの断片を、一貫性のある物語に作り上げるという小説執筆を生業にしていたジェイムズが執事の立場に重ねたのは、小説の「家」の比喩を超えた、より具体的な社交界と作家自身の関係性でもあったと言えるのだ。

◉本稿は日本ナサニエル・ホーソーン協会関西支部ラウンドテーブル（二〇一七年八月二十七日）と研究会（二〇二〇年十二月十三日）にて発表した原稿に加筆修正したものである。

◉注

（1）デビューからわずか数年で文壇の寵児となり、印税で悠々と暮らすことができたラドヤード・キップリングとは異なり、ジェイムズは金銭を稼ぐために創作しなくてはならず、劇作に向かったとレオン・エデルはジェイムズの書簡集の解説で記している（Edel xvi）。

（2）先行研究においては、「檻の中」の女性電報技師は労働者として扱われることも多いが、テクストでは下層中産階級に属する可能性も示唆されている。同様に、使用人についても、労働者階級出身者と下層中産階級出身者がいた（新井 一五七）。

（3）James, Henry. "Brooksmith." *50 Great Short Stories*, edited by Milton Crane, Bantam Classics, reissue edition, 2005, pp. 53–70.

（4）海老根静江や新田らも指摘しているように、ジェイムズは家の概念を小説の比喩として多用した。

（5）一八八六年には社会調査専門家のチャールズ・ブースがイースト・エンドの統計調査を行ない、三十五・二パーセントが貧困状態にあると結論づけた (Chung 227)。

（6）ジェイムズがイギリス社会で交流していたのは主に中産階級の人々である。イギリスの中産階級は経済力を元に上層から最下層まで幅広く、そこに存在する階層差が上昇志向や転落することへの情緒不安などを生んだ（市川 一五一—五六）。

（7）ホーンは、ロンドンの社交界におけるパーティでは「経験豊かな使用人の存在は欠かすことができなかった」と述べ、使用人たちの働きが雇い主の人間関係にとって重要な役割を果たしていたと説明している（三七）。

（8）「ブルックスミス」の元となったのは、社交界で会話の味を知ったメイドのエピソードであった（*Notebooks* 64; *The Art of the Novel* 282; 三〇九—一〇）。性別を変更して執事の物語とした理由を、ジェイムズは「稀で貴重なテーブルトークにいつも居合わせる「知的な」執事の、人知れぬ悲劇のほうがふさわしいと思われた」からであるとニューヨーク版序文に記している（*The Art of the Novel* 282–83; 三一〇）。なお序文からの引用はすべて『小説の技法』に拠り、多田敏男訳を元に適宜変更を加えた。

（9）「小説の技法」からの引用の翻訳は、岩元巌訳を元に適宜変更を加えた。

（10）『ガイ・ドンヴィル』（一八九四）以降もジェイムズは劇作を続けた。水野尚之は「ジェイムズは『ガイ・ドンヴィル』初演の経験によって劇作の筆を折り、小説創作へと回帰した、というような言説が時々見られるが、これは少々乱暴な断定である。実際には、ジェイムズは『ガイ・ドンヴィル』以後も劇を書き続けている。それらの劇の中でも『高値』(*The High Bid*) は、実際に上演され、その上演も劇作家としてのジェイムズの自負心をかろうじて満足させる成功を収めている」と述べている（二三一—三二）。

◉引用文献

Burrows, Stuart. "The Place of a Servant in the Scale." *Nineteenth-Century Literature*, vol. 63, no. 1, 2008, pp. 73–103.

Chung, June Hee. "Money and Class." *Henry James in Context*, edited by David McWhirter, Cambridge UP, 2010, pp. 224–33.

DeVine, Christine. *Class in Turn-of-the-Century Novels of Gissing, James, Hardy and Wells*. Ashgate Publishing, 2005.

Drummond, Rory. "Work." *Henry James in Context*, edited by David McWirter, Cambridge UP, 2010, pp. 389–99.

Edel, Leon. Introduction. *Henry James Letters*, vol. 3, edited by Leon Edel, Harvard UP, 1980, pp. xiii–xx.

Flannery, Denis. "Brooksmith." *Critical Companion to Henry James: A Literary Reference to His Life and Work*, edited by Eric Haralson and Kendall Johnson, Facts on File, 2009, pp. 211–15.

Gage, Richard P. *Order and Design: Henry James' Titled Story Sequences*. Peter Lang, 1988.

Gorra, Michael. *Portrait of a Novel: Henry James and the Making of an American Masterpiece*. Liveright Publishing Corporation, 2012.

James, Henry. "The Art of Fiction." *Literary Criticism*, vol. 1, edited by Leon Edel and Mark Wilson, Library of America, 1984, pp. 44–65.（岩元巌訳「小説の技法」工藤好美監修／中村真一郎序／青木次生編『ヘンリー・ジェイムズ作品集8　評論・随筆』国書刊行会、一九八四年、九二—一一八頁）

——. *The Art of the Novel: Critical Prefaces*. Edited by R. P. Blackmur, Charles Scribner's Sons, 1962.（多田敏男訳『ヘンリー・ジェイムズ『ニューヨーク版』序文集』関西大学出版部、一九九〇年）

——. "Brooksmith." *Complete Stories 1884–1891*, edited by Edward Said, Library of America, 1999, pp. 759–75.

——. *Henry James Letters*. Vol. 2, edited by Leon Edel, Harvard UP, 1975.

——. "London Notes." *Literary Criticism*, vol. 1, edited by Leon Edel and Mark Wilson, Library of America, 1984, pp. 1387–1413.

——. *The Notebooks of Henry James*. Edited by F. O. Matthiessen and Kenneth B. Murdock, U of Chicago P, 1981.

——. "The Turn of the Screw." *Complete Stories 1892–1898*, edited by David Bromwich and John Hollander, Library of America, 1996, pp. 635–740.

——. "The Velvet Glove." *Complete Stories 1898–1910*, edited by Denis Donoghue, Library of America, 1996, pp. 732–59.

Kaplan, Fred. *Henry James: The Imagination of Genius: A Biography*. Hodder and Stoughton, 1992.

Matthiessen, F. O. *Henry James: The Major Phase*. Oxford UP, 1944.

Rawlings, Peter. Introduction. *Henry James' Shorter Masterpieces*, vol. 1, edited with an introduction and notes by Peter Rawlings, Harvester Press, 1984, pp. ix–xxvi.

Robinson, Alan. *Imagining London, 1770–1900*. Palgrave Macmillan, 2004.

新井潤美『階級にとりつかれた人びと——英国ミドル・クラスの生活と意見』中央公論新社、二〇〇一年。

市川美香子『ヘンリー・ジェイムズの語り——一人称の語りを中心に』大阪教育図書、二〇〇三年。

海老根静江『総体としてのヘンリー・ジェイムズ——ジェイムズの小説とモダニティ』彩流社、二〇一二年。

新田啓子『アメリカ文学のカルトグラフィ——批評による認知地図の試み』研究社、二〇一二年。

ホーン、パメラ『ヴィクトリアン・サーヴァント——階下の世界』子安雅博訳、英宝社、二〇〇五年。

水野尚之「解説」ヘンリー・ジェイムズ『ガイ・ドンヴィル』水野尚之訳、大阪教育図書、二〇一八年、一九八—二三九頁。

あとがき

本書は、南北戦争前《アンテベラム》の時期から二十世紀初頭において目まぐるしく変化したアメリカの社会・経済事情を背景に、作家たちとエコノミー（economy）の問題およびそれを反映した作品について論じた論文集です。このテーマの発端は、「まえがき」でも触れられているように日本ナサニエル・ホーソーン協会第三十七回全国大会（二〇一九年五月）のシンポジウムにおいて扱った作家たちの「台所事情」にあります。シンポジウムでは、司会兼講師の真田満がハーマン・メルヴィルを、講師の小田敦子、伊藤淑子、倉橋洋子が、それぞれラルフ・ウォルドー・エマソン、マーガレット・フラー、ナサニエル・ホーソーンを扱いました。台所事情というとプライベートな感じがしますが、エコノミーは個人の家庭や親密な人間関係に留まらず、必然的に社会とも関わってきます。四人の発表もそのようなものでした。

個々の作家にとって無視できないこの古くて新しいエコノミーの問題を四人の作家たちから押し広げ、それぞれの作家の経済事情から当時の出版状況、景気の動向や時流をもとらえ、またそれらが作品にどのように反映されているかを探求することに意義があると考え、本企画が成立しました。そこで、シンポジウムの四人の講師が編集委員となり、南北戦争前から南北戦争後《ポストベラム》の時期を代表する作家をほぼ網羅するように、それぞれの作家を専門とする研究者に執筆を呼びかけました。二〇一七年の日本ナサニエル・ホーソーン協会関西支部のラウンドテーブル（「Money, Money, Money ――十九世紀アメリカ作家の経済事情」）における発表者にも参加していただきました。一人の作家を二人の執筆者が重複しないテーマで分担して執筆した場合もあります。

集まった原稿は、編集委員の構想をはるかに超え、黒人女性作家から白人女性・男性作家、作家の速記者まで多岐にわたり、また伝記ではあまり明かされないような作家の個人的な感情や遺産相続に関連する事柄、経済的困窮、夫婦、兄弟、友人等の親密な関係、時流の批判、作家としての自立などが論じられました。これは作家とエコノミーというテーマが、作家のプライベートな生活から公な立場まで関係し、作家の生きざまを浮き彫りにせざるを得ないためであると考えられます。さらに、それぞれの作品から読み取られたエコノミーの意味は、エコノミーの複数の意味を反映して多彩で、作家のエコノミーに対する価値観が明らかにされました。エコノミーというテーマは、作家のことのみならず私たちの生活や人生をもあらためて考える機会を与えてくれました。

本論集の題に関しては、キーワードとして、十九世紀、アメリカ作家たち、エコノミー、家庭、親密な関係、経済学、家政学などが編集委員の間で挙がりました。そこで十九世紀アメリカ作家たちとエコノミーを本題とし、それに副題をつけることにしました。副題の案として、国家／社会・家庭・親密な圏域などが出され、最終的に『19世紀アメリカ作家たちとエコノミー――国家・家庭・親密な圏域』となりました。

本書のテーマであるエコノミーに視点を置いて、同じ作家の別の作品を分析した場合には、エコノミーの意味が多様であるがゆえに、別の見解も出てくることが容易に推測されます。また、本書においては網羅しきれなかった世界大戦を経験した作家とエコノミーの問題には、別の状況が存在します。本テーマには、今後も探求すべき課題が多々残されていますが、本書が読まれた方にとって何らかの刺激となれば幸いです。

なお、固有名詞、数字の表記およびひらがなへの開き方など、全体の統一を心掛けましたが、執筆者の個性も尊重いたしました。

最後に、新型コロナウイルス感染症の拡大は、大学教員の仕事環境にも大きな影響を及ぼし、本書の上梓が当初の予定よりも一年半も遅れましたが、辛抱強く待っていただいた執筆者の皆さんや彩流社の真鍋知子さんに感謝いたします。

倉橋　洋子

多文化アメリカの萌芽

978-4-7791-2332-0 C0098(17.05)

19〜20世紀転換期文学における人種・性・階級

里内克巳著

南北戦争の混乱を経て、急激な変化を遂げたアメリカ。多くの社会矛盾を抱えるなか、アフリカ系、先住民系、移民等、多彩な書き手たちが次々と現われた。11人の作家のテクストを多層的に分析、「多文化主義」の萌芽をみる。第３回日本アメリカ文学会賞受賞！　四六判上製　4800 円＋税

総体としてのヘンリー・ジェイムズ

978-4-7791-1686-5 C0098(12.10)

ジェイムズの小説とモダニティ

海老根静江著

さまざまな解釈理論を生みつづけるヘンリー・ジェイムズ。ジェイムズが生涯をかけて追求した「リアリズム小説」とは何だったのか。彼の「モダニティ」に内在する諸々の関係性のなかに「小説家ジェイムズ」が立ち現われる。　四六判上製　2800 円＋税

ヘンリー・ジェイムズ『悲劇の詩神』を読む

978-4-7791-1830-2 C0098(12.11)

藤野早苗編著

ユダヤ系の女優をヒロインに描きだされる19世紀末のイギリス社会の諸相。上流階級の意識と芸術、女優の特性、ユダヤ性、写真の表象と大量消費 / 複製社会、唯美主義運動。作家の芸術観が色濃く反映された作品にさまざまな「読み」で挑む。　四六判上製　2800 円＋税

夏

978-4-7791-2857-8 C0097(22.10)

Summer

イーディス・ウォートン著／山口ヨシ子・石井幸子訳

明日はどこへ僕を連れて行ってくれるの？——「チャリティ（慈悲）」と名付けられた、複雑な出自をもつ若い娘のひと夏の恋。ニューイングランド地方の閉塞的な寂れた村を舞台に、人びとの孤独と夢を描くウォートン中期の名作、本邦初訳。　四六判上製　2800 円＋税

異性装の冒険者

978-4-7791-2729-8 C0098(20.12)

アメリカ大衆小説にみるスーパーウーマンの系譜

山口ヨシ子著

18世紀末〜19世紀、アメリカ大衆小説に描かれた数多くの異性装の女性冒険者たち。なぜ大衆小説に数多くの「異性装の女性冒険者」が登場したのか。パンフレット小説と新聞連載小説の分析から、中産階級の少女向け小説やダイムノヴェルへの影響を探る。　四六判上製　4200 円＋税

空とアメリカ文学

978-4-7791-2598-0 C0098(19.09)

石原 剛編著

航空大国で育まれた、空をめぐる文学的想像力。ポーの気球小説からメルヴィルに潜む空への想像力、トウェインのファンタジー、ガーンズバックの宇宙飛行、イニャリトゥの宙空、サン＝テグジュペリ、A. M. リンドバーグ、フォークナー、カーヴァー、パワーズ等、現代アメリカ作家へ。　四六判上製　3200 円＋税

夕霧花園

978-4-7791-2764-9 C0097(23.02)

The Garden of Evening Mists

タン・トゥアンエン著／宮崎一郎訳

1950年代、英国統治時代のマラヤ連邦（現マレーシア）。日本庭園「夕霧」を介して、天皇の庭師だったアリトモと、日本軍の強制収容所のトラウマを抱えるユンリンの人生が交錯する。マン・アジア文学賞受賞、マン・ブッカー賞最終候補作の同名映画原作。　四六判上製　3500 円＋税

◉編著者紹介◉

真田 満（さなだ・みつる） 龍谷大学非常勤講師

主要業績：『海洋国家アメリカの文学的想像力——海軍言説とアンテベラムの作家たち』（共著、開文社出版、2018年）、*Melville and the Wall of the Modern Age*（共著、南雲堂、2010年）、"Aporia, Democratization, and Melville's Unique Imagination in 'The Two Temples.'" *Sky-Hawk*, No. 21 (2005).

倉橋 洋子（くらはし・ようこ） 東海学園大学名誉教授

主要業績：『繋がりの詩学——近代アメリカの知的独立と〈知のコミュニティ〉の形成』（共編著、彩流社、2019年）、メーガン・マーシャル『ピーボディ姉妹——アメリカ・ロマン主義に火をつけた三人の女性たち』（共訳、南雲堂、2014年）、『越境する女—— 19世紀アメリカ女性作家たちの挑戦』（共著・監修、開文社出版、2014年）

小田 敦子（おだ・あつこ） 三重大学名誉教授

主要業績：「エマソンの "Self-Reliance" とスマイルズの "Self-Help"」*Philologia* 第51巻（2020年）、*Thoreau in the 21st Century: Perspectives from Japan*（共著、金星堂、2017年）、ラルフ・ウォルドー・エマソン『エマソン詩選』（共訳、未來社、2016年）

伊藤 淑子（いとう・よしこ） 大正大学教授

主要業績：マーガレット・フラー『19世紀の女性——時代を先取りしたフラーのラディカル・フェミニズム』（翻訳、新水社、2013年）、『アメリカ文学にみる女性改革者たち』（共著、彩流社、2010年）、『アメリカ文学にみる女性と仕事——ハウスキーパーからワーキングガールまで』（共著、彩流社、2006年）

Nineteenth-Century American Writers and Their Economy:
Nation, Domesticity and Intimate Sphere

19世紀《せいき》アメリカ作家《さっか》たちとエコノミー——国家《こっか》・家庭《かてい》・親密《しんみつ》な圏域《けんいき》

2023年2月28日 初版第1刷発行　　定価はカバーに表示してあります

編著者　**真田 満・倉橋洋子・小田敦子・伊藤淑子**

発行者　**河野和憲**

発行所　株式会社 **彩流社**

〒101-0051 東京都千代田区神田神保町3-10 大行ビル6階
電話 03-3234-5931 FAX 03-3234-5932
http://www.sairyusha.co.jp
sairyusha@sairyusha.co.jp

印刷　モリモト印刷㈱
製本　㈱難波製本
装幀　桐沢 裕美

ISBN978-4-7791-2868-4 C0098

◉執筆者紹介（五十音順）◉

生田 和也（いくた・かずや） 長崎外国語大学准教授

主要業績：「『ホーソーンの最初の日記』における少年期の表象」『フォーラム』第25号（2020年）、「ドナテロとジュリア・パストラーナ――『大理石の牧神』におけるノンデスクリプトの表象」『フォーラム』第24号（2019年）、『ホーソーンの文学的遺産――ロマンスと歴史の変貌』（共著、開文社出版、2016年）

池末 陽子（いけすえ・ようこ） 龍谷大学准教授

主要業績：『メディアと帝国――19世紀末アメリカ文化学』（共著、小鳥遊書房、2021年）、『脱領域・脱構築・脱半球――二一世紀人文学のために』（共著、小鳥遊書房、2021年）、『ポケットマスターピース09 E・A・ポー』（共訳・編集協力、集英社、2016年）

伊藤 淑子（いとう・よしこ） ◉編著者紹介参照

小田 敦子（おだ・あつこ） ◉編著者紹介参照

城戸 光世（きど・みつよ） 広島大学教授

主要業績：『繋がりの詩学――近代アメリカの知的独立と〈知のコミュニティ〉の形成』（共編著、彩流社、2019年）、メーガン・マーシャル『ピーボディ姉妹――アメリカ・ロマン主義に火をつけた三人の女性たち』（共訳、南雲堂、2014年）、『アメリカン・ルネサンス――批評の新生』（共著、開文社出版、2013年）

倉橋 洋子（くらはし・ようこ） ◉編著者紹介参照

里内 克巳（さとうち・かつみ） 大阪大学人文学研究科教授

主要業績：「〈妥協の人〉の自画像――ブッカー・T・ワシントン『奴隷より身を起こして』における順応と抵抗」『言語文化研究』第47号（2021年）、『多文化アメリカの萌芽――19～20世紀転換期文学における人種・性・階級』（彩流社、2017年）、マーク・トウェイン『それはどっちだったか』（翻訳・解説、彩流社、2015年）

真田 満（さなだ・みつる） ◉編著者紹介参照

高橋 勤（たかはし・つとむ） 九州大学教授

主要業績：『野生の文法《グラマー》――ソロー、ミューア 、スナイダー』（九州大学出版会、2021年）、『身体と情動――アフェクトで読むアメリカン・ルネサンス』（共編著、彩流社、2016年）、『コンコード・エレミヤ――ソローの時代のレトリック』（金星堂、2012年）

竹井 智子（たけい・ともこ） 京都工芸繊維大学教授
主要業績：『テクストと戯れる——アメリカ文学をどう読むか』（共編著、松籟社、2021年）、『精読という迷宮——アメリカ文学のメタリーディング』（共編著、松籟社、2019年）、『ホーソーンの文学的遺産——ロマンスと歴史の変貌』（共著、開文社出版、2016年）

中村 善雄（なかむら・よしお） 京都女子大学准教授
主要業績：『現代アメリカ社会のレイシズム——ユダヤ人と非ユダヤ人の確執・協力』（共著、彩流社、2022年）、『繋がりの詩学——近代アメリカの知的独立と〈知のコミュニティ〉の形成』（共著、彩流社、2019年）、『ヘンリー・ジェイムズ、いま——歿後百年記念論集』（共編著、英宝社、2016年）

西谷 拓哉（にしたに・たくや） 神戸大学国際文化学研究科教授
主要業績：『海洋国家アメリカの文学的想像力——海軍言説とアンテベラムの作家たち』（共著、開文社出版、2018年）、『ホーソーンの文学的遺産——ロマンスと歴史の変貌』（共編著、開文社出版、2016年）、『アメリカン・ルネサンス——批評の新生』（共編著、開文社出版、2013年）

野口 啓子（のぐち・けいこ） 津田塾大学教授
主要業績：*Harriet Beecher Stowe and Antislavery Literature: Another American Renaissance* (Sairyusha, 2022)、『後ろから読むエドガー・アラン・ポー——反動とカラクリの文学』（彩流社、2007年）、『アメリカ文学にみる女性と仕事——ハウスキーパーからワーキングガールまで』（共編著、彩流社、2006年）

◉索引◉

【サ行】

【タ行】

【ナ行・ハ行】

【マ行】

【ヤ行・ラ行・ワ行】

◉図版出典◉

p. 43　Peabody Essex Museum 所蔵（https://en.wikipedia.org/wiki/Twice-Told_Tales#/media/File:Nathaniel_Hawthorne.jpg）

p. 49　The William Benton Museum of Art (University of Connecticut) 所蔵

p. 62　筆者（池末陽子）撮影

p. 76　龍谷大学図書館所蔵

p. 83　Harvard University, Houghton Library 所蔵【図版 1】MS Am 2593, (3)（https://iiif.lib.harvard.edu/manifests/view/ids:16397626）【図版 2】MS Am 1086, (102)（https://hollisarchives.lib.harvard.edu/repositories/24/archival_objects/717971）

p. 98　【図版 3】筆者（伊藤淑子）撮影 【図版 4】Cristina Katopodis 撮影

p. 103　筆者（高橋 勤）撮影

p. 110　Beecher, Catharine Esther. *A Treatise on Domestic Economy*. 1841. Rpt. *From Domestic Economy to Home Economics*, vol. 2, Athena Press, 2008, p. 278.

p. 115　Seaburg, Carl, and Stanley Paterson. *The Ice King: Frederic Tudor and His Circle*. The Massachusetts Historical Society. 2003, p. 133.

p. 129　筆者（野口啓子）撮影

p. 131　Truth, Sojourner. *Narrative of Sojourner Truth; A Bondswoman of Olden Time, With a History of Her Labors and Correspondence*. Dictated to Frances Titus (1875), pp. 216–17.

p. 133　筆者（野口啓子）撮影

p. 135　Painter, Nell Irvin. *Sojourner Truth: A Life, A Symbol*, Norton, 1996, p. 189.

p. 165　National Museum of American History 所蔵（https://americanhistory.si.edu/collections/search/object/nmah_1305966）

p. 187　Hubka, Thomas C. *Big House, Little House, Back House, Barn: The Connected Farm Buildings of New England*. UP of New England, 1984, p. 39.

p. 189　Downing, Andrew Jackson. *Cottage Residences, or, A Series of Designs for Rural Cottages and Cottage Villas, and Their Gardens and Grounds: Adapted to North America.* 1842【図版2】figs. 3–4【図版3】figs. 36–37【図版4】figs. 17–18.（https://ia600202.us.archive.org/18/items/cottageresidence00downrich/cottageresidence00downrich.pdf）

p. 200　Child, Lydia Maria (Mrs. Child). *The American Frugal Housewife*. Boston. 1832, 1838.（https://archive.org/details/americanfrugalho00chil/page/n7/mode/2up）

p. 205　Harriet Beecher Stowe Center 所蔵

p. 210　Beecher, Catharine E., and Harriet Beecher Stowe. *The American Woman's Home*. 1869.（https://archive.org/details/americanwomansho00beecrich/page/n7/mode/2up）

p. 238　*Scientific American*, vol. 27, no. 6, 1872, p. 79.（https://archive.org/details/scientific-american-1872-08-10）

p. 241　Harvard University, Houghton Library 所蔵（MS Eng 1213.8）（https://digitalcollections.library.harvard.edu/catalog/hou00370c00504）